文春文庫

錆びた滑車

若竹七海

文藝春秋

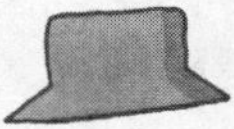

目次

登場人物

葉村　晶	……	探偵
石和梅子	……	調査対象者
青沼ヒロト	……	交通事故にあった大学生
青沼ミツエ	……	ヒロトの祖母、梅子の知人
牧村ハナエ	……	ミツエの従妹
青沼光貴	……	ヒロトの父。故人
青沼李美	……	ヒロトの母
江島マリカ	……	〈井の頭江島病院〉院長の妻
小暮　修	……	アパートの住人。レオ爺さん
大場、片桐、早坂	……	青沼家の近所の住人
出石武紀	……	ヒロトの大学の友人
遊川　聖	……	同
高野　咲	……	死亡した女子野球選手
岡部　巴	……	葉村晶の大家
飛島市子	……	巴の姪
佐々木瑠宇	……	葉村晶の同居人
富山泰之	……	ミステリ書店〈MURDER BEAR BOOKSHOP〉店長
桜井　肇	……	〈東都総合リサーチ〉調査デスク
当麻　茂	……	警視庁警部
郡司翔一	……	当麻の部下
泉原　圭	……	捜査官

錆びた滑車

ぼくもまた星空をながめるんだ。
全部の星が錆びた滑車のついた井戸になるよ。
全部の星がぼくに飲み水をそそいでくれるに違いない……

サン＝テグジュペリ『小さな王子さま』山崎庸一郎訳

1

人生は選択の連続という。わたしたちは日々なにかを選び、それを踏まえてまたなにかを選ぶ。選んだ末に起きたことを見て、あるいは自分の選択をほめたたえ、あるいは深く後悔をする。そしてまた、選択する。

その年は、十一月に入るなり風が強くなり、真冬のように冷え込んだ。各地で停電が起き、凍死者も出た。そんなひどい寒さの中、わたしは先の見えないままいくつかの選択をし、その結果、青沼《あおぬま》ヒロトと出会い、一つ屋根の下で暮らした。でもその時にはすでに、多くの人が自分なりの選択をすませ、物事の歯車は回り始めていた。わたしがなにを、どう選ぼうと、その回転を止めることはできなかった。

……たぶん。そうだと思う。でないと救われない。

2

わたしは葉村晶《はむらあきら》という。国籍・日本、性別・女。吉祥寺《きちじょうじ》の住宅街にあるミステリ専門書店〈MURDER BEAR BOOKSHOP〉のアルバイト店員にして、この本屋の二階を事務所にしている〈白熊探偵社《しろくまたんていしゃ》〉の調査員である。

探偵としての経験は長く、以前はフリーの調査員として探偵事務所と契約をして働いていた。その事務所の閉鎖直後に〈MURDER BEAR BOOKSHOP〉のオーナー店長・富山泰之《とやまやすゆき》に出会い、本屋の手伝いとして働き始め、三年以上がたつ。

だが現在〈MURDER BEAR BOOKSHOP〉は、金土日の三日間しか開店していない。本屋のオーナー店長・富山泰之が「ミステリ書店に探偵社がついていたら面白いよね」と、ノリで作った〈白熊探偵社〉には、依頼人などめったに現れない。

そのうえ、〈白熊探偵社〉は探偵仕事を天職だと言っている葉村さんに丸ごと任せる、店舗二階の奥の部屋は好きに使っていい、その代わり、本屋の雑務は事務所代がわりによろしくね、と富山店長に頼まれた。探偵仕事を本屋より優先するのを条件にこの話を飲んでしまったら、本屋のバイト代が半減した。こうなったら調査料を稼《かせ》がないと飢《う》え死ぬ、探偵社に客を呼び込もうと思いつくかぎりの努力はしたが、これが笑ってしまうくらい実を結ばなかった。

しかたがないので最近は、以前から付き合いのある大手の調査会社〈東都総合リサーチ〉からの下請け仕事を引き受けて糊口をしのいでいるが、こうして回される仕事は安くてキツい。日当五千円から八千円で、徹夜の張り込みの補助、尾行の補助、法律的にグレーゾーンの危ない情報収集の補助……更年期に片足突っ込んだ四十代半ばの女が、喜びのあまり踊り出したくなるような仕事はまず、ない。

それは文化の日の翌日のことだった。

わたしは前の週に川崎での仕事で風邪《かぜ》を引き込んで寝込み、週末に〈MURDER BEAR BOOKSHOP〉の店番をしてのちまた寝込み、ようやく回復して起きだそうとしていた。川崎の仕事は車中張り込み、夜十時に交代となるはずだったが、車も交代要員も現れずじまい。十数時間もの間、屋外でたったひとり全身が冷え切ってしまうまで辛抱し、マルタイと共同経営者との仲が良すぎるツーショット写真をおさえたのだ。

仕事の成功は嬉しかったものの、寝込んだ分、支出が増え収入が減った。いくら探偵仕事が天職でも、殉じたいとまでは思わない。いっそスーパーのパートのクチでも探したほうがいいんじゃないかと布団の上でぼんやりしていたところへ、着信があった。

「葉村、ちょっといいか。ヒマだろ？」

桜井肇《さくらいはじめ》は〈東都総合リサーチ〉の調査員だったが、五十歳を超えて管理職になり、下請け仕事を回してくれている。長年、浮気調査その他で人の暗部を覗《のぞ》き込んできたくせに根が善人のままで、善人だから楽観的で、調子がいい。わたしに負い目を感じているため、回してくれるのは毎度、本人曰《いわ》く「安直なくらい楽チンなお仕事」なのだが、実際にそうだったためしはない。

「……おかげさまで」

「あれ、まだ怒ってんの？　川崎の件は悪かったよ。望月《もちづき》ときたら、手配した車であの近所を回ったけど葉村を見つけられなくて、あきらめて駐車場に車入れて寝てたってさ。そんな目にあったのにちゃんと結果出してくれるなんて、さすがベテランは違うって、うちの上も葉村に感謝してたよ」

「あら。それじゃこの電話は、金一封《きんいっぷう》が出るってお報《しら》せ？」

「あー、知っての通り、うちじゃ予算は決められていて」

桜井の口調が急にのろくなった。ボーナスを期待するだけムダだと知っていながらわざとしたイヤミだったのだが、思わず続けてしまった。

「その使えない望月くんの給料の一部をわたしに回したらどうかしら」

「だから、こうして新しい仕事を回してるんじゃないか。都庁に勤める公務員から、別に暮らしている母親の行動確認の依頼だよ。母親は膝痛持ちの七十四歳だってさ。楽勝だろ」

高齢女性にダッシュで逃げられることは確かにあまりない。だが、行動範囲が比較的狭く、病院やスーパー、銀行、どこに行っても時間がかかるから、尾《つ》ける側も同じところに長く止まらざるを得なくなり、本人にバレなくても周囲に不審がられる。家に閉じこもっていることも多く、訪ねる先が個人宅だと中の様子はわからない。

一般的な浮気調査なら、訪問先と滞在時間がわかれば用は足りる。しかし、年配の親の調査は微妙で、一人暮らしの女性の家を訪ねました、二時間後に出てきました、という報告では満足しない依頼人もいて、男女の関係があるんですか、ただの茶飲み友達なんですか、そこが肝心じゃないですかっ、って胸ぐらつかんできたりするんだから」

「で、父はその女の家でなにをしてたんですかっ、

「へえ」

「高齢の親の行確《こうかく》は、だから案外難しいんだって。それに依頼主は公務員なんでしょ」

都の公務員なら年収八百万以上はあるだろう。今のわたしからすればまぶしいくらいの稼ぎっぷりだが、それで家族を養っているなら、調査資金が潤沢とまでは言えない。

「実家が金持ちなんだよ。大手ゼネコンの役員まで勤めた父親が退職金で不動産投資をした。父親はバブル破綻直後に死んだが、世田谷《せたがや》区奥沢《おくさわ》の豪邸と、東京神奈川に散らばったアパート五棟分の家賃収入全部を、愛する妻に残した。母親からの援助を受けて、息子一家も西新宿のマンションに暮らし、外車に乗り、子どもたちに学費をつぎ込めているんだな」

てことはその息子、母親からせしめた小遣《こづか》いで、母親の行確をするわけだ。調査費用がどこから出ていようが、探偵が気にすることでもないのだが。

「公務員でおぼっちゃまだから、金には鷹揚《おうよう》なんだなあ。手付けにって五十万置いてった。こんな上客めったにないぞ。それをおまえ、これまでの付き合いも鑑《かんが》みて、葉村に回すんだからさ」

「親の見張りに大金払うなんて、具体的な心配事があるからでしょ」

「まあな。依頼主は石和《いさわ》豪《ごう》、母親は梅子《うめこ》という。梅子は女子大を出てすぐふた回り近くも年上の男と結婚して、家庭に入った。甘やかされ、家政婦を雇って家事もせず仕事もせず、未亡人になってからも家賃収入で優雅に暮らしてきた」

旅行に行き、食事や観劇に散財し、先生をお家に招いて習い事に挑戦する。お召し物や宝石には金を惜しまず、老舗《しにせ》デパートの外商の得意客でもある。

「ところが今年の夏以降、旅行をキャンセルし、外出も習い事もやめ、家政婦に暇《ひま》を出した。ボケたくないと言って自分で庭いじりや料理を始め、日中やたら出かけるようにもなった。そのせいか、以前より若々しく見えるんだそうだ」

新しい友だちでもできたのかと問いただしたが、梅子は笑ってばかりで答えない。そのうち宝石類を友人に売ったことや、自宅に着物やブランド品の買取業者が出入りしていたことが、息子の耳に入った。道端で若い男に取りすがる梅子を見た、という噂もあった。

「要するに、母親のオトコを突き止めて欲しいわけね」

「そういうこと。世間知らずの母親が金を巻き上げられているなら止めたいし、万が一にも入籍なんて事態になる前になんとかしたいってとこだな」

桜井がこの件に熱心な理由がわかった。梅子の相手を見つけたら、今度はその相手の身元調べを持ちかける。問題点を見つけて追い払うか、他の方法で二人の仲を裂くか。そのための調査やら交渉やら裏取引やらで、長いこと引っ張れそうな案件だと踏んでいるのだ。

黙っていると、桜井は猫なで声になった。

「どうだろう葉村。今回の調査はオレが行動確認チームのデスクを勤めるから、こないだみたいなことにはさせないよ。調査期間は三日間、場合によっては一週間。日当八千円出そう。膝痛持ちの婆さん尾け回して八千円だよ。こないだの件も、この安直で楽チンなお仕事で帳消しになるんじゃないかなあ」

さらに答えずにいると、桜井は咳払いをした。

「わかった。じゃあ、しょうがない一万」

「のった」

反射的に答えてしまった。桜井が間髪《かんはつ》を入れずに言った。

「よし。じゃ、今から奥沢に行ってチームと合流してくれ。資料送っとくから」

「……は？　今から？」

時計を見た。午前十時十分前。まだ顔も洗わず、朝ごはんも食べていない。

「人手不足でさ。担当させたのが望月ともう一人、二人とも経験の浅い若手でね。よろしく頼むよ」

待ちなさいよと言うまもなく電話は切れた。桜井とはフリーの調査員時代からだから、十五年来の付き合いになる。あっちのやり口をこっちは知っており、こっちの動かし方をあっちは心得ている。

急いで顔を洗い、簡単な化粧をして着替え、家を飛び出した。仙川《せんがわ》駅で区間急行本八幡《もとやわた》行きに間に合った。明大前《めいだいまえ》で井《い》の頭《かしら》線、渋谷で東横線に乗り換えて田園調布駅から歩き、桜井からの着信から小一時間後、調査対象者・石和梅子の自宅前に到着した。直後、玄関ドアが開き、女が出てきた。

今年の正月に撮影したという梅子の写真と見比べた。写真の梅子は梅模様の帯にクリーム色の付下げを着て、巨大なエメラルドの帯留《おびど》めと指輪をしていた。お正月らしく真っ黒に染めた髪を結い上げ、細面に品のいい化粧を施している。

目の前に現れた女は、写真の梅子よりもかなりふくよかだった。ピンクのニットのセットアップの上に、グレーのファーのマントをはおり、明るい栗色のウイッグをつけ、目鼻立ちだけが際立っているような化粧をしていた。階段脇の壁に、革手袋をはめた手をついて一歩一歩降りてくるのだが、そのたびに頬《ほお》と腹の肉がぶるん、ぶるんと波打った。

別人かと思ったが、すんでのところで気がついた。写真の梅子も目の前の女も、なかなか立派な福耳《ふくみみ》をしている。念のため撮影して、二つを拡大比較してはっきりした。あらためて見ると、家を出てくる女のたっぷりした肉の奥に、細面の梅子が埋もれている。正月からこっち、梅子は太ったのだ。

強風にあおられながら、のしのしと歩き出した梅子の尾行を開始した。

尾行には最悪の天気だった。気温が低いうえに風で体温を奪われる。埃《ほこり》で目を開けていられない。コートの中で体が縮こまる。世田谷区奥沢という屈指の高級住宅街の住人もおそらく家に閉じこもり、室内のいちばん暖かい場所に引っ込んでいるだろう。閑静な住宅街では即、不審者になってしまう探偵にとって、これだけはありがたい。

梅子は田園調布駅とは反対方向、北へ徒歩で向かっていた。おそらく東急目黒線の奥沢駅方面だろうと踏んで、梅子の特徴を含む情報をチームに送った。

一瞬ののち、梅子が歩いている道に停まっていた白のワゴン車が揺れて、運転席からスーツ姿の「使えない望月くん」が、助手席からミニスカートの若い女の子が飛び出してきた。二人は危うく石和梅子にぶつかりそうになり、顔を背《そむ》け、わざとらしくワゴン車の後部に回ったりしていたが、梅子が行きすぎると腕を組み、彼女のすぐ後を歩き始めた。

……おいおい。

ワゴン車は桜井が手配した〈東都総合リサーチ〉の覆面車だろう。ケーブルやコーンを積んで工事車両に偽装し、高級住宅街での張り込みによく使用する。だが言うまでもなく、車が工事用に見えたって乗っているのがスーツとミニスカートじゃ怪しすぎる。

前を行く女の子がスマホをいじるたびに、〈ヨネ〉からメッセージが送られてきた。

『マジであれ、あの婆さん?』

『写真と全然違ってデブ』

『別人じゃね?』

福耳を見ろ、写真と同じだ、と入れた。するといきなりヨネが走り出し、梅子に近づいて横顔をのぞきこんだ。心臓が飛び出しそうになった。

しげしげ見て納得したらしく、ヨネは戻って再び望月の腕にぶら下がり、もう片方の手で器用にスマホをいじくった。

『ホントだ。同じ耳』

『なんであんな違う写真よこしたん』

『メーワク』

相手に文句をつけるより、その節穴《ふしあな》のような目をなんとかしろ、と言ってやろうかと考えた。やめにした。使えなくても彼らは東都の正社員、こっちは臨時の下請け。日当一万円に若手の教育費は含まれない。

石和梅子は奥沢駅で西高島平《にしたかしまだいら》行きに乗り、目黒駅で降りてそのまま町に出た。バッグから榮太樓《えいたろう》の黒飴と、カメラを仕込んである大きな手帳を取り出し、レンズを梅子に向けて抱え、飴をしゃぶりながら録画を開始した。

梅子は権之助坂《ごんのすけざか》を下りていった。一等地のわりに昔のままの町並みを横目で見ながら目黒川に出た。川沿いに少し行った先の雑居ビルの一階がカフェになっていた。窓の近くにいたスーツ姿の男が立ち上がって、梅子を出迎えた。

野暮《やぼ》ったい堅気《かたぎ》のスーツだった。三十代後半から四十代半ば、メガネ。のっぺりした大きな顔。まぶたが重たげに垂れ下がり、額が後退を始め、腹がせせり出始めている。ミス・ピギーみたいなファッションの石和梅子がロマンスを感じる相手には見えなかったが、この道ばかりは予測できない。

目黒川に面したオープンテラスはこの寒さで閉ざされていた。大急ぎで検索すると店内十二席とあった。中に入るという選択肢はないな、と顔を上げて、びっくりした。望月とヨネが腕を組み、カフェに入っていくではないか。

目黒川の反対側に移動して桜の木の陰で待った。ときどきヨネから情報が届いた。

『うわマジか婆さん』

『男の手握ってるし。相手いくつだよ』

『婆さん泣いてる』

『カネがどうとか言ってる』

『意味わかんねー』

そこが肝心なんじゃないですかっ、とヨネの胸ぐらをつかみたくなった。

正午を過ぎた頃、石和梅子と男が店から出てきた。梅子が泣いていたという報告は本当らしく、目の周りは赤くなり、化粧もかなりはげていた。スーツ男の腕を取ったまますがるようにして男を見上げ、見捨てないで、と言った一言が風に乗って聞こえてきた。男は苦笑して梅子の手をそっと振りほどき、距離をとって頭を下げ、ではこれで失礼いたします、と歩き去った。望月とヨネが男の後を尾けていくのが見えた。そっちを調べるのも大事だけど、メインを押しつけるなら一言言えよ、と思いながら、わたしは梅子の後を追った。

梅子は目黒駅に戻った。駅ビルのトイレで長い時間を過ごし、出て来たときには化粧がさらに濃くなっていた。山手線の外回りに乗り込み、渋谷で下りた。東横のれん街の和菓子屋に立ち寄り、化粧箱入りの最中《もなか》に〈御仏前〉の掛け紙をさせたものを買い、井の頭線の鈍行に乗り換えた。元来た道を引き返すことになって驚いたが、偶然だったようだ。

明大前駅を通り過ぎて、三鷹台《みたかだい》駅で下車した。

風は収まりつつあった。雲の切れ間から日差しが差し込んで、気温が上がってきた。駅の背後と前方、両方にある高圧電線も揺れていない。天候の回復を待って出かけてきたと思《おぼ》しき買い物客の姿が多く目についた。

このあたりも古くからある住宅街だ。以前、地方で生活している人間が上京してきて、土地勘のない都内の住宅街で強盗をやらかすという事件が起きた。都会は隣近所との関係が薄いし目撃者も出ない、だからバレないし逃げ切れる、と思ったのだろう。だがその事件では、被害者の悲鳴を聞いて近所の住人がすぐ駆けつけたし、逃走する犯人の目撃情報もどっさりでた。長年、同じ土地で暮らしている人たちを甘くみてはいけないのだ。

ただ、今のところ梅子本人に尾行はバレていなかった。彼女はタクシーを探すそぶりも見せず、最中の入った紙袋を下げ、神田川にかかる橋の上で歩いているお年寄りを追い越した。鼻息がこちらに聞こえてきそうな勢いで、立教女学院の脇の坂道を登っていく。わたしは控えめに後に続いた。

突き当たりの蕎麦屋《そばや》の前を右折し、きちんと整備された住宅街の中の道を左折し、直進し、また右折した。道は見通しが良く、植物はよく管理されていた。築四十年は超えていそうな建物が目につくが、古い家も古いなりによく手入れされている。

梅子が立ち止まったのは、そんな古めかしい家の前だった。のさばるようにして枝を広げたサザンカが、門の脇で白い花を咲かせていた。マジックで書き殴られた〈青沼《あおぬま》〉

の文字が錆《さ》びた郵便受けににじんでいる。

敷地内に見える母屋《おもや》は外壁のペンキがあちこち剝《は》げちょろけ、エアコンの室外機が壁を支えているように見える、いかにも昭和なトタン屋根の平屋だった。次に大きな地震が来たら一発で潰《つぶ》れそうだが、敷地内やその周辺はきれいに片づけられ、道脇の下水溝の蓋《ふた》の上には箒《ほうき》の目が立っていた。敷地は広く、母屋の南側、道から少し奥に入ったところに〈ブルーレイク・フラット〉とプレートのついた二階建て、六世帯、木造の古いアパートが建っていた。

梅子を追い越し、次の角を曲がって様子をうかがった。梅子は息がおさまるのを待ってケータイを出し、電話をかけた。最初はしとやかだったのにだんだん口調がきつくなってきて、今おたくの前に、とか、ぜひお線香を、とか、わざわざ来たんですから、などという言葉がきれぎれに聞こえてきた。

押し問答が五分も続いただろうか。突然、グレーの髪をお団子にした老婦人が現れた。小柄で華奢《きゃしゃ》な体に、ブルーグリーンと白のチュニックを着て細身のパンツをはき、グレーの編み込みの入ったロングカーディガンを羽織っている。独特なセンスのマダムという風情だが、口をへの字に結び、垂れた頰を赤らめ、目をギラギラと光らせていた。庭へ降りる窓から出てきて、足で踏み石の上のサンダルを探って履きつつも、視線は梅子に据えたままだ。その姿は獲物の首筋を狙っているブルドッグを連想させた。

「あらー、ミツエさんご無沙汰を」

一瞬ひるんだ梅子が気を取り直して近寄るのを、ブルドッグは突き飛ばさんばかりにして、後ろ手に窓を閉めた。なにか短く言い、〈ブルーレイク・フラット〉の二階へ一直線に伸びる錆だらけの外階段を先に立って上がっていく。梅子は鼻白んだように立ち尽くしていたが、すぐ後に続いた。二人はそのまま二階の奥の部屋に消えた。

青沼ミツエについて調べて欲しいと桜井に住所と写真を送り、コートのポケットに入れたカイロで手を温めつつ、近所を散歩するふりなどして待った。静かだった。静かすぎるせいか、誰かに見られているような気がした。たまに通行人が通り過ぎるだけで、あたりに人の姿はなかった。線香の香りがして、遠くでテレビの音がした。思い出したように突風が吹いて、どこかで窓が閉まった。

どれくらい待つことになるんだろう、と考えたとき、ばったーん、とドアが開く大きな音がして平穏が破られた。それとともに喚き声も聞こえてきた。角から首を出して見た。〈ブルーレイク・フラット〉の二階の外廊下で、梅子と青沼ミツエが怒鳴りあい、つかみあっている。主に梅子がミツエを罵《ののし》っているようだったが、ミツエも負けてはいない。

どこかで、なにあれ、という女性の声が聞こえた。窓が開く音もした。二人の喧嘩はご近所中の注意を集めている。こうなったら近づいて、喧嘩の内容を立ち聞きしても怪しまれないだろう。わたしは〈ブルーレイク・フラット〉の敷地内に足を踏み入れて、外階段を見上げた。

二人がもつれあって、わたしの上に落ちてきた。

3

目の前に川が流れていた。川の向こう側にはお花畑があって、死んだ祖母が手を振っていた。手を振り返したかったが、なぜかうつぶせに倒れていた。起きないと手も振れないが、頭が重くて動けない。ジタバタと手足を動かし、ああ、やっと起きられた、と思った途端、金属的な叫び声が耳元で炸裂し、川もお花畑も祖母も雲散霧消《うんさんむしよう》した。

「この人のせいよ、私のせいじゃありませんっ」

いやいや目を開けた。現実がすさまじい勢いで戻ってきた。

外階段の真下の土の上に、石和梅子がへたり込んでいた。化粧はさっきよりひどく溶けて、ウイッグがずれ、ストッキングは穴だらけ。離れたところに倒れている青沼ミツエを指さし、震えながらわめいていた。

「私のせいじゃありません、この人が私を押したんです。だから私はこの人の腕をつかんだのよ、正当防衛です。悪いのはミツエさんなの。私は悪くない」

うつ伏せの状態で頭を持ち上げると、ボトボトと何かが垂れた。異様な感触に驚いて見ると、手が血まみれになっていた。どこかにぶつけて切れたらしく、血が吹き出して止まらない。バッグを手探りしてストールらしき布を引っ張り出し、傷に当てたが、布はあっという間に真っ赤に染まった。

顔を上げた。梅子はわたしの背後にいる誰かに訴えかけるように、虚ろな目をしてしゃべり続けていた。

「私はただ、息子さんにお線香をあげたかっただけなの。それでわざわざ寄らせていただいたのに、ミツエさんは昔から、そういう他人の心遣いがわからないの。辛いときには友だちとして、話を聞いてくれるべきなのに」

青沼ミツエは倒れたまま、ピクリとも動かなかった。わたしは重くなってきたストールを地べたに捨て、手探りでハンカチをつかみ出して傷に当てた。ひどい出血だが、心配するまでもないと思った。長年にわたる不運の賜物《たまもの》で、深刻なケガかそうでもないかはなんとなくわかる。

傷のあたりがどくどくと脈打っていたのが治まってきたので、なんとか立ち上がってミツエに近づいた。思わず息を飲んだ。梅子がパニックを起こしているわけだ。ミツエの鼻が潰れていた。

頭を動かさないようにして、ミツエの肩に手をのせ、大丈夫ですか、と声をかけた。苦しそうだが息はしている。眼球がまぶたの下でわずかに震えた。自分でも驚くほど、ほっとした。

「おい、それ青沼のバアちゃんだろ」

不意に斜め上からしわがれ声が落ちてきた。色の抜けたライオンズの野球帽をかぶった老人だった。ガリガリにやせて、色黒の顔には深い皺《しわ》が刻まれている。

わたしは慌てて、自分は通りがかりで彼女たちが階段を落ちてきたのに巻き込まれたのだ、と言ったが、老人は終《しま》いまで聞かずに舌打ちをした。

「冗談じゃないぜ、あんた。バアちゃんがヒロトの世話してんだぞ。そのバアちゃんにケガさせたのか。ヒロトの面倒はどうすんだ。なんでまあ、よりによってバアちゃん殺すかな」

いや、まだ死んでませんから、と言う前に、石和梅子が立ち上がった。後ずさりながら、私のせいじゃありません、ミツエさんが悪いんです、と首を振っている。わたしはどこかに吹っ飛んだらしいスマホを探したが、見当たらないのでバッグの奥に入れてある予備のケータイを出し、救急車を呼んだ。

救急車が来ると野次馬が集まってきた。彼らは血まみれのわたしを満足そうに眺め、写真を撮っていた。わざわざ見にきたんだからこれくらいの流血はなくちゃ、と思っているかのようだ。一方、救急隊員はクリップボード上の紙に必要事項を記入しながら、事務的に言った。

「あちらの女性、ええと青沼ミツエさんですね。彼女を搬送するので一緒に病院に行きましょう。傷も縫ったほうが良さそうですしね。顔に跡が残るのはイヤでしょうし、気絶したなら検査もしないと」

「いえ、大したことなさそうですから」

そんな金あるか、と断りながらふと気づくと、石和梅子が野次馬の背後をこそこそとすり抜けて立ち去るところだった。わたしがクッションになったおかげか、ミツエと同じ目にあったとは思えないほど元気そうだ。

救急隊員がわたしの視線を追って、振り向きかけた。わたしは我に返り、大声で言った。

「やっぱり行きます病院。よろしくお願いします」

青沼ミツエと一緒に救急車に乗った。例のライオンズが、ミツエの孫が〈井の頭江島《えじま》病院〉にいるはずだ、ミツエもそこがかかりつけだと言った。救急隊員が病院に連絡をし、搬送先が決まった。直線距離で二キロ半ほどのところにある、馴染みのバス通りに面した病院にはものの五分で到着した。

ストレッチャーに乗せられ、処置室に運び込まれる青沼ミツエを見送って、桜井に電話をかけ、現況を報告した。桜井は驚いたらしく、不機嫌に言った。

「葉村、おまえ腕が落ちたんじゃないか。理由はどうあれ、マルタイを見失うってどういうことだよ。救急隊なんかだまくらかして、すぐに追っかけりゃよかったじゃないか」

「わざとよ」

「あ？」

「わざとほっといたの。それより、青沼ミツエについて調べてくれた？」

「まあ、さっきの今だからざっとな」

青沼ミツエ、旧姓・宮本ミツエ、七十四歳。夫の貴弘《たかひろ》は製薬会社の営業マンだったが、二十年以上前に病死している。夫婦の間には一人息子の光貴《みつたか》がいた。光貴は啓論大学医学部を中退して世界を放浪していたが、旅先で知り合った女性と一緒に帰国して結婚。吉祥寺のレストラン〈狐とバオバブ〉に雇われ、夫婦で働いていた。九三年に息子のヒロトが生まれたが、妻は生まれたばかりのヒロトを置いて店の常連客と行方をくらませた。当時、光貴夫婦は実家の敷地内のアパートの一室に住み着いていた。

「その光貴とヒロトが今年の三月、交通事故にあったんだよ。覚えてないかな、京王相模原線のスカイランド駅のロータリーで、お年寄りがアクセルとブレーキを間違えてバス停に突っ込んだんだ」

聞いたことがある気もしたが、はっきりとは思い出せなかった。高齢者の起こすその手の事故は、悲しいかな昨今、あまり珍しくはない。

「その事故で、近所に住む五十代の主婦と青沼光貴が死んだ。ヒロトも瀕死《ひんし》の重傷を負ったそうだ」

ライオンズの野球帽の老人の言葉が思い出された。梅子がもらしていた言葉も。わたしはため息をついた。桜井が言った。

「七十四歳ってことは、石和梅子と青沼ミツエは同い年だ。古い知り合いかもしれないな」

「さすが桜井さん。一時間足らずの間にずいぶん詳しく調べたんだね」

「うん……まあな。で？　これが梅子をわざと追いかけなかった理由になるのか？」

「二人が階段から転落した件は梅子に落ち度があったことになると思う。あのとき、誰も一一〇番通報はしなかったみたいで警察は来なかった。でも、ミツエが被害届を出すなんて言い出したら、間違いなく警察沙汰になる。その場合どう対応すべきか、桜井さんと相談したかったわけ。梅子を追いかけなかったのはそのための時間稼ぎね」

「待て待て」

桜井は焦ったように割って入った。

「婆さん二人が喧嘩して一緒に落ちたんだろ。それでどうして石和梅子のせいになるんだよ」

「望月たちから連絡あった？　梅子が目黒で会ってた堅気のスーツ」

「え？　ああ、身元は特定できたけど」

「金融関係だった？」

「いや。不動産管理会社勤務の中村尚《なかむらひさし》、石和梅子の所有する不動産の管理をしている担当者だった。梅子のほうは気があるのかもしれないが、中村は梅子をめんどくさい顧客としか思っていないらしい。……だから、葉村なあ。こっちの質問に答えろよ」

救急外来の待合室にカルテを持った看護師が出てきて、わたしの名を呼んだ。わたしは早口に言った。

「急いで石和梅子の経済状態を確認すべきだと思う。また連絡する」

医者に傷口を縫ってもらい、いくつか検査を受けた。そのつどやたら待たされ、気分が悪くなってきた。移動中に黒飴をしゃぶっただけで朝も昼も食べていない。そのうえアドレナリンが大量放出する目にあった。検査を受けているうちに緊張がほどけ、出過ぎたアドレナリンの処理に、そもそもちょっとしかなかった血糖が使われた。出血したからそのぶん脱水状態でもある。気分が悪くならないほうがおかしい。

検査待ちのベンチの脇に自販機があった。松葉杖《まつばづえ》をついた青年がぎこちない動きで小銭入れを出し、震える手で小銭を探っていた。

近くまで行って座り、自販機が空くのを待った。考えまいとするほど、ネガティヴな情報ばかりが頭に浮かんできた。今日の分の日当はもらえるだろうが、検査費用で相殺《そうさい》、いや足が出る。わたしの考えが正しければ、石和梅子の件はこれで終わりだ。一週間で七万の収入は夢と消えた。また貯金を切り崩さなくてはならない。

このところ、お金のことばかり考えている、と苦笑した途端、澄んだ金属音が連続して聞こえてきた。小銭が床にこぼれて転がり、杖の青年が自販機にもたれ、こわばった手を開いたり閉じたりしながら、立ち尽くしていた。

周囲を見回したが、少し離れたところに仕事中の清掃員と、立ち話をするナース二人と、左腕を吊り、ワークブーツを履いたごつい茶髪男が座っているだけで他にひと気はない。あーあ、と思いながらわたしは立ち上がった。めまいをこらえてかがみこみ、床にばらまかれた小銭を拾い集めていると、頭上でドカンと音がした。青年が自販機を殴りつけたのだ。

小銭を持って、青年のそばに行った。気配に気づいて彼はこちらを見た。肌が白くキレイで、だから目の周りがうるんで赤くなっているのがはっきりわかった。左側から見ると切れ長の一重まぶたが印象的な男前だが、右側にはケガの補修のあとと思われる大きな傷が残っていた。

「ねえ。その自販機わたしも使いたいのよね。ぶっ壊すのはわたしが買い終わってからにしてもらえない？」

言ってしまってから、自分が思っていた以上にダメージを受けているのに気がついた。

いつもなら、知らない人間にこんな風に話しかけたりはしない。

青年は驚いたように目を瞬いた。わたしは手にした小銭を彼に見せた。

「わたしが入れていい？　なに買うの？」

「水」

青年はぶっきらぼうに言った。ミネラルウォーターを探して、値段を見て、驚いた。街中より百円も高い。拾った小銭とちょうど同じ額だった。

小銭を入れた。水のボタンは青年が押した。松葉杖で体を支えながら飲み物を取るのは大変だと思いながら飲み物のサンプルを見上げ、コーヒーはやめてスポーツドリンクにするか考えていた。やはり低血糖だ、こんなことすら考えがまとまらない。

「あのさ」

呼びかけられて顔を上げた。青年が自販機に向かって中途半端に屈《かが》みこみ、ムッとしたようにこちらを見ていた。わたしが見返すと、彼も黙って見返してきた。

水のボトルをとった。彼は首を伸ばして、差し出したボトルの蓋の部分をくわえ、松葉杖を操って近くのベンチにドスンと座った。わたしも贅沢すぎるお値段のスポーツドリンクを買って、少し離れたベンチでちびちび飲んだ。青年のあたりから、時々、鼻をすする音や水にむせる気配が聞こえてきた。

ひたすら糖分を体に染み込ませていると、やがて青年が杖をついてやってきた。彼はわずかに震える声で言った。

「さっきは失礼しました。ありがとうございました」

青年の目の周りと鼻には赤みが残っていた。顔の筋肉をうまく動かせないらしく、右側の傷まわりが引きつったようになった。彼は居心地悪そうに言った。

「今日はオレ、ここで一日リハビリしてて、疲れて、そのうえ身内が大ケガで運ばれてきたって連絡があって」

「いっぱいいっぱいのときに、通りすがりの人間にまで気を使うことないよ。ちょっと手助けしただけなんだから」

座れば、と隣を示すと、彼は素直に座り、長いため息をついた。

「育ちがいいんだね。ちゃんとお礼を言うなんて」

「挨拶とお礼は最大の防御だって、バアちゃんが言ってた」

わたしはふき出した。青年は落ち着こうと身じろぎをしながら、

「ありがとうとかおはようございますとか、ちゃんと言うと言わないとじゃ、みんなの雰囲気が変わるんだ。ナースとか理学療法士は仕事柄、礼を言う精神状態じゃない人にも、自分たちを見下す人にも慣れてて、相手に感謝なんか求めてないだろうと思うんだけど、それでもね」

「まあ、ナースも人間だから」

「バアちゃんもそう言ってた。いくら仕事でも、感じのいい人と最悪のやつがいたら、どうしたって感じのいい人に親切にしたくなるもんだ、威張りくさって相手を見下しても、結局、損するのは自分だって」

「頭のいいおばあさんだ」

「うん」

青年は黙り込み、また目の周りが赤くなってきた。わたしは話題を変えた。

「ところで、どうしたのその傷。事故？」

「うん、車にはねられた。骨が十七本折れて、そのうち五本が皮膚を突き破って外へ出たんだ。そっちは？」

「え？」

「服とか顔とか血まみれだけど」

服はともかく、傷を縫ってもらったときに顔もキレイにしてもらったと思い込んでいた。慌ててバッグから鏡を出した。ひたいに包帯が巻かれているが、その傷の下の頬に茶色く乾いた血液がこびりつき、こするとボロボロと垢《あか》のようになって落ちてきた。

「これはひどい」

呟くと、青年が言った。

「うん。かなり」

「あんたに言われたくないんだけど」

青年が笑った。半分歪んだ笑顔だったが、笑顔になると幼く見えた。

「ナースに頼んで清浄綿とかもらえば？　挨拶と感謝を忘れなければ、あっちもいやとは言わないよ」

「なによそれ」

そのとき、救急病棟への廊下に面したドアが開いて、薄ピンク色のカバーシャツを着てマスクをしたナースが足早に現れた。彼女は青年に向かって、アオヌマさん？　と話しかけた。

「おばあさま、意識戻りましたよ」

青年は杖を相手にジタバタしながら立ち上がり、彼女に向かって言った。

「バアちゃん、大丈夫なんですか。本当に大丈夫なんですか」

「あなたに会いたがってますよ」

ナースはちらとこちらを見ると、母鳥が雛《ひな》を守るように大きく手を広げて抱え込むようにしながら、青年を誘導していった。彼は振り向きもせず、前のめりに歩き去った。かえって幸いだった。

もちろん、青沼ミツエと石和梅子の喧嘩にも、ミツエの大ケガにも、わたしはまったく関与していない。わたしが梅子を尾行していようがいまいが、二人は喧嘩をし、階段を転げ落ちただろう。わたしが下敷きにならなければ、石和梅子のケガがもっと重くなった可能性はあるが。

だから、わたしが罪悪感を感じるはずがない。通りすがりに言葉を交わした青年が、ライオンズの野球帽の老人が言っていた青沼ヒロトだったとしても、だ。七ヶ月ほど前に交通事故にあい、父親を亡くし、不自由な状態での生活を強いられているのに、さらに世話をしてくれている祖母まで大ケガでは、気の毒を通り越して命の危険もありそうな状況だが、そのこととわたしとはまるで無関係だ。

わたしが罪悪感を覚える余地など、本当に、まるでないのだ。

4

CT検査の結果、骨も脳も問題ないが、異常を感じたらすぐくるように、と医者に言われ、日当よりもはるかに多い支払いをして病院を出た。風はもうすっかりおさまっていた。空気が驚くほど澄んで、丹沢《たんざわ》の山並みが近くに見えた。つるべ落としの秋の陽は、吉祥寺行きのバスを待つ間にも、深々と傾いていった。

吉祥寺に出てコンビニに飛び込み、原材料表示のラベルに化学薬品名がずらりと並んでいる菓子パンを買った。食べながら繁華街を抜けて、住宅街の中の〈MURDER BEAR BOOKSHOP〉へ寄った。

店の看板猫はご立腹で、餌《えさ》のお皿の前にうずくまり、なに待たせてんだよと言わんばかりの形相でわたしをにらんでいた。あんた、書道教室の明子《あきこ》さんからごはんはもらってるでしょう、階段の下にちゃんと猫缶が出てたじゃない、とカリカリを皿に入れてやりながら言ってやると、トラ猫は驚くほどの鼻息で「ふんっ」と言った。これほど破壊力のある「ふんっ」は以前、ある中年女性が発したもの以来だった。彼女は友人たちの家から様々なものをくすねていた。彼女の仕業だと突き止め、追い詰めると、土壇場で開き直ったのだ。

猫が舐めると自動で水が出てくる装置をきれいに洗い、店と二階のフリースペースに風を通し、パソコンをチェックした。ウェブショップに出していた本が何冊か売れていたので、発送する用意を済ませ、家に帰った。これだけの作業なのに、帰り道、体のあちこちが痛くてふらついた。

わたしが暮らしているのは、調布市仙川のシェアハウスの一室である。甲州街道に面した大きな農家の敷地内にある古い木造住宅で、葡萄畑《ぶどうばたけ》の隣にあり、名を〈スタインベック荘〉という。

・仙川駅まで徒歩五分、光熱費込みで七万円、大家である岡部巴《おかべともえ》が育てる新鮮な野菜付き。歩くと床が鳴り、隙間風も入る古い家屋だが、他人との距離感が自分とあまり変わらない人たちとの暮らしが気に入っていた。

だが昨年の春、岡部巴の暮らしていた母屋が半壊し、梅雨時には葡萄畑が雹《ひょう》により壊滅的な被害を受けた。岡部巴は母屋の跡地にマンションを建てることに決めた。〈スタインベック荘〉は来年早々取り壊され、空き地を売却して建設費用にあてることになっている。

「こっちの都合で出ていってもらうんだから、立ち退き料として家賃五ヶ月分を支払うよ」

二ヶ月前、岡部巴はそう言い、手頃なアパートを紹介すると申し出てくれた。シェアハウスの住人たちは次々に出て行き、残っている店子《たなこ》はわたしと佐々木瑠宇《ささきるう》の二人だけだった。

瑠宇さんは自分でデザインしたバッグを自分で作ってネットで売り、生計を立てている。居職《いじょく》で荷物が多いので、新居も決まらないうちに荷物の梱包を始め、玄関付近は現在、瑠宇さんがまとめた段ボール箱にほぼ占領されていて、通りづらいのだが文句は言えない。退去まで残り二ヶ月を切ったのに、なにも進んでいないわたしよりマシだ。

　自室に戻る前にリビングに行った。険しい顔つきの瑠宇さんが背中を丸めて餃子《ぎょうざ》を包んでいた。物事が思うようにはかどらないとき、彼女はいつも餃子を作る。

「おかえり」

　瑠宇さんはこちらを見もせずに言った。今日の餃子は皮から手作りだ。ピンクのバンドでまとめた髪が作業に合わせてひょこひょこ動いていた。

「いいね、餃子。ひょっとしてわたしの分もあったりする？」

「好きなだけ食べて。巴さん、姪御さんと〈福寿〉で麻婆豆腐《マーボーどうふ》食べるそうだから」

　餃子のお礼に愚痴《ぐち》を聞くことにした。生真面目な彼女は早くから転居先を探しているのだが、なかなか決まらずにストレスを溜めていた。

「巴さんに紹介してもらった部屋を見に行ったんだけどさ。最初のは広いし環境もいいんだけど、家賃管理費が今の倍。もう一軒はバブルの頃に建てられた手入れの悪いオンボロ物件で、この寒いのに下水の臭いがこもってた。芦花公園《ろかこうえん》のは駅遠でボロ屋なのにセルフリノベーション不可、といってリフォームする気もないって大家笑ってんの。ハナから貸す気なんかないんだよ。こっちは芦花公園の駅から実際に歩いたんだよ。まあ、途中で卵売ってる直売所見つけられたのはラッキーだったけど。……って、葉村あんた、どしたのその包帯」

　まくし立てていた瑠宇さんはあらためてこちらを見て、叫び声で締めた。

「転んだ」

「また？　探偵ってよく転ぶよね。大丈夫なの？　服、血まみれだよ」

自室に戻って着替えをし、顔を洗い、血のついた髪の毛を拭いて戻った。瑠宇さんは心配して事情を聞いてきたが、今日のことは思い出したくもない。話題を強引に不動産めぐりに戻した。

「そういえば近所に新しく、女性専用シェアハウスができるって話をしてたじゃない。あれは調べてみた？」

「あんなの問題外」

瑠宇さんはそっけなく言った。

「完成予想図を見たんだけど、みんなが集まれるスペースも風呂もなくて、シャワー室だけ。シェアハウスっていうより水回り共同の下宿だよ」

瑠宇さんは会社勤めをしていたそうだが、人間関係に疲弊してやめた。結婚していたこともあるらしいが長続きしなかった。こういう共同生活ではおたがいのプライバシーに踏み込まないのが鉄則で、それ以上のことは知らない。実を言えば、年齢もだ。

「やっぱり居職だとさ、シェアハウスってありがたかったんだよね」

包み終えた餃子をフライパンに並べながら、瑠宇さんは言った。

「ずっと部屋で作業してると、気がついたら三週間、誰ともまともな会話をしてませんってことになるでしょ。友だちはみんな出世したり、子育てとか介護とかで忙しいお年頃だから、連絡はＬＩＮＥとかメールとかでくるわけよ。でも、あれだと会話とは思えなくて」

外で仕事をしているからといって、まともな会話を交わしているわけではないんだけど、とわたしは一日を振り返って思った。会話の内容はほぼ仕事がらみかケガがらみ。青沼ヒロトとの会話は少し、個人的だったかもしれないが……。

わかめとすりゴマと白だしで簡単なスープを作り、大根やセロリを塩もみしてツナとレモン汁であえた。瑠宇さんは下戸、わたしは四針縫った直後ということで、退去した住人が置いていったプーアル茶をいれ、色よく焼きあがった餃子を食べた。一つ食べたら止まらなくなった。瑠宇さんの餃子は野菜たっぷりだから、胃もたれせずにたくさんいける。絶賛しながら、朝ごはん昼ごはんの仇をとるように食べた。

いつもなら食後すぐに部屋に戻る瑠宇さんが、今日はそのままダイニングに居残っていたので、食後に柿をむいた。母屋と〈スタインベック荘〉の間に立つ柿の木からもいだものだ。工事に入れば建物と一緒に切り倒されることになるが、その運命を知っているのか、今年は驚くほどたくさんの実がなった。

このタネ取っておこうかと思いながら、会話を元に戻した。

「それじゃ、やっぱり瑠宇さんはシェアハウスを探すつもり?」

「うーん。シェアハウスって、あたしよりひとまわり以上若い人たちが集まってることが多くてさ。お年寄りも子育て中の人たちもいるシェアハウスをのぞいてみたりもしたんだけど、なんかこう、落ち着かなくて」

瑠宇さんは湯呑みで両手を温めながら、なにか言いたげにわたしを見た。

「で、葉村はどうすんの？」

「どうって？」

「引越し先だよ。探しに行ってもないじゃない。なにか、あてでもあるの？」

「まったくない」

「ホントに？」

「ホントにない。この先の仕事をどうするか悩んでるとこで、それが決まらないと住居のエリアや家賃の上限が決められないってだけ」

「そうなの？　ホントはなにかあって、待ってるんじゃないの」

きょとんとしていると、瑠宇さんはそっぽを向きながら言った。

「だから、一緒に住もうと言い出しそうなヤツがいるとか」

彼女の顔をまじまじと見てしまった。要するに、このわたしにオトコがいて、結婚か同棲を言い出すのを待っているのではないか、ということなのだろうが、そんなもんいるわけないのは瑠宇さんだってよく知っている。なのになんだってそんなバカなことを言い出したのか、と考えるに、

「それって、瑠宇さんがそっち方面の問題を抱えている、ってこと？」

「問題ってレベルじゃないよ」

瑠宇さんは手を振った。頬が赤らんでいる。

「大した話じゃないんだけど。気になってるといえばなってる、かな」

黙って待った。瑠宇さんはしばらく舌で頬の内側をぐりぐりこすっていたが、足をチ

エアに乗せて胡座《あぐら》をかくと、思い切ったように話し出した。

去年の春頃、自作のバッグを下北沢の雑貨店に置いてもらえることになり、バッグをたくさん大きな袋に詰めて出かけた。乗り換えの明大前駅のホームで、足元に置いたバッグ入りの袋を男性に蹴飛ばされ、中身が散乱してしまった。男性は恐縮して謝り、拾い集めて去っていった。

「雑貨店の人があたしのバッグを気に入って、全部置かせてくれることになったわけ。一人でお祝いしようと代々木八幡《よよぎはちまん》の洋食レストランに行ったの」

マスターと久しぶりの挨拶を交わし、四人がけの席に一人で料理を待っていると、店はじき満席になった。そこへ見覚えのある男性が入ってきた。バッグを蹴飛ばした、あの男性だった。

「流れで相席になって会話になって話して気があって盛り上がって、渋谷まで歩いて、道玄坂《どうげんざか》の近くの、ピンクのパンダが目印のホテルの前で誘われて、えーと、そのまま一晩。つまり、そういうこと」

「瑠宇さん……」

「いや、初めてよ、ホントに。自分がそんなマネするなんて、考えたこともなかったんだから。それもこの歳になって」

瑠宇さんの耳から首筋にかけて、真っ赤になっていた。わたしは天を仰いだ。

「どういう男だったの？」

「かなり年下、三十そこそこかも。全体に細くて、でも体は鍛《きた》えていて、左耳の後ろにおまんじゅうみたいな形の十円ハゲがあって、胃薬を飲んでいて、スーツ姿で堅気っぽかった。話は面白くなかったけど聞き上手だったな。いざとなったら向こうもかなり緊張してたみたい。翌朝、おたがい挨拶どころか目も合わせられずに、井の頭通で別れたんだけど……」

瑠宇さんは言葉を濁してうつむいた。

忘れられないってことか。わたしは瑠宇さんに知られないように嘆息した。

「名前は聞いた？」

「聞いてない。こっちも聞かれなかったし」

自分よりずっと若い男に気が引けていた。おまけに、

「そんなことになるとは思ってないから、下着なんかヨレヨレだったし、まだ寒いから毛糸のパンツ履いてたし。気づかれないように身支度《みじたく》するのに神経いっちゃって。なんかね、そのとき毛糸のパンツ履きながら思ったわけよ。あたしの人生、こういう一夜を過ごすことは二度とないだろうなって」

帰宅して、身につけていたものを全部捨てた。その後しばらく折にふれ思い出してしまい、恥ずかしさのあまり一人自室で叫んだりしていたのだが、じきに忘れた。ところが、

「引越しが決まってから、急に思い出すようになっちゃって。考えてみたらあたし、彼に仙川のシェアハウスに住んでること話してたんだよね。駅から五分で、甲州街道沿いの農家の敷地内にあって、葡萄畑の隣にあるんだって」

それだけの情報があれば、〈スタインベック荘〉にたどり着くのは簡単だ。なのに音沙汰なしということは、

「あたしにキョーミなんかないんでしょうよ。それはわかってた。でも、ここに住んでればまた会えるかもしれないって、どっかで期待してたことに、今さら気づいたわけ。ここが取り壊されたらすっかり終わっちゃうんだなって。でね、考えたんだけど。立ち退き料をもらったし、最近作ったバッグが売れて、多少だけどお金の余裕ができたのね」

瑠宇さんは上目遣《うわめづか》いにわたしを見た。わたしはとっさに額を押さえ、ごめん、話の途中なんだけど、なんか急に頭痛くなってきた、と言った。瑠宇さんは心配そうに立ち上がった。

「え、大丈夫？　救急車呼ぶ？」

「いや、寝てれば治ると思う」

「そう。ごめんね。ケガしてるのに変な話につき合わせちゃって、悪かったね」

もう寝て、と勧められ、わたしは手汗をシャツに擦りつけながら自室に戻った。

問題のオトコを探せというなら、方法はなくもない。〈道玄坂の近くの、ピンクのパンダが目印のホテル〉が使える。ホテル代をオトコがカードかスマホ決済にしていれば、正確な日時がわかれば、ある程度のお金を積めば、支払い情報が手に入るのだ。

とはいえ、それで身元を突き止めたとして、この件がハッピーエンドになるとは思えなかった。もちろん調べる調べないは瑠宇さんの決めることだが、正直、巻き込まれた

くはない。いくら調査仕事が欲しくても、こんなのはごめんこうむる。

ケガのダメージと瑠宇さんショックがじわじわと襲ってきて、翌日わたしは疲労困憊《ひろうこんぱい》し、階段転落事故で行方不明になったスマホを探しに行く気にもなれなかった。どうしても必要な相手にだけ、スマホが使用不能なのでご連絡はこちらへ、とガラケーから連絡を入れ、そのまま寝込んだ。それでも翌々日の金曜日からの週末には〈MURDER BEAR BOOKSHOP〉の店番に出かけた。正午の開店と同時に客がやってきて、以後、引きも切らなかった。

客の大半は、中央線沿線の書店が共同で開いている十一月のイベント〈中央線沿線BOOKSHOPスタンプラリー〉がめあてだった。沿線にある本屋・古本屋を回って、規定の台紙にその店オリジナルのスタンプを押していく。期限内に集めて実行委員会に郵送すると、オリジナルデザインのトートバッグかブックカバーか栞の十枚セットがもらえる。

スタンプめあての客は次から次へと訪れ、〈MURDER BEAR BOOKSHOP〉オリジナルスタンプ（仁木悦子の『猫は知っていた』をうちの看板猫がオススメしている絵柄）を台紙に押し、わあ可愛いとホメると同時に、ここの店平日は閉まってるし、一軒だけ遠いし、SNSでの情報発信もあんまりしてくれてないし、と文句を並べては去っていった。来店客が多いわりに本の売り上げはまるで伸びない、不思議な週末だった。

日曜日の閉店時間近く、客足がとぎれたタイミングで、桜井から連絡があった。言われた通り石和梅子の経済状態を調べてみたら、とんでもないことになっていた、と彼は言った。

「石和梅子の亭主がバブルの頃に建てたアパートは老朽化して、現在の入居率は四割くらい。あの中村尚のいる不動産管理会社の勧めで、奥沢の自宅を担保に銀行から融資を受けて、一昨年に川崎のアパート一棟を建て替えたんだが、新しくても交通の便が悪いうえに、返済のために家賃を高く見積もって借り手がつかない。おかげで返済が滞っていて、このままだと担保になっている自宅を差し押さえられるかもしれない」

「そのこと、石和梅子の息子には知らせたの？」

　スタンプラリー用の台紙を数えながら、わたしは訊いた。台紙の減りがけっこう早い。〈ブックファースト　アトレ吉祥寺店〉のスズキさんに連絡して、補充をお願いしたほうがいいかもしれない。

「石和豪とは一緒に資料を精査してるよ。昨日は二人で梅子の家に押しかけたんだ」

「そうだ、そういえば彼女は無事だった？」

　さっさと逃げ帰ったのだからと気にしていなかったが、考えてみれば彼女も七十四歳、おまけに一人暮らしなのだ。あのときは動けても、後になって異変が起こった可能性もあった。いまさらながら、冷や汗が出てきた。

「あちこちが包帯やら絆創膏《ばんそうこう》だらけで、すごい湿布の匂いをさせてたけど、元気だったよ。右手の指が腫《は》れ上がっていたらしいが、あの日の帰りにかかりつけの医者に治療してもらってるし、心配しなくていい」

「右手の指が使えないんじゃ、不自由でしょうね」

「おや、お優しいことで。あの婆さんの下敷きになったんじゃなかったのか」

確かに。おかげでまたしても支出が収入を上回ったのだ。

「階段から落ちて度肝を抜かれたせいか、婆さん、素直に全部話してくれた。銀行からの借金の額も、家賃収入より経費がかかって大変だってことも、持っている金目のものはかなり処分したが焼け石に水だったってこともさ。もっと早く息子に相談してればよかったんだろうけど、あの口ぶりじゃ嫁に弱みをみせたくなかったみたいだな。手が不自由になっても嫁の面倒にはならないって言い張って、結局、孫娘がしばらく同居することになったくらいだから」

ここまで事態が悪化したのは本人の自業自得とはいえ、かわいそうではあるんだよな、と桜井は言った。亡くなる前、梅子の亭主は梅子に、きみはなんの心配もしないでいい、不動産管理会社に任せておけば、毎月ちゃんとお金が入るから、と言ったそうだ。

「そんなふうに言われたもんだから、アパート経営に関する責任はすべて管理会社にある、と梅子は信じ込んでた。空き部屋の対処も、住人が退去した部屋のリフォームも、修理費用もメンテナンスや清掃も、全部管理会社の仕事でしょ、なぜ私がお金を出すの、と思うわけだ。おかげで管理会社とのトラブルも絶えなくて、梅子がクビにしたりあっちが契約解除したりと、入れ替わりが激しかったようだよ。本人は、自分は管理会社に恵まれなかった、裏切られてばかりだったって泣いてたけどさ。亭主の言を真に受けて、アパート経営をなめていたとしか言いようがないね」

今年の夏頃から、銀行の融資の焦げつきが深刻化した。さすがに世間知らずの元お嬢様も家政婦を辞めさせ、自分で家事を始めるなど節約する一方で、金策を始めた。それがはかばかしくいかず、ストレスと、大好きなバターをたっぷり使った自己流料理の影響で、梅子はみるみる太った。膝痛も体重増加後に始まったというから、原因は推して知るべしだ。それを、ボーイフレンドができて若く見えるようになった、とおめでたい思い違いをしていたのだから、梅子が息子を頼らなかったのも無理はない。

「こないだの目黒川カフェデートは借金返済の相談だったらしい。そんなこと相談されても、中村も困るよな。誰かお金を貸してくれそうな人はいないんですか、と言ったんだそうだ」

「それで、梅子は青沼ミツエに会いに行ったのね」

青沼ミツエの息子、ヒロトの父の青沼光貴は今年の三月に交通事故で亡くなっている。なら賠償金や保険金その他、遺族に大金が入っているかもと思いついたのだろうか。貧《ひん》すれば鈍《どん》するとはよく言ったものだ。

「そもそもミツエさんと石和梅子って、どういう関係なの？」

「二人とも川越の出身で、中学の同級生だそうだ。仲は良くなかったみたいだけど、同級生の交流サイトを通じて、梅子はミツエの消息を知っていた」

最中を包み、亡くなった息子さんにお線香をと突然押しかけ、断られても押し切って、強引にアパート二階の青沼光貴の部屋に上がり込んだ。位牌に手を合わせるのもそこそこに窮状を訴え、金を貸してくれと頭を下げたのに、けんもほろろに断られた。貸してくれるまでここにいる、と部屋に居座ったら、部屋から引きずり出された。ひどすぎる。

それで喧嘩になった。階段から落ちたのはおたがい様だけど、困っている同級生に冷たくした心の狭いミツエが悪い、というのが石和梅子の言い分だが、

「喧嘩両成敗とはいえ、大ケガしたのはミツエだけだし、梅子の行動は褒められたものじゃない。話の途中で石和豪が、身内を亡くしたばかりの人のところに、その保険金貸せとおしかけるなんて、非常識じゃないかって怒ったんだよ。そしたら婆さん、真顔で、交通事故死って儲かるって聞いたんだもの、だと。開いた口がふさがらなかったよ。ミツエにも同じこと言ったんじゃなきゃいいけど」

いや、きっと言ったのだ、とわたしは思った。いくらブルドッグみたいな女でも、ずうずうしいというだけで部屋から引きずり出しはしないだろう。

「ともかく石和豪としては、ミツエが被害届を出す前にこちらから謝罪して、入院治療費の全額負担を申し出るつもりだ、と言っている」

桜井はやや早口になった。

母親の資産についても専門家を雇って細かく調べた上、銀行とも相談するつもりだが、こっちは結論が出るまでには時間がかかる。だから賠償金を請求されたとしても、それが払えるかどうかは先の話になってしまうのだが、あちらには交通事故の後遺症で世話が必要な孫もいるそうな。しかしこちらとしても無い袖《そで》は振れないし、腹立ちまぎれに刑事告発をされても困る。

というわけで、と桜井は咳払いをすると、一気にまくし立てた。

「葉村おまえ、石和家と先方との間をとりもってくれないか」

わたしは飛び上がった。

「はっ？　なんでわたしが」

「事情をよくわかってて、石和家の代理人としてではなく青沼家に近づけるのは、葉村だけなんだよ」

「どういう意味よ」

「文字通りの意味だよ。そもそも石和梅子のオトコを探すより、経済状態のチェックをしろと言い出したのも葉村じゃないか。おかげで問題点がはっきりしたわけだしさ。そういや、どうして梅子が破産寸前だと気づいたんだ？」

膝痛の資産家が強風の日にお出かけするとなったら、車を呼ぶだろう。せめてタクシーを捕まえるはずだ。歩いて尾行している時点で妙だと思っていた。さらに石和梅子は当日、ピンクのセットアップを着ていた。家を出る前から、弔問を口実にして借金の申し込みをする予定だったら、さすがにピンクは避けるだろう。前後の事情を考えると、あの日、梅子は突然思いついてミツエを訪ねたのだ。彼女の行動は、オトコに貢いでいるだけにしては切羽つまりすぎていた。

「考えてみれば、梅子の所有するアパートはバブルの頃に建てられたのだから、築四半世紀でしょ。手入れが悪ければオンボロで、下水の臭いがしているかもしれないくらいの物件ってことよね。となると現在、周囲が考えているほどの収入が梅子にあるかどうか疑わしいと思っただけで」

「いや、素晴らしい洞察力だ」

桜井はそっけない口調で話を遮った。

「やっぱり交渉のとりもちには葉村がふさわしい」

「だから、なんでそうなるのよ」

「直接交渉しろってんじゃないんだ。交渉のとりもちだ、わかるよな。葉村と青沼ミツエは同じ事故でひどい目にあった被害者同士なんだ。見舞いに行って、一緒に梅子の悪口でも言って盛り上がって、距離を縮めろよ。なんならついでにミツエの身内にもすり寄っとけ。ケガしてる孫の面倒でもみてやれよ。青沼家の皆さんの信頼を勝ち得るんだ」

揃えていたスタンプラリーの台紙を、ばら撒きそうになった。

「あー、つまり、相手の懐に飛び込んで、味方のふりをして、あなたがたの都合のいいように彼らをコントロールしろってこと?」

「話が早くていいねえ」

わたしは息を詰まらせた。

探偵調査はきれいごとではない。相手の隠したい、弱い部分を調べ上げ、依頼人に報告するのが仕事だ。依頼人の利益を優先するということは、不利益を被る人間が出てくるということでもある。それがこの仕事だ。

だが、潜入捜査の真似事みたいなこれが、はたして探偵の仕事なのか?

「おい、聞いてるか葉村」

気がつくと、桜井が電話の向こうで怒鳴っていた。

「あのなあ、なにをためらってるんだか知らないが、青沼家をだまくらかせとは言ってない。ミツエが腹立ちまぎれに被害届を出したり、話も聞かずに謝罪や和解案を感情的に拒否したり、なんてことにならないように持っていってほしいってだけだ。青沼家にとっても悪い話じゃない。冷静に話し合って妥協点を見つけたほうが、おたがいにストレスも少なく、損もしない。これが無茶な注文か？」

無茶な注文だ。わたしはロビイストでも交渉人でもない。そんな仕事を回してくるなんて、どうかしている。

なんと断るべきか、考えながら入口に目をやった。外から聞きなれない音がしてきたのだ。

「三十万出す」

桜井が言った。

「前金で十万。和解交渉がうまくいったら残りを支払う。悪くないだろ」

そんなお金、誰が出すのよ、と言いかけたとき、店の入口に影が差してわたしは目をあげた。開け放した扉の前に、青沼ヒロトが立っていた。

5

「やっぱりあんただったんだ。そうじゃないかと思った。病院で会ったの覚えてますか。青沼ヒロトと言います」

ヒロトは真正面からわたしを見て名乗った。わたしは携帯電話をお手玉しそうになりながら桜井との通話を切り上げ、向き直った。

「なぜ、きみがここに？」

「バアちゃんに救急車を呼んでくれた女の人がいて、額から大出血して一緒に江島病院に運ばれていったって、うちの店子の爺さんに聞いたんだ。知り合いの救急のナースにその条件で調べてもらって、葉村晶って名前がわかった。それで検索したら、ここの本屋の情報が出てきた。ねえ、これ庭に落ちてたんだけど、あんたのじゃない？」

ヒロトはコートのポケットからわたしのスマホを出して、カウンターの上に置いた。手に取った。画面に亀裂《きれつ》が走り、電源すら入らない。完全に壊れている。

それでもわたしは彼に感謝した。たびたびスマートフォンをなくしたり壊したりするものだから、契約しているケータイ会社が警戒し、新規のスマホを入手するのがどんどんめんどくさくなってきているのだ。これがあれば、ほら、壊れてるでしょ、と顔なじみの「平松《ひらまつ》」という担当窓口に突き出せる。

ヒロトはわたしの謝辞を受け流し、店内を見回した。

〈MURDER BEAR BOOKSHOP〉は木造モルタル造り二階建てのアパートの、一階の二部屋分を改装して作った店だ。四方の壁はすべて作りつけの本棚。扉の脇にはレジカウンターがあり、背後のガラスケースには稀覯本《きこうぼん》が収められている。ケースの上にはアガサ・クリスティー、コナン・ドイル、コリン・デクスター、ドロシー・L・セイヤーズといった、有名なミステリ作家の写真を飾っている。

部屋の中央には八角形の平台があり、〈中央線沿線 BOOKSHOP スタンプラリー〉のスタンプ台とともに、風船でできた自由の女神像と、現在展開中の〈ニューヨーク・ミステリ・フェア〉のセレクト本が並べられていた。

少し前に、もう一人のオーナー、土橋保《どばしたもつ》が遅い夏休みを取ってニューヨークに行った。〈ストランド・ブックストア〉や〈ミステリアス・ブックショップ〉その他の古本屋でせどりをして、集めたペーパーバック・ミステリをぎっしり詰め込んだ箱を郵送したのが、先般ようやく届いたのだ。到着までずいぶん時間がかかったと思ったら、税関で中身を調べられたらしい。段ボール箱はポストンくん柄のガムテープで梱包され直してあった。

これにローレンス・ブロック、S・J・ローザン、トマス・チャステイン、エラリイ・クイーン、アイザック・アシモフ、ヘンリー・スレッサー、コーネル・ウールリッチ、ドナルド・E・ウェストレイク、マイクル・コナリー……といったニューヨーク関係の作家や作品を足して、〈ニューヨーク・ミステリ・フェア〉を開催したのだった。だが、目玉の「ニューヨークで買いつけたペーパーバック・ミステリ」は早々に売れてしまい、〈ニューヨーク・ミステリ・フェア〉は今やグズグズで、たまに来店するマニアをがっかりさせていた。

「ねえ、ここの看板に、なんとか探偵社って書いてあったんだけど」

ヒロトもフェアにはなんの関心もないらしく、入口のすぐ脇にもたれかかった。スタンプラリーの客たちにいじられまくってふて腐れ、どこかに潜り込んでいた看板猫が現れて、甘えた声で鳴きながら彼の足にすり寄った。

「〈白熊探偵社〉ね」

「あんたも探偵？　白熊ってネーミング、あんたの趣味？」

「オーナーの趣味よ」

「ミステリ専門本屋付属の探偵社ってことは、本のことも調べてくれんの？　オレさ、子どもの頃に読んだ本で、もう一度読んでみたいけどタイトルとか思い出せないのがあるんだよ。夏休みに金貸しが殺されて、緑色のズボンとパン屋が出てくるやつ。警部さんが食べる、焼きたてのクリームパンがうまそうだったんだよなあ」

わたしは児童書の棚から、岩波少年文庫の『カッレくんの冒険』を取り出してカウンターの上に置いた。ヒロトは松葉杖を立てかけ、本を開いた。パラパラとめくって少し読み、ああ、これだ、と言った。

「もっとでかい本だったような気がしてたけど。すげー、よくわかったね」

いや簡単すぎる。リンドグレーンのカッレくんシリーズは、児童ミステリの基本中の基本だ。それにハードカバーの「でかい本」もある。

「あんた、本物の探偵かと思ったら、ミステリ本探偵なんだ。おもしれー」

「ちょっと。わたしは東京都公安委員会に届け出をした本物の探偵だよ」

「え、マジで？　じゃあ依頼したら雇える？」

ヒロトは冗談めかして言ったが、かすかに手が震えていた。イヤな予感がした。年に二、三度、こういう予感がやってくる。コイツには関わらないほうがいい、依頼されても断っとけ、と天にいる誰かさんか三途《さんず》の川の向こう側の祖母が耳元で囁くのだ。

「探偵なんてよほどでなければ雇わないほうがいい。お金もかかるしね。だいたいナースから個人情報を引き出すなんて、きみのほうが探偵として有能そうだし」

「ナースはかわいそうな若い男に弱いんだ」

ヒロトはこともなげに言った。青沼ミツエが目を覚ましたと知らせにきたナースが、彼を守るように手を広げていたのを思い出した。

「ところで、きみの……」

「その呼び方やめてくんない？　なんか気持ち悪い。ヒロトでいいよ」

わたしは軽く手を上げて、尋ねた。

「おばあさんの具合はどう、ヒロト？」

「あれ、呼び捨て？　ウソ、冗談。呼び捨てでいいよ。……バアちゃんね、左腕の尺骨《しゃっこつ》にヒビが入って、指も何本か折れてた。なにより鼻の骨が折れて、顔面が真っ黒で、誰だかわからないくらいひどかった。最初に病室に入ったとき、オレ泣いちゃったよ。キレイに治るって医者は言うし、バアちゃんも前にも一度折ったことがあるけど、ちゃんと治ってただろって言うんだけど」

「うん。鼻やるとしばらくは人間以下みたいな有様だけど、元どおりになるから大丈夫」

「葉村さん、鼻やったことあるの？」

「まあね」

「さっすが探偵。どんな事件だったの？」

ヒロトはニヤニヤと言った。わたしは話題を変えた。

「ところで、ここまでどうやってきたの」

「もちろんタクシーだよ。今日はわりに体調がよかったから、リハビリかたがたバアちゃんの見舞いに行くつもりだったんだけど、気が変わってここで下ろしてもらったんだ」

ヒロトは鼻を鳴らした。

「交通事故にあったって言っただろ。リハビリのためならタクシー代が出るんだ。事故のせいで三回も手術した。最初はもう歩けないかもしれないって言われたけど、頑張って、ここまで歩けるようになった。右膝の可動域は半分になったし悪夢もみるし、事故前のことで思い出せないことも多いけど、後遺障害の等級を減らされたほど元気だよ。……ごめん。重くて限界」

ヒロトは顔をしかめ、足の甲に座り込んでいた猫を杖で追い払った。猫は不満そうに声を出さずに鳴くと、しおしおと後ろに下がった。

「事故で一緒にいた親父は死んだのに、オレはこうして助かったし、なんとか歩けるようになったし、だからラッキーだってみんなに言われたよ。子どもの頃からのつきあいで、親友だと思ってた竜児《りゅうじ》ってヤツも、生き延びるとは思わなかった、って言ったきり会いにも来なくなった。他人の痛みなら何十年でも我慢できるっていうけど、本当だよな。医者はもう松葉杖をやめろって言う。けど、普通の杖にすると頼りなくて震えがくるし、痛みがひどいんだ」

居座られても困ると立たせていたのだが、それも限界のようだ。カウンターの後ろから折りたたみ椅子を出して、すすめた。ヒロトは椅子を入口側に向けて、腰を下ろした。

「今日も痛む？」

「それほどでも。寒さがゆるんだせいかもね。自分でも体調の予測ができないんだ。午前中は元気だったのにリハビリの途中で動けなくなったり、朝、死にそうにキツかったのに、夜はさえたり。部屋から一歩も出られない日もあれば、居酒屋に長居できる日もある。保険会社に見つかるとマズいけど。やつら、自分たちの払う金額を低くするためなら、なんでも利用するから」

ヒロトはウエストポーチから水のボトルを外して飲んだ。歪《ゆが》んでいる口の端から水がこぼれ落ちた。彼は目を伏せて袖口で拭った。わたしは気づかなかったふりをした。

「なんでもって、例えば？」

「そりゃ探偵さんのほうが詳しいんじゃない？」

ヒロトは水に濡れた袖を隠すようにして、言葉を継いだ。

「例えばさっき、普通の杖は怖くて使えないって言っただろ。それも疑われたよ。医者から言われているのに松葉杖を手放さないのは、自分が大変なケガ人だと世間にアピールし続けるためなんじゃないか、とかさ」

わたしが保険会社の調査員でもそう考えたかもしれない。以前、保険金詐欺が疑われる事案の調査をしたことがあるが、調査対象者はむち打ち症のはずが、ジェットコースターに立て続けに三回も乗っていた。

ヒロトは頬の傷跡を軽くこすった。

「人間は立場によってものの見方が変わるんだって、バアちゃんが言ってた。松葉杖でケガ人アピールって考え方は、あながち間違ってもないよ。東京は混み合ってる。スマホに気を取られてぶつかってくるヤツがどれほど多いか、それがどんだけ怖いか。こんなふうになるまでは、オレもぶつかる側だった。アピールされなきゃ気づかないよ」

ヒロトは自分の体を見下ろした。

「葉村さんも交通事故の被害者になればわかるよ。世の中、ひっくり返るから。意識が戻って一般病棟に移って、でもまだよく頭が働いていないときに、交通課の警察官が来たんだよね」

ヒロトは落ち着かなげに、椅子の上の体を捻りながら言った。

「疲れているからまたにしてくれって頼んでも、医者は大丈夫だと言ってたの一点張りで、質問ぜめにされた。それで、最後にこう言ったんだ。事故を起こした相手に厳罰は望みませんってことでいいね、って。それで返事も聞かずにオレの手をつかんで、親指を出させようとした」

「えっ、それ、もしかして書類に拇印《ぼいん》を？」

「だと思う。そのときはオレまだ親父が死んだこと知らなかったんだけど、なんかイヤで、必死に指を折り曲げて抵抗したんだ。ものすごい唸《うな》り声が出て、ナースが来てくれて助かった。その交通課の警察官が保険会社の回し者かどうか知らないけど、だったとしても驚かないよ」

加害者への処罰感情がゆるいのは、たいした苦痛じゃないからですよね、とあきれるほど強引な解釈をされて、支払金に影響が出たという話は聞いたことがある。たいていの警察官は真っ当に職務にあたっているとはいえ、中には低レベルなのもいるだろう。定年後、保険調査員に転職する警官は珍しくないし、ヒロトの考えもまんざら邪推ではないかもしれない。とはいえ、それを明らかにするのは難しい。

考え込んでいると、ヒロトが急に笑い声をたてた。

「食いつきそうな顔しないでよ、葉村さん。そんな警官どうでもいいんだ。交通事故の件はバアちゃんが頑張ってくれて、ほとんど片づいてる。アクセルとブレーキを踏み間違えたジジイのことも、詫び状一本送ってこないジジイの家族も許せてないけど、面倒はもう腹一杯だよ。今日、葉村さんに会いにきた理由の一つは、本を買い取ってもらいたいからなんだ」

ヒロトは視線を向けずに、平台の方向を手で示した。

「うちの隣に〈ブルーレイク・フラット〉っていうバアちゃん所有のアパートがあって、オレの親父はそこに転がり込んで、本とかレコードとか趣味のものを集めてた。コレクションが増えて部屋が手狭になると、空き部屋を倉庫がわりに使う。そこがいっぱいになると、また別の空き部屋を倉庫にする。その繰り返しで、二階の二部屋と一階の一部屋が埋まってる。早く片づけたいんだ」

古本の引き取りを調べたら、自分で箱詰めして宅配便で送る方法が出てきたが、それは難しい。業者を呼んで値のつく本ばかりを持っていかれ、残りは置いていかれても困る。どうしようかと思っていたところへ、我が〈MURDER BEAR BOOKSHOP〉の情報が飛び込んできたというわけだ。

本は喜んで引き受ける、それ以外の遺品も整理したいなら信頼できる専門業者を紹介する、と答えると、ヒロトはホッとしたようだった。

「よかった。ボロいアパートだけど吉祥寺エリアだし、キレイにすれば借り手も見つかるよね。今は一〇一号室にレオ爺さんって、いっつもライオンズの野球帽かぶってる酔っ払いが入ってるだけで、家賃収入なんてないようなもんなんだ。バアちゃん、親父の保険金とか全部、オレ名義にして絶対に手をつけようとしないしね」

できるだけ早く進めてくれ、とヒロトに言われ、その場で真《ま》島《しま》進士《しんじ》に電話をした。彼の遺品整理会社〈ハートフル・リユース〉とうちは、持ちつ持たれつの関係だ。遺品の中に本があれば、真島からうちに連絡が来る。遺品整理の話が出た場合には、うちが真島を呼ぶ。

実家の片付けや遺品整理に注目が集まっているせいで、真島の会社もテレビ取材を受けたばかりだった。おかげで予約がぎっしりだ、と真島は疲れたように笑った。

「でも木曜日ならキャンセルが出た。休むつもりだったけど、葉村の紹介なら、先日、入ったばかりのバイト連れて見積もりに行くよ」

「募集かけても全然だって言ってたのに、バイト見つかったんだ。よかったね」

「おかげさまで。でもその人件費を稼がないと。レコードをうちで引き取らせてよ。金に糸目をつけないマニアと知り合いになったんだ」

ヒロトに確かめた。彼はうなずいた。

「明日、バアちゃんが退院するんだ。捨てちゃいけないものとかは、バアちゃんに見てもらえるし、木曜日ならちょうどいいよ」

約束して電話を切った。気づくと閉店時刻を過ぎていた。滑り込みでスタンプを押しに来た客を送り出し、レジを閉めにかかった。店内にワゴンを戻し、戸締りを確認した。

その間、ヒロトは無言のまま椅子に座っていた。帰る気配はなく、まだなにか言いたげだった。そもそも、リハビリに行くつもりだったのに気が変わってこの店に来たというのはでまかせだ。ヒロトが来たのは閉店間近の夜八時近く。リハビリにしては遅すぎる。

看板のライトのスイッチを切って、訊いた。

「晩御飯は？　食べに行く元気があるなら、一緒にどう」

「いいの？」

「よくなきゃ誘わないよ。なにがいい？」

「中華がいいな。ギトギトのやつ」

待ってましたと言わんばかりだった。

面倒でなくもなかったが、追い払うのも気が引けた。それに気になることもあった。ヒロトはさっき、買い取り依頼は「葉村さんに会いにきた理由の一つ」だと言った。他にも理由があるということだ。

タクシーを呼んでアトレ吉祥寺の東側に降ろしてもらい、高架下の台湾料理の店に入った。店内に足を踏み入れて気がついた。油のせいか床がぬるっとしている。普通の杖が怖いと言ったヒロトの言葉が、急に現実的に感じられた。

ニラ玉とエビチリと青椒肉絲《チンジャオロースー》と、甘酢の漬物を頼んでシェアして食べた。ヒロトがどうしてもというので、水餃子も頼んだ。ヒロトは唇をテカらせ、見ていて気持ちいいほどよく食べた。

「できたてのアツアツはなんだか違うよね。こういうの久しぶりだよ」

「おばあさんが入院している間、ご飯はどうしてたの」

「丼の頭通のコンビニと出前、近所の人とか親戚とか。意外となんとかなるんだよな」

食事をすませると、ヒロトはコーヒーを飲みたがった。人でごった返す吉祥寺の街を一人で歩くのは、まだ危なすぎる。おばあさんに付き添ってもらうのも若い男としては気がひけるのだろう。わたしは新しい手頃な杖といったところだろうか。移動中、彼は静かに杖を操っていたが、どこかはしゃいでいるように感じられた。

タクシー乗り場に近い路地の、古くて人気のない喫茶店に入った。濁った酸っぱいコーヒーだった。吉祥寺には美味しいカフェがたくさんあるが、狭かったり遠かったり、階段が多かったり、スツールにはい登らなくてはならなかったりと、ハードルが高い。若く健康でなくては美味しいコーヒーにもありつけないのだ。

小声でマズいねと言い合うと、わたしはヒロトが〈MURDER BEAR BOOKSHOP〉に来た他の理由について尋ねてみた。くつろいでいたヒロトの表情がかすかにこわばった。

「それはつまり、バアちゃんの件だよ。レオ爺さんの言うには、バアちゃんに救急車呼んでくれた……って、つまり葉村さんがね。バアちゃんと階段から落ちた相手を見てるはずだって言うんだ。相手はいつの間にかいなくなっていた、逃げたんだ、誰だか突き止めて治療費をもらえって」

表向き、わたしは通りすがりの人間だ。そんな相手を探してわざわざ聞きに来なくても、

「誰と喧嘩してたのかなんて、おばあさんに聞けばわかるでしょ」

「聞いたよ。聞いたんだけど、昔の知り合いだ、二度と関わり合いになりたくないから名前は教えないって。そいつのせいで大ケガしたのに、なんで隠すかな」

確かに不思議だ。てっきり青沼ミツエは病院のベッドで、あのブルドッグみたいな顔を震わせながら、石和梅子への呪いの言葉を吐きまくっているものだと思っていた。なのに、なぜ。

ちょっと待て。

あることに思い当たった。あのとき、先に落ちてきたのは梅子の方だった。梅子が勢いよく落ちてきて、わたしにぶつかったのだ。

わたしは石和梅子の非常識な借金の申し込みが原因の喧嘩で事故が起きたのだと思い、桜井にもそのように報告した。だが、ひょっとして、あのとき梅子がミツエを指さして、

「私のせいじゃありません、この人が私を押したんです。だから私はこの人の腕をつかんだのよ、正当防衛です」

と、言っていた通りのことが起きたのだとしたら。

もしそうなら、梅子サイドがミツエに治療費を払う必要はない。むしろ逆に、ミツエ

のほうが「故意に突き落としてすみませんでした」と梅子に詫びを入れなくてはならないのかもしれない。

そう考えると、ミツエが梅子の名を伏せたのもよくわかる。詫びればまた梅子が押しかけてきて、許してやるから金を貸せと居丈高に言い出すかもしれない。ミツエは金を全部、孫のために貯金している。その大切なお金を梅子に取られたくはないだろう。

気づくと、ヒロトがじっとこちらを見ていた。

「あんた、見てるよな。バアちゃんに怪我させたヤツのこと」

「うん。見た」

わたしは大きく息を吐き出した。ヒロトは息を荒げ、せわしなく言った。

「じゃあさ、どんなヤツだったか教えてよ。年恰好とか、着てた服とか。近所の家の防犯カメラ映像とか見せてもらえれば、そいつの画像が手に入ると思うんだ。それをネットにアップしてさ、事情を書き込んでみんなに協力してもらえば、身元の特定ができるかもしれないだろ」

「ダメでしょ、そんなことしちゃ」

「どうして。別にいいじゃん。あんたにやれとは言ってない。どんな感じの相手だったか教えてくれればいいんだって」

「だって、おばあさんは話したくないって言ってるんでしょ。そう言うからにはそれなりのわけがあるんでしょう。おばあさんの迷惑になるかもしれないのに教えられないよ」

ヒロトはしばらくぽかんとしていた。そのうち、彼の膝が急にガタガタ揺れ始めた。

振動でテーブルが動き、コーヒーソーサーの上のスプーンが小刻みに鳴った。客のいない喫茶店に、その音はいやに大きく響いた。

「じゃ、じゃあさ、つまり、バアちゃんに大ケガさせて逃げたヤツを、あんた、かばうってのとお、おんなじじゃんよ。そ、そんなのってさ、ひ、ひどくないかっ、か」

ヒロトの顔が赤くなり、傷が急に目立って見えた。舌をもつれさせ、頭をしきりと振っている。

そういえば、事故の後、悪夢にうなされたり事故前のことで思い出せないことも多い、と言っていた。交通事故で死にかけ、恐ろしい体験をして、ひどい痛みに苛まれた。それで精神障害が残るケースは珍しくない。わたしだってその昔、ある事件でコンテナに閉じ込められたときの精神的後遺症がまだ残っている。あれから十五年はたつが、いまだに明かりがないと眠れないし、狭い場所は苦手だ。なにかの拍子にスイッチが入ると、自分の意思とは関係なく、勝手に体が震え始めるのだ。

「落ち着きなさいよ」

わたしはわざとそっけなく言った。

「相手がどんなだったかは教えないけど、あんたが納得できるようにするから」

「ど、どうやって、だ、だよ」

ヒロトの口からよだれが垂れてきた。おしぼりをとってやると、彼はゴシゴシとあたりを拭いた。そうしながらしきりと手を開いたり閉じたりし、深い呼吸を繰り返した。やがて震えが止まり、ヒロトは疲れたようにおしぼりを放り出した。わたしは彼に言った。

「おばあさんと話をさせて。明日の退院、手伝うから」

6

「そうだよ。アタシがあの女を突き飛ばしたんだ」

青沼ミツエはベッドの上で体勢を変え、わたしをねめつけると、あっさり認めた。

「昔から計算高いイヤな女だった。長いこと没交渉だったのに、急に押しかけてきて息子に線香をあげたいなんて、誰だってなに企んでるんだろうと思うよ。息子の事故死で儲けた金を貸してくれと言い出したときには、予想通りすぎて笑えたくらいだ」

ミツエの病室は四人部屋だったが、他のベッドのカーテンはきっちりと閉まっていて、人がいるのかどうかもわからない。わたしとヒロトが入っていくと、ミツエはその静まり返った病室の窓際のベッドで、レンタルした薄っぺらい寝巻きを着たまま窓に向かって座り、朝の明るい青空と吉祥寺通のケヤキ並木を見下ろしていた。

鼻にはまだガーゼが貼られていたが、事故から五日ほどたって、顔に腫れは見られなかった。左腕はアームホルダーにすっぽり包まれ、指の先端まで固定されていた。だが全体的に、懸念していたより肌ツヤはよく、声にハリがあった。

ミツエは当初わたしをいかがわしいものでも見るような目で見たが、あの転落事故に遭遇し、巻き込まれてケガをした人、というヒロトの紹介でいろいろ察したらしい。リハビリに行ってこい、とうむを言わせず孫を追い出し、わたしと二人きりになった。そしてわたしが、階段から先に落ちてきたのはあなたではなく、もう一人の女性でしたよね、と尋ねると、それだけでこちらがなにを疑っているのか悟ったのだ。やっぱり、頭のいいおばあさんだ。

予想していたとはいえ、暴力沙汰を告白され、絶句しているわたしを尻目に、ミツエは用意されていた衣類に着替え始めた。アームホルダーから左腕をそっと外し、シャツの袖に通すのに苦労している。手を貸した。その間もミツエはしゃべり続けていた。

「中学生の頃、海外に住んでいた叔母がアタシにコートを送ってくれた。流行のキレイな黄色で、友だちの間でも評判になったよ。そしたら梅子が渡しそこねていたからって、七ヶ月も前の誕生日のプレゼントとやらを持って家にきた。さんざっぱらおべんちゃらを並べて、挙句《あげく》にコートを貸してくれってさ。断ったらうちの母親に泣きついた。母親に言われて仕方なく、一日だけの約束で貸したけど、そのシーズンが終わるまでコートは返ってこなかった。次のシーズンにはアタシ、梅子のお下がりを着てるって言いふらされたよ」

三つ子の魂百までって、昔の人はうまいこと言ったよ、とミツエは言った。あれから六十年も経つのに、やり口が変わらないんだから。

「それでも梅子のほうが、アタシより反射神経がいいってことは認めてやらないとね。とっさにアタシの腕をつかむなんて、なかなかだよ」

「そんなこと言っている場合ですか」

わたしは周囲を見回して声をひそめた。

「階段の上で突き飛ばすなんて、先方のケガのほうがずっと軽かったからよかったようなものの、そうでなかったら立派な傷害、まかり間違ったら殺人未遂ですよ」

ミツエは手を止めて、しげしげとわたしを見た。

「あのさ。あのとき、あんたもケガしたんだよね。そのおでこ？」

「……はい」

「だったら、あんたも治療費をもらいたいはず。あの女の連絡先を知りたいはずだろう。なのにあんた、あの女の名前を聞こうとしないよね。何回か、梅子って口を滑らせたのにさ。ひょっとして、あんたはとっくに梅子を知っていて、もう話をつけたんじゃないのかい。でもって梅子サイドから、アタシがどう出るつもりか聞き出してくれと頼まれたんじゃないのかい」

うわー。鋭い。ほぼあたりだ。

「まあ、そんなとこです。交渉のとりもちをして欲しいと頼まれました。ですが、あなたが梅子さんを突き飛ばしたのなら交渉もなにもないですよね。先方には、二度と会いに来ないのを条件に治療費はいらないと伝えます」

「梅子が治療費？」

「いえ、息子さんが出すそうです」

「へえ。その息子に頼めばよかったのに、借金」

どうせ梅子のこったから、息子の嫁に弱みを見せたくなかったんだろうけど、とミツエは言った。梅子だってアタシを嫌ってる。そのアタシに向かって畳に額を擦りつけてまで、身内にはいい顔したかったのかねえ。ご苦労なこった。

「ま、ともかく、くれるっていうならもらうよ治療費」

「は？」

「せっかくだ。それにさ」

ミツエは自分の鼻をさして、

「こっちが突き飛ばすより先に、梅子に殴られた。それでこれだよ。治療費をもらったってバチは当たらないだろ」

わたしは口をあんぐり開けた。そういえば、梅子の右手の指が腫れ上がっていたらしい、と桜井が言っていた。

「それじゃその鼻は、階段から落ちたときにケガしたんじゃなくて、梅子さんのパンチを食らって……？」

ミツエはアームホルダーに左腕をおさめながら顔をしかめ、年はとりたくないねえ、昔ならあんなトロいパンチ、まともに食らったりしなかったのにさ、と言った。

「あの女、頭に血がのぼってたのか、もう一発殴ろうとしてきたのよ。それでとっさに避けて突き飛ばした。階段の上だろうがなんだろうが、やめなかったのは梅子のほうだからね。こっちは自分の身を守ろうとしただけ。文句ある？」

「えーと……ないです」

「だろ？　ま、こっちもこれ以上騒ぎを大きくしたくないから、治療費を持ってくれるなら警察沙汰にする気はないし、慰謝料をよこせとも言わない。落ちぶれた昔の知り合いにせめてもの情けだ。ありがたく思えって、梅子によーく伝えてよ」

ミツエは落ちぶれた、情け、ありがたく、を意地悪く強調した。当初の計画があっさり成就してしまい、毒気を抜かれたわたしはミツエの髪をまとめるのを手伝った。若草色のカーディガンを羽織り、こざっぱりした様子になったミツエは突然、愉快そうに笑い出した。

「それにしても、面白いねえ」

「なにがですか」

「先方があんたに、交渉のとりもちを頼んだって話よ。婆さん二人が殴り合いの喧嘩をして、運の悪いほうが入院したってだけなのに大袈裟だ。その桜井ってあんたの知り合い、きっと、交渉術についてのビジネス書を読んだばっかりだったんだよ。心理的手管《てくだ》を使って自分サイドに有利に事を運ぶって、ビジネスマンのロマンだからねえ。ま、しばらく返事はやめときな。焦《じ》らして楽しんでおやりよ」

うん。まあ。それは確かに、楽しいかも。

荷物を持ち、ミツエがナースステーションで挨拶をして、会計を済ませるのに付き添った。入院治療費の領収書を見た。思ったよりも安かった。これくらいなら、梅子の息子も喜んで支払うだろう。昨日のヒロトの「発作」を思い出し、ホッとした。

そのヒロトのリハビリを、理学療法室に見に行った。本館から別館への長い渡り廊下にはガラスケースがあって、寂れた温泉宿で見るような、ぱっとしない壺や毛がボサボサのクマの剝製《はくせい》、シミだらけの掛け軸が展示されていた。ただし温泉宿と違って、剝製の隣には人体模型や骨格標本が並んでいる。針金でつながれ、吊るされた骸骨は楽しげに八重歯をむき出していた。

理学療法室で、ヒロトはウォーキングマシーンにつかまって歩いていた。顔を真っ赤に歪め、汗まみれになって、前へ前へと足を踏み出していた。スピードはゆっくりだったが、それでもひどくきつそうだった。ときどきよろけ、歯を食いしばっていた。

わたしたちは声をかけず、そのまま踵《きびす》を返した。歩きながらミツエが右手の指で目のふちを軽く押さえた。

正面玄関近くで待つことにした。空いているベンチに並んで座った。ミツエは深く息をついて目を閉じた。わたしは隣に腰を下ろし、あたりを見回した。

井の頭江島病院は総合病院だが、その院長・江島琢磨《たくま》は、武蔵野地域では整形外科の名医として知られている。著作も多く、テレビの情報番組に出演し、自分で考案した腰痛体操を披露した。おかげで一時は全国から、腰痛や膝痛に悩む人々が押し寄せてきていたそうだ。

斜め前に座っているおじいさんはコルセットをはめていたし、向かい側のベンチには指が数本欠けた男が松葉杖にもたれていた。低めのベンチに腰をおろしていた老人が、口汚く罵りながら摑めるものにはなんでもすがり、立ち上がろうとしている。わたしの右側のベンチに座っていた白髪の男は、隣に座った老人に、ここの医者は名医で、腰痛をいっぺんでとってくれたと友人から聞いた、と声高に説明していた。

湿布薬の臭いとともに充満していた人々のざわめきが、ふと静まった。ロビーの奥を白衣の集団が移動していた。先頭にいたのは今、思い出していた江島琢磨だった。眼鏡をかけ、真っ黒に染めた髪を撫でつけ、つやつやした顔で患者たちの挨拶に答えている。白衣の下からのぞく靴も腕時計も高級品だ。

江島院長は金の臭いを放ちながら、忙しそうに立ち去っていった。

待合場所の前に設置された、無音のテレビ画面に映し出されたハンバーグの肉汁から目をそらした途端、知った顔を発見した。〈スタインベック荘〉の大家・岡部巴だ。七十歳を超えてなお、堂々たる骨太の体に足首まである藍染のロングコートをまとい、淡墨色のストールを巻いている。足元はウールの足袋《たび》に草履《ぞうり》、亡母の帯で瑠宇さんに作らせた、お気に入りの頭陀袋《ずだぶくろ》を下げていた。病院の事務員らしい女性と立ち話をしていたが、肩を落としてこちらに歩いてきて、わたしに気がついた。

「瑠宇に聞いたんだけど、転んでケガしたんだって?」

立ち上がって迎えると、巴は日焼けした化粧っ気のない顔をこちらにぐいと近づけて、言った。

「大したことありません。四針縫っただけです。ご心配おかけしまして」

「店子の心配をするのは大家の権利だ。だからそんなことはいいんだが、困ったね。晶に紹介したい部屋があったんだけど、アンタはシェアハウスのほうが向いてるかもね。晶病院と縁が切れないのに一人暮らしは危ないだろ」

悩みを抱えていそうなのに、まずはこちらの心配をする。岡部巴はいい大家だった。母屋の半壊後、一緒に〈スタインベック荘〉で暮らし、いい同居人でもあった。いまさらながら〈スタインベック荘〉の閉鎖によって、失うものを突きつけられたような気がした。

「巴さんはなぜここに？　まさか、どこか悪いんですか」

「いいや、マンションを建てる大勝負の前に、ちゃんと上から下まで調べてもらったからね。前から飲んでるリウマチの薬をもらいに来たついでに、人を探してみただけさ。姪の市子《いちこ》は知ってるよね。あの子の舅《しゅうと》について、妙なこと言われたものだから」

市子は岡部巴の死んだ妹の娘だ。大柄でよく笑う働き者のママといった感じの女性である。薬科大の同級生で厚労省勤務の飛島賢太《とびしまけんた》と十二年前に職場結婚、一男二女を授かった。という話は、ことあるごとに巴から聞かされてきた。子どものいない巴にとって市子は姪以上の存在だ。市子の話が始まるとなかなか止まらない。

市子の姑《しゅうとめ》は七年前に乳ガンで亡くなった。それでしばらくは、調布飛行場にほど近い飛島の実家に、舅である飛島一郎《いちろう》と息子一家の六人で同居していたのだが、

「お舅さんは子どもが好きじゃなくてね。うるさい、静かにさせろって毎日喧嘩さ。それで市子と子どもたちをうちに避難させたり、お舅さんが家出したり、いろいろあったんだけど、調布の駅前の１ＬＤＫのマンションを賢太くんがローンで買ってそこにお舅さんが住み、息子一家が実家の一戸建てに住むことになった。これで本人たちはうまくいってたんだけど」

このあたりって何十年も前から都心のベッドタウンで、流入人口が多いから人間関係もドライに見えるけど、土着の情報ネットワークが残ってるんだよ、と巴は声をひそめた。

「市子が親を追い出した鬼嫁と言われたり、お舅さんが女遊びしてると陰口叩かれたり、そういう噂になってますよとわざわざ私の耳に入れたり。いろいろ厄介でね。で、一昨日も知り合いに言われたんだよ。飛島一郎さん、江島病院に入院してるんじゃないかって。それらしい白髪の男性が、飛島さん、飛島一郎さんって看護師に呼ばれてた、病室の入口で名札も見たって」

声高に病院の噂をしゃべっていた男が、話し相手を助けてベンチを離れていった。代わりにワークブーツを履いたごつい茶髪男がやってきて、ベンチを軋《きし》ませて腰をおろした。

「入院なんて私は一言も聞いてない。ビックリしたよ。これでも身内だよ。他はともかく病気や葬式は知らせてもらわないと」

巴は憤懣《ふんまん》やるかたない、といった面持ちになった。

「なるほど。で、市子さんはなんて?」

「お義父《とう》さんは旅行中ですよって笑い飛ばされた。あのお舅さんはけっこうな遊び人で、知り合った女性を口説いて一緒に温泉に出かけてたことが二度ほどあったんだ。ケータイがつながらないから心配で捜索願を出したら、ツヤッツヤな顔で戻ってきて、警察沙汰にしたってものすごく叱られたって」

「だったら、今回もそうなんじゃないですか」

「でも、もしかして、お舅さんが家族に内緒でここに入院していたら？　私に知らせてきたのは嘘つくような人じゃないんだ」

「同姓同名の他人かもしれませんよ。だって、病気やケガを家族に隠します？」

「あのマイペースなお舅さんのことだ、市子たちになんだかんだ言われるのがイヤで、勝手に入院したのかもしれないじゃないか。それで昨日、市子をせっついて一緒にお舅さんの部屋を調べたんだけどね」

鉢植えの下に隠してあるはずの、緊急用の現金五十万がない。旅行バッグや下着やパジャマの類もない。健康保険証も見当たらない。

「ね。おかしいだろう。絶対入院中だよ」

「いや、旅行中でも同じものが見当たらなくなりますよ」

巴はブンブン首を振った。

「いいや、おかしい。私の勘は当たるんだよ。だから市子に江島病院に問い合わせてくれって言ったのに、お舅さんに叱られるのイヤだって調べてくれないんだ。しかたないから、さっき事務員の人に聞いてみたんだけど、患者の息子の妻の伯母という続柄ではお答えできませんだって。まるで私が赤の他人みたいじゃないか」

巴は傷ついた表情になった。

「どうしたらいい？　もしここにお舅さんが入院していたのに、嫁である市子がなにもしなかったら、あの子また陰口叩かれるんだよ。妹は死ぬ前に、姉さん、市子のことよろしくね、勉強はよくできるけど世間知らずだからって心配してたんだ。ねえ、晶。ひょっとしてあんた」

わたしは急いで巴の腕を軽く押さえた。

「とにかく、もう一度市子さんに話してみたらどうですか。巴さんがそこまで心配しているとわかったら、病院に連絡を取ってくれるかもしれません。それでもなにもしないようなら、わたしに頼むことも検討している、と付け加えてみたら？」

どう考えても巴の思い過ごしだが、ここまでくると誰がなにを言っても聞きやしないだろう。

「いいのかい？　助かるよ。それじゃ、そうしてみようかな」

心配事をぶちまけ、すっきりした顔色で帰っていく巴を見送って、元のソファに腰を下ろした。

これまで、シェアハウスの住人から依頼を受けたことはなかった。それが瑠宇さんといい巴といい、急にわたしを雇うことを考え始めている。いったいどうしたんだと考えて、気がついた。〈スタインベック荘〉の閉鎖で、わたしたちの間柄は、一つ屋根の下で暮らし同じ釜の飯を食うものではなくなる。それはすなわち、プライバシーに関わる調査を頼んで気まずくなっても、連絡先を削除して忘れればいいということなのだ。

ため息をつきそうになった途端、青沼ミツエと目があった。ずいぶん前から話を聞いていたらしい。

ミツエはなにか言いたそうに口を開いたが、ちょうどヒロトが戻ってきた。わたしは朝、三鷹台から運転してきた青沼家の軽ワゴン車を駐車場に取りに行き、玄関前の車止めで二人を拾った。そのまにミツエがヒロトに治療費の話をしたらしい。朝にはまだこわばった顔つきだったのに、今のヒロトはずいぶん落ち着いていた。

三鷹台に向かって車を走らせていると、カーラジオが正午の時報を鳴らした。後部座席のヒロトが言った。

「なんか腹減ったと思ったら昼時だったんだ。なあ、昼飯どうする?」

しばらく沈黙が続いてから、質問の相手が自分だと気がついた。

「どうしますか」

わたしは助手席に訊いた。ミツエは首を傾げた。

「正直、食欲がなくてね。食べなきゃ治らないし、といって外食は面倒だし、自分で作ったごはんを食べたいよ。葉村さん、あんた料理はできるのかい。得意料理は?」

「目玉焼きですかね」

「……卵、買って帰ろうか」

狐久保の交差点を右折して、三鷹台団地の近くの〈サミット〉の駐車場に車を入れた。

三人で店内を歩き回り、ミツエとヒロトに言われるまま食材をカートに入れた。支払いはミツエがした。大量の買い物を袋詰めにして持ち帰ったが、青沼家の台所もかなりの散らかりようだった。足元の箱から玉ねぎが芽を出し、ガス湯沸かし器の脇にありえない数の洗剤が並び、シンク下の扉を開けると油と焦げがこびりついたフライパンが十以上も転がり落ちてきた。

わずかな空間で調理をした。死んだ祖母の台所を思い出した。昔気質《むかしかたぎ》の祖母の台所は、正月用、法事用、お雛様用や節分用、寿司用だのタルト型だのといった食器や什器であふれかえり、二人で立つとすれ違うのもやっとだった。青沼家の台所はあれよりひどい。腕を吊ったミツエは台所と食卓の間を行き来する間にあちこちにぶつかり、痛そうに舌打ちをしていた。

目玉焼きを乗せた野菜炒めと味噌汁、土鍋で炊いたごはんを、安物のテーブルセットに並べた。席に着くと、ヒロトが言った。

「なんだよ、この目玉焼き」

「なんだよって？」

「いや、目玉焼きっていったら普通、黄身がトロッとしたやつだろ。なんでこんな固くなるまで焼いたんだ」

「蒸し焼きにしてしっかり火を通したほうが、おいしいじゃない」

「あ？　半熟の黄身を野菜炒めに絡めて食べるのがうまいんじゃないか」

「黙って食べれば」

「食べるからソース取ってよ。……だから、なんでウスターソース。普通、目玉焼きには中濃だろ」

「あんたの普通はわたしの非常識」

「なんだよそれ」

米粒の一つも残さず食べ終えて、ごちそうさまと手を合わせると、ヒロトは冷蔵庫から水のボトルを取り出し、薬を飲むからと台所を出て行った。

変色していないお茶っぱを探し出し、食後のお茶を入れた。ミツエは手を湯呑みで温めながら、のんびりと言った。

「あんた、葉村さん。考えたんだけどね」

「はい」

「明日からここに住みなさい」

わたしはお茶にむせかえった。ミツエは淡々と、

「母屋だと気詰まりだろうから、アパートの空き部屋を貸したげよう。さっきの大家との話じゃ、次の住まいを探してるんだろ。ちょうどいいじゃないか」

「な……にを言い出すんですか」

「年内の部屋代はなしでいいよ。来年も引き続き住みたかったら、そのとき不動産屋を入れるから、あらためて契約すればいい。あんたは桜井さんとやらに、言われた通り青沼家と懇意になりましたよとエバれるし、それでアタシが大人しくしていれば梅子たちも安心するだろう。光貴の……息子の本を片づけるんなら、どのみち何度もここに通ってくることになる。それにねえ」

ミツエは自分の体を見下ろした。

「あんたが近くにいてくれると、アタシたちだって助かるんだよ。買い物、料理、掃除に洗濯、やることは山ほどあるけど、アタシの体はまだついていけない。このギプスが取れるまで、近くにいてちょっとだけ手を貸してもらえないだろうか」

「い、いやでも、それだったら家政婦を雇うとか」

「アタシはね、あんたに家事を押しつけたいわけじゃないの。探偵の仕事があるときは出かければいいじゃないか。近所に従妹もいるし、あんたにべったり頼るつもりはない。ただ今は、アタシがこんなでヒロトがあんなだから、近くにいてたまに手を貸してくれる人がいるとありがたい。その程度の期待だから」

うーむ。

わたしは内心うなり声をあげた。

諸般の事情を鑑みるに、青沼家の持ちアパートに住み込むのは悪くない。それこそ相手の懐に飛び込んだかのように見えるだろうから、桜井にも石和家にも恩が売れる。成功報酬三十万。石和家の経済状況がはっきりした今、どこから出てくる金なのか謎だが、〈東都総合リサーチ〉の明細書付きでもらえるならどっからでもかまいやしない。

それにミツエの言うように、ヒロトの父親の蔵書が三部屋分もあるのなら、本の引き取りはかなり大変だ。〈MURDER BEAR BOOKSHOP〉に大きな倉庫はないので、選りすぐった本だけを店に送り、残りは「自分で箱詰めして宅配便で送る方法」を使ってネットの中古書店に売るのがいいと思う。だが、となるとその仕分けには拠点も時間も必要だ。〈ブルーレイク・フラット〉に住み込めば、その問題は解決できる。

空いている時間に、ちょっと手を貸す程度でいいなら。それくらいならシェアハウスの生活と、さほど変わらないかも……。

いやいやいや。待て待て待て。

わたしは首を振った。

片腕を吊ったお年寄りと、事故の後遺症に苦しめられている青年への手助けが片手間ですむわけがない。うっかりすると家政婦どころではなくこき使われる。後で話が違うと思っても、彼らを置き去りにして逃げ出せるものか。

こういう話は早いうちに断ったほうがいい。下手に期待させたりしたら相手は傷つくし、こちらの後味も悪くなる。

わたしはミツエの目をまっすぐ見て、言った。

「申し訳ありません。お約束ですから本の処分は最後まできちんとしますし、石和家との交渉もお手伝いします。ですが、ここに住むのはまた別の問題です。今のお話は、お断りさせていただきます」

7

雑巾を絞って畳を拭いた。それほど年季の入った畳ではないのに、拭いても拭いても雑巾が黒くなる。

途中で畳に掃除機をかけ、全開にした押入れにもかけ、三畳ほどのキッチンやトイレにもかけて、また拭いた。

けさ、〈ブルーレイク・フラット〉二〇一号室のドアを開けた瞬間、わたしはしばらくの間ここに住む、という決断を、深く後悔した。

長いこと空き部屋だったから、多少は汚れていると思うよ、と鍵を渡してくれながら、ミツエは言ったのだった。まだ、あちこち体が痛むから二階に上がるのはしんどい、電気、ガス、水道の連絡はすんでるから、あとは自分で見ておくれよと言われ、ひとりアパートに送り出されたわけだが、ミツエがついてこなかったのが本当に痛みのせいか疑わしい。

二〇一号室の汚れは多少どころではなかった。紙切れや古い新聞紙が黒ずんだ砂や埃と一緒に散らかり、天井や壁にシミが浮き出ていて、古いものの臭いが充満していた。

それでも風を通し、一時間半ほどかけて掃除をすると、ここで寝泊まりするのだけはゴメンだから、と叫んで逃げ帰るほどひどくはなくなった。けさ〈スタインベック荘〉から青沼家の軽ワゴン車を借りて運んできた品をそろそろ部屋に入れるか、と思いながら窓辺に腰を下ろし、隣の家との境にそびえる桜の木の色づいた葉が地面に落ちるのを眺めて休憩していると、外階段を登ってくる金属音が聞こえ、玄関に人影が立った。

色の抜けたライオンズの野球帽をかぶった老人だった。目があうと、ライオンより猿に近い色黒の顔をくしゃくしゃにして、キッチンのシンクの角に缶コーヒーをポンと置いた。

「オレァ、この真下の部屋に住んでる小暮修《こぐれおさむ》さぁ。みんなはレオ爺さんって呼んでるよぉ。よろしく」

陣中見舞いね、と缶コーヒーを示されて、わたしは慌てて立ち上がって玄関まで出向き、礼を言った。レオ爺さんは鼻をこすった。

「たかが缶コーヒーに最敬礼しなくていいさぁ。こないだ、青沼のバアちゃんに救急車を呼んでくれた礼も兼ねてるんだ。な、あんた光貴の本を処分してくれるんだって？光貴のやつ、死ぬまで親に迷惑かけどおしだった。できるだけ高く買ってやってよぉ」

改めて近くで見ると、レオ爺さんは小柄で頭が大きかった。目の周囲に年輪のようなシワがくっきりと何本も入っている。先日と同じ、着古したジャージの上下、毛玉だらけの靴下に健康サンダルというスタイルだったが、全身から柔軟剤の匂いをさせていた。

「レオさんはこのアパート、長いんですか」

レオ爺さんはごく自然に後ずさり、外廊下の手すりにもたれかかった。わたしも靴を履いて外廊下に出た。

「離婚して家を追い出されてからだから、かれこれ三十年かなあ。この〈ブルーレイク・フラット〉な、光貴が帰ってくるまでは人気の物件だったんだよぉ。吉祥寺のショップや美容院で働くお嬢さんにとっては、自転車で通える距離で家賃が安い。その頃は華やかだったなあ。それが、光貴が夜中に大音量でレコードかけたり、建物が歪むほどモノを置いたりしたもんだからさあ」

レオ爺さんは腕組みをして、からんだ痰を切るようにしきりと空咳をしつつ、二〇一号室をさした。

「光貴のやつ、最初はこの部屋を倉庫がわりにしてたんだよぉ。本って重いだろ。おかげでだんだん、うちのドアや窓の開け閉めがきつくなってきてさぁ。しまいにはトイレに閉じ込められちゃって、脱出するのにドアに体当たりして、あばらを折ったのぉ。オレァ、あれで引田天功《ひきたてんこう》の偉大さを思い知ったねぇ」

わたしが笑うと、レオ爺さんは得意げな顔をした。

「文句を言っても光貴は、嫌なら出てけ、だもん。全部の部屋を独り占めしたかったみたいで、オレァ邪魔だったんだろうね。そのうち天井からミシミシ、ギイギイ、音がするようになったんだよ。ま、そういうことは昔からあったんだよ。二十年以上前も、朝帰りと洒落込んだら部屋中に埃が降り注いでたりしたっけかぁ。でもさ、なんかどんどん怖さのレベルが半端じゃなくなって、そこへ東日本大震災だよ」

レオ爺さんは首を振った。

「絶対に潰れると思ったら、このアパート持ちこたえてくれたけどさぁ。さすがにやばい、寝てる間に死にたくないって、青沼のバアちゃんに直談判した。それで光貴が中身を二〇二号室に移したんだぁ」

おかげで安心して暮らせるようになったけど、せっかく畳まで入れ替えたのに、入居者が決まらなくてさぁ。おまけに今度は一〇二号室の建てつけが悪くなったし、とレオ爺さんは言った。今はヒロトが使ってるけどね。

「いっつもドアがちゃんと閉まってないんだよ。そのせいだと思うけど、こないだ泥棒に入られたんさぁ」

「一〇二号室にですか。いつ」

「二週間くらい前だったかなぁ。お昼前に部屋から出たら、隣のドアが開いて見なれない男がにゅうっと」

レオ爺さんは首を伸ばしてみせた。

「顔を出した。こっちも驚いたけど、向こうもびっくりしたらしくって、しばし二人で見つめあっちゃったさぁ。ま、あっちのほうが若かったから、先に我に返って逃げていった」

「わあ、怖い」

わたしはせいぜい驚いてみせた。レオ爺さんは得意そうな顔で、泥棒の特徴をしゃべり立てた。細いけど鍛えた体してたよ。顔は青白くて胃を抑えてた。

「そいつ、なにか盗んでいったんですか」

「ううん、一〇二はいまヒロトが寝るためだけの部屋だから、なんもないもの。母屋は物が多くて危ないからさぁ」

「レオさんとこは？　大丈夫でした？」

「オレァ盗まれるようなものはなくても、鍵はしっかりかけとくからねぇ。でないと娘がうるさいのよぉ。きっと、あの若いのは、通りすがりにドアが閉まってない部屋を見かけて魔が差した素人だよぉ」

「へえ。警察もそう言ったんですか」

「それが通報してないの。ヒロト警察嫌いでさぁ。体調の悪いときなんか、警察って聞いただけで興奮して倒れたりするんさぁ」

とにかく、あんたが入ってくれてよかった、とレオ爺さんは言った。ひと気の少ないアパートだから狙われた、ってこともあると思うんさぁ。

「だからあんたもできるだけ長く住んであげてよぉ。家賃収入が復活すれば、バアちゃんたちも少しは元気が出るさぁ」

じゃコーヒー飲んでね、とレオ爺さんは階下に降りていった。長く住むつもりはないんです、と言うタイミングはなかった。

軽ワゴン車から、寝袋とスーツケース、ダンボール一箱を二〇一号室に運び上げた。部屋の隅に寝袋を広げ、押入れのパイプに服をかけ、スーツケースを部屋の中央に置き、風呂敷を広げてテーブル代わりにし、スタンドを置いた。マグカップと電気ケトルを台所に持っていき、化粧品や洗顔料を入れたバスケットを流しの上の窓枠に並べ、トイレにタオルとトイレットペーパーをセッティングすると、引っ越し作業はほぼ、終わった。ため息をついて、畳の上にひっくり返った。

昨日の晩、食事を終えたところで、一時的に三鷹台のアパートに引っ越すことを岡部巴と瑠宇さんに話した。急なことで二人とも驚いていたが、仕事がらみだというとすんなり納得された。転居先の住所も聞かれずにわたしは解放された。あっけなかった。〈スタインベック荘〉の部屋にはまだ荷物が残っている。この先〈ブルーレイク・フラット〉に住むかどうかはともかく、〈スタインベック荘〉での暮らしは終わったも同然だ。すべての荷物をまとめてここに引っ越してくるべきではないか。なのにわたしは未練たらしく、大部分の荷物を〈スタインベック荘〉に置いてきた。

なんでだろう。

考え込んでいるうちに、うとうとしたらしい。人の話し声で目が覚めた。部屋を出て外廊下から見下ろすと、ミツエが郵便配達から荷物を受け取っていた。ミツエはわたしに気づき、手を振ってきた。

「部屋はもう片づいたかい。お昼に蕎麦の出前を頼もうと思ってるんだ。引っ越し蕎麦ってやつだよ。ご馳走するから」

「ああ、はい。それはありがとうございま……」

「で、悪いんだけど、江島病院にいるヒロトを迎えに行ってくれない？　ついでに買い物ね。玉ねぎと指定のゴミ袋。この辺、片づけないと、アタシもヒロトもまたケガをしそうだから手伝ってよ。それからうちの風呂掃除ね。ヒロトはリハビリ場でシャワー浴びてるからいいんだけど、アタシはゆっくり湯船に浸かりたいんだよ。片手でも掃除できるっちゃできるけど、今日だけやってもらえないかねえ」

ミツエはまくし立てた。「悪いんだけど」がついていたってこれはすべて命令だ。わたしは苦笑した。まあ、予想通りの展開ではある。

蕎麦を食べ、風呂掃除を済ませ、台所の片づけを手伝った。そんなつもりはなかったが、昨今はやりの実家の片づけ、捨てられない親と捨てたい娘のバトルを疑似体験するはめになった。

「葉村、あんたこの土鍋使わない？　ヒビは入ってるけど、この大きさなら相撲とりと一緒に囲めるよ」

「そんな予定はありません」

「じゃ、うちで取っとくか。こっちの山中塗は？　真ん中に傷があるけど」

「せっかくですが、使いませんので」

「これもうちにおいとくか。ほら、割り箸の束が出てきた。洗い物が減らせるよ、持っておいきよ」

「箸袋のお店の電話番号が九桁です。てことは三十年たってます。捨てますね」

「なにするんだよ、もったいない」

「これを口に入れろと？」

「最近の若いのは、本当にものを大切にしないんだから。この菓子鉢くらいはもらってよ。ほら蓋付きで可愛いだろ」

蓋を取ると、薄い煙のようなものが舞い上がった。菓子鉢の精が呼ばれて飛び出て三つの願いを叶えてくれた。わけがない。

息を止め、蓋を戻してそのままゴミ袋に突っ込んだ。すかさずミツエが取り出した。

「洗えば使えるよ、もったいない」

もったいないのはわたしではなく、手入れを怠ってきたミツエのほうだ。カビの根が菓子鉢にどれだけ浸透しているか、わかったものではない。

その後も、出てくる不用品を押しつけようとするミツエとわたしの攻防は続いた。ミツエは赤が嫌いだからと、食パンのキャンペーンの応募でもらったボロボロの赤いトースターは捨てたが、中の飯が液体化していて洗っても臭いが取れなかった炊飯ジャー、パッキンが粉々のミキサーなどを寄越そうとした。なんとか固辞したが、それでも断りきれず、バーコードが見当たらない未使用のラップ三本、黄ばんだ銀行の名前入りタオル五本、目つきの悪い鳳凰のラーメン丼二個を受け取るハメになった。

「あーあ。葉村がもらってくれないから、台所が片づきやしない」

ミツエはわざとらしく嘆息した。わたしのせいか？　違うと思う。

それでも日が落ちる頃には、庭にゴミ袋の山ができ、台所に多少のゆとりが生まれていた。ミツエの指示のもと和風ハンバーグと豚汁を作ったが、昼よりは楽に作業できた。残りの土鍋ごはんを温め直し、三人で食べた。

今日のヒロトは無口だった。顔色が悪く、体を動かすたびにあちこちの筋肉を突っぱらせている。

食後のお茶の後、ミツエのギプスをした腕をビニール袋に包んでゴムで止め、風呂に入る支度を手伝った。彼女があがってくるのを待つ間、居間に散らばっていたものを片づけていると、水のボトルを持って、どこかに行っていたヒロトが戻ってきた。薬を飲んだのだろう、頬に赤みがさし、あの強い緊張が消えていた。

ヒロトは居間の隅に置いてある一人がけのソファに座って、スマホをいじりながらわたしに訊いた。

「葉村さんのスマホ、いつ新しいのが来るんだよ」

「元の家に届くようになってるから。届いたら連絡が来る」

「こっちに届けてもらえばよかったのに」

「あのね。わたしが〈ブルーレイク・フラット〉にしばらく滞在するのが決まったの、昨日の今日だよ。そんななにもかもいっぺんにいかないっての」

「なに怒ってんだよ」

ヒロトは顔を上げてこちらを見た。わたしは大きく息をついだ。

「ごめん。疲れてイラついてただけ」

「それだけ？　どっか痛いわけじゃないよね」

「どっかって？」

「あんただってケガしたわけだろ」

ヒロトは親指で自分のひたいを示した。

「けっこうな出血だったたってレオ爺さんが言ってた。実際、血まみれの布が庭に落ちてたし。ケガした痛みって、長引くこともあるからさ」

「それはない。大丈夫」

「もし、薬がいるなら言ってよ。よく効く鎮痛剤あるから。薬にだけは困ってないんだよな、オレ。それにしても、スマホなしで一週間かあ」

ヒロトが心の底からげんなりしているような声を出した。

「あんたたち世代には悪夢かもね」

「じゃなくて。交通事故のとき壊れたんだよ、オレのも」

事故が起きたのは三月二十日の正午近く。大学三年の春休みだった、とヒロトは淡々と言った。京王相模原線スカイランド駅前ロータリーのバス停に、アクセルとブレーキを踏み間違えたワゴン車が突っ込んで来た。全然覚えてないんだけど。それに、なんであんなとこに、父親と一緒にいたのかも思い出せない。普通に考えれば、五十過ぎのおっさんと二十一の息子が二人で遊園地に行ったりしないよな。オレの普通はあんたの非常識かもしんないけど。

「思い出せないのが歯がゆくてさ。スマホさえ無事だったら、なぜあんなとこにいたのか、ヒントくらいは残ってたと思うんだ」

スカイランドは神奈川県川崎市と東京都稲城市にまたがって立つ、大手新聞社の傘下《さんか》にある老舗《しにせ》のアミューズメントパークだ。多摩の人間なら一度くらいは遊びに行き、素敵な思い出を作ったのではなかろうか。かくいうわたしも行った。保険金詐欺の調査で、むち打ち症のマルタイを追いかけて。そして彼がジェットコースターに三回乗ったのを見届け、報酬を受け取った。素敵な思い出だ。

その時の記憶では、スカイランド駅からロータリーを越えて坂道を登っていくと、スカイランドの入口行きのロープウェイの発着駅があった。バスでも入口まで行けるが、

「スカイランドに遊びに行ったのなら、普通はロープウェイに乗るんじゃないかな。あなたたちが高所恐怖症でなければだけど」

ヒロトは目を瞬き、違うと思うけど、と自信なげに言った。

「でも、さすが探偵だね。やっぱり雇ってあの日のこと調べてもらおうかな。覚えてないんだけど、思い出せないんだけど、なんかものすごく大切な約束があった気がするんだ」

軽い口調でヒロトは言うと、真顔になった。

「事故はニュースになったけど、報道されたのは死んだ親の名前だけ。青沼って苗字は

珍しいから、気にして連絡くれたのもいたらしいけど、スマホもオレも壊れちゃってたから当然、反応できない。近所の竜児って親友は一度だけ見舞いに来て、でも忙しいからって、それきりだ。大学の友人には家アド教えてないし、わざわざ調べて来ないよな。四月になってもオレが大学に現れないから、死亡説が流れたって後で知ったよ。それ聞かされたときは落ち込んだ」

ヒロトは傷のない、整った左側の顔を軽くこすった。

「なんていうのかな。オレなんかこの世にいなくてもいい、って太鼓判押《たいこばん》されたみたいだった。あのまま親父と一緒にオレがこの世から消えていたとしても、みんなが気づいたのはきっと何年かたってからだろうね。その頃には、仲が良かった連中もオレの顔なんか覚えてなくて、いまさら泣く気にもなれなくて、中途半端に話題にされて、飲み会の口実にされて、でもみんな忙しくて結局また今度、ってなって……それで終わりだ。その程度ってことだよね、オレなんかさ」

わたしが黙っていると、ヒロトはこちらを見て口調を変え、おいおい、と言った。

「あのさ、今の慰めるとこ。そんな悲しいこと言っちゃダメ、あなたを忘れる人なんかいないわよって、かわいそうな若い男に言ってやらないと」

「心にもないことは言わない主義だから」

「ひっでえな。たいていの女は、これでオレのことほっとけなくなるのにさ」

マジで、事故に遭う前より今のほうがモテるんだかんな、とヒロトは断言したとき、彼のスマホが鳴った。あ、えっ竜児、いま噂してたんだよ、と言いながらヒロトは立ち上がり出て行った。

ヒロトがいなくなった居間は、急に冷え込んで感じられた。さっきまで彼が座っていた一人がけのソファに畳んだ洗濯物を載せた。若い男の体臭と汗と薬品臭その他が入り混ざった残り香が、洗濯物を置いた勢いで立ちのぼった。

ふと、窓越しに庭を見た。松葉杖を操りながら〈ブルーレイク・フラット〉の一階へ向かうヒロトの姿が街灯の明かりに影になって見えた。その人影に誰かが小走りで近寄った。髪が長く、背が高く、足が細かった。二人は立ち止まり、言葉を交わし、やがて寄り添うように部屋に入っていった。

8

風呂から上がってきたミツエの着替えを手伝い、この日は放免された。

一日中、掃除に引越し、片づけに家事手伝いで疲労困憊していた。まだ九時にもなっていなかったが、お風呂に浸かって早く寝ようと、もらったラップやラーメン丼その他を抱えてフラットの外階段を上がったところで、自室の風呂は、掃除どころかのぞいてもいなかったのを思い出した。

急いで部屋に入った。玄関の小さな三和土《たたき》を上がってすぐ右側に、脱衣所なしの風呂場がある。電球はまだ切れていなかったらしく、スイッチを押すと明かりがついた。曇りガラスの折戸を押し開けて、絶句した。

そもそもが古いガスの風呂だった。ハンドルを回し、摩擦で起きた火花でガスに点火させるというタイプの風呂釜だ。大昔の団地でよく見かけたが、まだ現役……なのだろうか。

風呂桶はステンレスで、磨けばなんとかなりそうだったが、なにしろタイルがひどかった。カルキと人の脂と年月とが化学反応を起こしたような、茶色いシミがあちこちにへばりついている。

爪の先でガリガリ削って、下のタイルが青とわかった。〈ブルーレイク・フラット〉に合わせてそうしたのかもしれない。そうでないかもしれない。はっきりしているのは、今日、この風呂に入るなんてありえないということだけだ。

母屋に戻ってミツエに頼み、風呂を使わせてもらうことも考えたが、玄関ドアを開けたところで母屋の明かりが消えた。わたしは震えながら部屋に戻り、電気ポットでお湯を沸かした。ポットがグラグラ鳴りだしたのを聞いて、そこはかとなく和んだが、考えてみれば、お茶っぱやコーヒーなどなにも持って来ていない。湯たんぽも〈スタインベック荘〉に置いてきた。暖房器具もだ。

電気ストーブか、せめて毛布を持ってくるんだったと思いながら白湯《さゆ》をすすった。

ガラス窓には、背中を丸めて白湯をすする自分が歪んで映っていた。その向こうで、桜の木が闇に揺れてざわめいている。ときどき、枝が音を立てて窓ガラスに触れては背後に流れ、吹き散らされた桜の葉が窓にぶつかって、はらはらと姿を消した。

ん？　いや、消えてない。

膝行《しっこう》して窓に近寄った。桜の葉が数枚、サッシの隙間に刺さっていた。そこから風が漏れてくる。窓枠が歪んでいるのだ。

道理で部屋の中が真っ黒だったわけだ、と謎が解けたような気がしたが、それどころではない。急いでティッシュを詰め込んだ上からガムテープで窓の隙間を塞《ふさ》いだ。風は吹き込まなくなったが、縁起でもない見た目となった。

目隠しに大きめのバスタオルと風呂敷を、ガムテープでつないでカーテンレールに貼りつけた。これで窓も視界から消えて、少しは温かくなった。それでも、おっちょこちょいが外から見たら通報されそうだ。

だが今日のところはこれで寝るしかない。顔を洗おうと立ち上がって、そういえば洗面器もない、と気がついた。シェアハウスは共同風呂だったから、個人の洗面器が必要なかったのだ。

ラーメン丼をもらっておいてよかったと思いながら、身支度をすませた。コンセントにうさぎの形の常夜灯を差し込んで、寝袋に入った。ずいぶん前に登山用品店のバーゲンで買ったスイス製で、張り込み用に重宝している。だが久しぶりにくるまってみると、なんだか感触が頼りない。へたってきているのだろうか。

それでも潜り込んで目を閉じた。何度か寝返りを打った。足が冷え切って眠れなかった。靴下を重ねばきしたが、全然温まらない。足を擦り合わせたり、足指を動かしたりしたがダメだ。しかたなく起き上がって足を出し、手で触れてみた。氷のように冷たかった。

ラーメン丼を二つもらっておいてよかったと思いながら、もう一度お湯を沸かした。人様にはお見せできない姿で足を温め、汗が出てきたところで、急いで寝袋に戻った。スタンドの灯りを消し、ファスナーをぴっちり閉めて、目を閉じた。息を寝袋の中に吹き込んだ。そのささやかな温かみが少しずつ蓄えられていくのがありがたく感じられた。眠気が降りてきた。ようやく、長い一日が終わろうとしている……。

ケータイが鳴った。〈東都総合リサーチ〉の桜井肇が、葉村、ちょっといいか、と言った。

桜井がランデヴー地点に指定してきたのは、中野の焼鳥屋だった。中野ブロードウェイを通り抜け、早稲田通りから新井《あらい》薬師《やくし》へ向かう商店街の中にある。すでに閉まっている店もあるのに、人通りは多かった。背後から来た自転車にベルを鳴らされたりしながら歩くうち、ようやく頭がはっきりしてきた。

焼鳥屋はすぐにわかった。店頭から炭火焼きの煙がもうもうと上がり、威勢のいい掛け声と喧騒が道に流れ出ていたからだ。通りに面した板張りのデッキには早くもテーブルコタツが置かれ、コタツに下半身を突っ込んだ酔っ払いが大声で笑いあっていた。

桜井は店内のカウンターの隅にいて、わたしに気づくと手を振った。焼き鳥の串が七、八本、レモンサワーの大ジョッキ。桜井の頭皮まで赤く見えるのは、店の照明がオレンジ色だからではなさそうだ。

ジャケットを脱ぎながら焼酎のお湯割を頼み、隣の席に腰を下ろした。桜井は目をしばしばさせながらわたしを見上げた。

「なに。もうダウンジャケット着てるの？　まだ十一月だよ、暑苦しい。ジャンキーじゃないんだから」

部屋の中は真冬なんですと言いかけて、話題を変えた。

「そっちこそ、まだ火曜日なのに盛大に飲んでますね」

桜井は盛大じゃないし、と手を振った。

「うち新井薬師だから。近所でちょっと一杯くらいは許されるんじゃない？　いろいろあって辛いのよ管理職は。責めないでよ葉村ちゃん」

「別に責めてませんよ。週の前半分は絶対に飲まないって言い切ってたのは、桜井さんですよ」

「人は変わるのよ。葉村だって結局は青沼家に潜り込んだし、今日は引っ越しで疲れたのでもう寝るんですっ、とか言ってたのに、前金を渡したいの一言ではるばるやってきたじゃない」

「すみませんね。お金に目がなくて」

桜井はなにやらブツブツ言っていたが、スーツの内ポケットから封筒を取り出し、わたしにくれた。

「約束どおり前金の十万。忘れないうちに」

桜井はわたしの礼を遮《さえぎ》って続けた。

「で、どうよ青沼家は。問題は起きてないか」

昨日の午後、桜井には、石和梅子がミツエを殴って鼻を折ったこと、ミツエからアパートの部屋を提供すると申し出があったこと、丁重に辞退したことを伝えた。なに断ってんだよ、と桜井は声をでかくした。それほどまでに信頼されるなんて、すごいじゃないか。ぜひ住まわせていただきなさい。言っただろ。成功報酬三十万だよ葉村。三十万。梅子の暴力沙汰が明るみになるのはよろしくない。とはいえ、桜井のいう「交渉のとりもち」に、それほどの値打ちがあるとは思えなかった。だいたいその金どっから出るんだ。怪しい。そう言うと、桜井は声を詰まらせた。

「それは、ほら、聞かないでくれよ。うちの会社にもライバルは多いんだ。いろんな事実を意味ありげに並べるだけで、正当な営業活動を、世の中に曲解させるのが得意なやつらもいるからね」

「なにそれ」

「あー、例えば、うちと提携を結んでる〈柊警備SS〉の柊《ひいらぎ》社長は、うちの白川《しらかわ》社長と仲がいいとか。東京オリンピックは警備会社にとっては稼ぎどきだよねとか。東京都公安委員会の事務局長のポストがもうすぐ空くけど、石和豪は適任かもしれないなとかさ。どれもつまんない噂でしかないんだけど、並べると、な?」

おいおい。

要するに都庁で順調に出世中の石和豪の急所を握っておけば、〈東都総合リサーチ〉やそのお友だちが様々な局面でことを有利に運べる、ということか。石和豪の急所とは梅子であり、ご母堂様が訴えられないよう我々ここまでいたしましたとアピールする必要があるわけだ。つまり、三十万の出所は他ならぬ〈東都総合リサーチ〉ということになる。

なら、まあ、いいか、と思ったわけではなかったが、桜井におだてられ拝まれているうちに、気が変わってきた。桜井とはいろいろあったが長い付き合いだし、世話になってもいる。この先も調査の仕事を続けるつもりなら、彼との関係を良好に保つ必要があった……。

桜井がジョッキ越しにこちらの様子をうかがっているのに気づき、わたしは慌てて答えた。

「問題なんかないわよ。ミツエさんは石和梅子が嫌いだけど、訴えようとまでは思ってない。孫のヒロトは交通事故のときの警察の対応から、警察と聞いただけで手がつけられなくなることもあるそうだし、警察沙汰は願い下げでしょう。治療費さえちゃんと払えば、すぐにも片づく案件だと思うよ」

病院で見たミツエの領収書の金額を伝えると、桜井はメモ帳を出して記し、お金の件はできるだけ早く処理する、と言った。ホッとした。ミツエが治療費をもらえ、ミツエのギプスが取れるまで家事手伝いを続けて役に立てれば、それですべてが丸く収まる。

運ばれてきた焼酎のお湯割をすすった。温かい液体が喉を滑り落ちていく感触を楽しんだ。ふと気づくと、桜井はメモ帳を手にしたままだった。彼は言った。

「それで?」

「それでって?」

桜井は、はあ、と背中を丸めた。

「おまえね、三十万の仕事だよ。上への報告が、警察沙汰にはなりそうもありませーん、ですむわけなかろ。こういうのはさ、報告されるほうがうんざりするほど詳しいくらいでちょうどいいの。も少し情報に肉をつけろよ」

そんな必要あるかと思ったが、三十万には抵抗できない。今日一日、わたしが青沼家にどれほど尽くしたか、微《び》に入り細《さい》をうがつように説明してやった。あきれたことに、桜井は真顔でうなずいてはメモを取り続けた。

「アパートは一部屋しか借り手がいないんだな」

一通り話がすむと、桜井はレモンサワーのお代わりを頼む合間にそう言った。

「てことは現在、青沼家はその一部屋分の家賃とミツエの年金で暮らしてるのか」

「じゃない？　交通事故で入ったお金は全部、ヒロトの口座に入れてあるそうだから。治療やリハビリ関連の費用はそこから出してるんだろうけど」

「それにしちゃ生活にゆとりがあるよな。金額を気にせず買い物して、部屋をタダで葉村に貸して」

「五日間も入院して、退院した直後の買い物よ？　部屋はずっと空いてたみたいだし」

あの部屋なら、タダでも安くない気がする。

「だけど、本やレコードを売るのも、葉村に丸投げなんだろ？」

「蔵書の処分は片づけが優先、お金になるかどうかは二の次よ。いったい、なにを気にしてんの」

桜井は充血した目をパチパチさせた。

「あれから青沼家のことを、も少し突っ込んで調べたんだ。実は、事故で死んだ光貴には暴行と恐喝の逮捕歴があった」

「暴行と恐喝って、いつ。どんな」

「一九九三年、光貴が店長をしていたレストラン〈狐とバオバブ〉で、常連だったサトーなにがしが暴れたんで、光貴が止めに入った。そしたら相手が痛い痛い警察を呼べと騒ぎ立てた」

「それで、暴行で逮捕」

「しかも、暴行の訴えが取り下げられたあと、今度はその件で光貴はサトーを脅して金をゆすりとろうとしたとして、またしても逮捕された。最終的にはそれもサトーが、恐喝は誤解でしたと被害届を取り下げて、なかったことになったんだがね」

「話を聞くかぎり、そのサトーって客のほうに問題がありそうだけど」

「でもさ、恐喝騒動のとき、サトーは五十万の現金を銀行の封筒に入れて持ってたそうなんだよ。それで恐喝って話に俄然《がぜん》、信憑性が出た。しかも光貴の女房・李美《りみ》と逃げた相手がそのサトーらしい。つまり状況的には青沼光貴が本物の恐喝者でもおかしくないってことだ」

ようやく話が飲み込めた。光貴が恐喝者だったなら、ミツエやヒロトも信用できない、と桜井は言いたいのだ。だが、

「それって二十二年も前の話でしょ。仮に光貴がそうでも、息子も母親も関係ないし」

「だな。こっちの考えすぎかもしれない。ただ、〈狐とバオバブ〉な。吉祥寺で四半世紀続いてるからには人気店なんだろうが、よくない噂を聞かないわけじゃない。だからな、葉村、おまえ気をつけろよ」

「え？」

「光貴の部屋を片づけたら、思いもかけないものが出てくるかもしれないぜ」

　タクシーチケットをもらって店を出た。十時半を過ぎていた。帰る途中〈ドン・キホーテ〉に立ち寄って、一足二千円の高機能靴下なるものを買った。いつもなら靴下は三足千円だから、わたしにすれば贅沢だ。でもこれで、足の冷えを気にせずに眠れる。

　駅前のタクシー乗り場に向かう途中で、洗面器を買えばよかったと気がついた。立ち止まった途端に、ケータイが鳴った。佐々木瑠宇だった。ケータイ会社から荷物が来た、新しいスマホだと思うんだけど、と彼女は言った。

「明日、あたしお昼に吉祥寺に行くんだけど、よかったら会えない？　持っていってあげるから」

「そっちに取りに行くものがあるの。出かけるならリビングに置いておいてよ」

「来るの、夕方にならない？　葉村に話があるんだ」

　来たよ。わたしはこっそり嘆息した。オトコ探しの件に違いない。

「夕方はムリだわ」

「だったら何時に来るのよ。どうしても聞いてほしいんだって」

瑠宇さんはいつになく強情だった。今度は遠慮なく、聞こえるようにため息をついた。

「その時になってみないとわかんない。話ならいま言って」

「彼の似顔絵を描いたの。葉村に見てもらいたかったんだけど、スマホがないと送れないじゃない」

バッグのデザイン画を見せられたことはあったが、そんな特技があるとは思わなかった。とはいえ似顔絵をどうしろというのだ。高札に貼って辻々に掲げろとでも？

瑠宇さんは嬉々として言った。

「アメリカの捜査ドラマで観たの。似顔絵を顔認証システムにかけてデータベースと照合できるんだよね。葉村にそれ、やってもらいたいと思って」

思わず絶句した。

「……あのね瑠宇さん。ドラマはドラマ。面白く作ったお話だから。そんなのできるわけ」

「やってみないとわかんないでしょう。ねえ、やってよ。やってダメだったら諦めるから。あたし本気なんだよ」

「いや、だから」

「お願いだよ」

瑠宇さんはわたしの言葉など聞いてもいなかった。

「正直にいえば、彼と会いたいわけじゃないの。向こうは覚えてないかもしれないし、こんなおばさんだったんだってガッカリされるかもしれないし、しつこい、キモいと思われるかも。てか、確実にそうだと思う。だから会えなくていい。ただ、せめて〈スタインベック荘〉が壊されてしまう前に、やれるだけのことをやって自分を納得させたい。後悔したくないんだ」

瑠宇さんの声は熱気を帯び、かすかに震えていた。あやうく感動しそうになった。だが、問題はそこではない。わたしは顔認証システムについて説明し、一介の調査員はそんなすんごいシステムとも「データベース」とやらとも縁もゆかりもない、と口が酸っぱくなるほど繰り返した。ようやく彼女を折伏《しゃくぶく》したときには喉はガラガラ、駅前のベンチで吹きさらされて全身が冷え切っていた。

「それじゃ、似顔絵は使えないってこと」

瑠宇さんは小さな声で呟いた。かわいそうになった。

「あんたたちが入った道玄坂のラブホで、彼がカードかスマホで決済してくれてたなら、なんとかなるかもしれないけど」

言ってから、しまった、これじゃ調査依頼を受けたも同然だ、と思ったが、電話の向こうは急に静かになった。ややあって瑠宇さんは言った。

「ホテル代はあたしが払った。彼、現金持ってないって言ってたし、あたしのが年上だったし」

「ちょっと瑠宇さん……」

「やっぱり、普通なら彼が払うと思う？　思うよね」

うん。とも言えずにわたしは黙った。やがて彼女は、あーあ、と息を吐いた。

「おやすみ、葉村。騒いでごめん」

いつのまにか十一時を過ぎて、タクシー乗り場には短めの行列ができていた。十分待ってタクシーに乗った。到着するまでの間、わたしは苦い思いを持てあましていた。わたしが瑠宇さんを傷つけたわけではない。彼女は勝手に傷つき、しかも傷ついたのをわたしに知られて、さらに傷ついていた。なに一つわたしのせいではなかったが、後味は悪かった。

タクシーを井の頭通のコンビニの前に停めてもらった。使い捨てカイロを買って部屋に戻った。〈ブルーレイク・フラット〉の前にさしかかったとき、一〇二号室の明かりが消え、ドアが開いて女が滑り出てきた。

反射的に隠れた。街灯に照らされて、女の彫りの深い顔が陰を作った。そう若くはない。年寄りでもない。胸元で奇妙な形のペンダントが光った。長い髪を垂らし、ロングコートを着ている。さっきアパートの前で、ヒロトといるところを見かけた女に違いない。

しばらく彼女はドアを閉めようと格闘していたが、やがて諦めたらしい。髪で顔を隠すようにし、細い脚を動かして三鷹台駅の方角に立ち去った。しばらくすると、彼女の消えた方角から車のドアが閉まる控えめな音と、エンジン音が相次いで聞こえ、やがて静かになった。

彼女が残した人工的な花の香りを嗅ぎながら、足音を忍ばせて部屋に戻った。室内は出かける前と変わらず、冷え切っていた。カイロを二つ出し、新しい靴下を履いた。歯を磨き、寝袋にくるまり、そのうえにダウンジャケットをかけた。カイロの一つを足の方に押しやって、もう一つで手を温めた。

ゆっくりカイロを揉みながら、丸くなって寝袋の中に息を吐いた。ほんのり、ほんのり少しずつ、体全体が温まってくる。わたしは目を閉じ、寒さに身構え固まっていた体をゆるめていった。長かった一日が、今度こそ、本当に終わろうとしている……。

突然、地の底からうなり声が響いてきた。わたしは度肝を抜かれて覚醒した。

9

「あら。確かに、これはひどいねえ」

青沼ミツエは二〇一号室の風呂場をのぞき込むと、首を振った。

「この部屋は二十年以上、息子の倉庫がわりだったからねえ。そのせいで重みがかかって下の部屋の立て付けが悪くなって、レオ爺さんに迷惑かけたんだ」

わたしはあくびを噛み殺した。

昨夜は結局、うまく眠れなかった。ようやくまどろんだと思ったら、ケータイが鳴った。ミツエからだった。そろそろ朝ごはんの支度を手伝ってもらえないか、と言われて時間を見た。六時半だった。二〇一号室の風呂が使えなくて温まれず、よく寝ていないのだとぼやくと、

「あらそう？　アタシはぐっすり寝て元気になったし、今なら二階にも上がれそうだ。

その風呂場、見にいくよ」

部屋着の上に暖かそうなネルのガウンをはおって、やってきたのだ。

「中身を隣の部屋に移させたとき、こっちの部屋は責任持ってキレイにしておくように息子に言ったんだよ。畳は替えたけど風呂釜は寿命だ、でも風呂の工事にはお金もかかるし、住んでくれる人が見つかってからでいいねって、それっきりだった。そうだ、エアコンも他の部屋には付けてあるんで、この部屋にもあるつもりだったけど、後から入れる予定だった。暖房も風呂もなしじゃ、野営みたいなもんだったよねえ」

ミツエはケラケラ笑った。わたしはムッとした。みたいなもん？　野営そのものだ。

「アパートの管理は息子さんがずっと？」

「タダでここに居座ってたからね」

どれ、ついでだから息子に線香でもあげていくかね、とミツエはいちばん奥の部屋へと進んでいった。鍵を開け、中に入る。わたしもあとに続いた。

一週間ほど前の、梅子とのバトルの舞台となった二〇三号室は思っていたよりもスッキリと片づいていた。

造りは二〇一とほぼ同じ。キッチンには冷蔵庫と酒が並んだ小さな棚があり、奥の七畳の窓には緑色のカーテンがかかっていた。玄関脇の棚にはよく手入れされた靴が並び、薄く埃をかぶったゴルフバッグもあった。ドアが開いたままの風呂場を覗き込むと、給湯システムのパネルが目に入った。自分が使う風呂は新しくしたらしい。ただし風呂の床は、大量のネット通販会社の段ボール箱に埋め尽くされていた。

奥の部屋の空いている壁には本棚が並んでいた。押入れの隣の一畳ほどのスペースにも、コの字に棚があり、テレビとDVDなどが詰め込まれていた。

窓を開けた。冷たい空気が室内を通り抜け、カビと抹香臭さを吹き飛ばした。コの字の棚の中央のスペースに小さなちゃぶ台が置かれ、位牌と写真と線香立てなどが配置されていた。ミツエはロウソクを灯すと、線香に火をつけて、自由が利く方の手を持ち上げて拝んだ。熱心に口の中でなにか唱えている。

祈りが終わるのを待つ間、わたしは写真を眺めた。青沼光貴の顔を見るのは初めてだった。ミツエに似た肉づきのいい頰、まつげの長い目、濃い眉毛、後退しつつある額の持ち主で、ストライプのシャツの上にえんじ色のベストを着ていた。これといった特徴のない五十男の顔だ。若い頃はスナフキンのように放浪していたようには見えない。

ミツエに促されて、わたしも手を合わせた。床に直置きしてあるノートパソコンの横に、〈御仏前〉の掛け紙がかかった菓子箱が投げ出されているのに気づいた。梅子が持ってきた最中だろう。片づけようかと思ったが、ミツエに尋ねるのもはばかられた。

線香がじわじわと煙に変わりゆく間、ミツエは窓枠に腰をおろし、物思いにふけっていた。わたしは光貴の蔵書を見て回った。土橋がニューヨークから送ってよこしたのと同じような、ペーパーバックが多かった。美本ではないが、同じ作家の本をきちんと集めている。レックス・スタウト、ジェフリー・アーチャー、ディック・フランシス、レジナルド・ヒル……ただしベストセラー作家ばかりだし、ほぼ邦訳があるから、揃いでも大した値段はつけられない。

日本の作家のものも似たような傾向だった。広く知られた作家の、たくさん刷られた本ばかりが目につく。ただ作家の全作品をコンプリートすることに執着していたらしく、例えば角田《つのだ》港大《こうだい》のコーナーには『白骨街道』があった。マイナーな出版社から出た落穂拾いのような短編集で、二千部くらいしか出版されず、角田先生ご本人も持っていない珍本だ。ネット上で一度、九千五百円の値がついたことがある。

あかね書房の「少年少女世界推理文学全集」も全巻揃っていた。第十一巻フィリス・ホイットニーの『のろわれた沼の秘密』もだ。他の巻はさほど珍しくないが、これはあまり見かけない。

うーん。わたしは考えた。あかね書房のこの全集で推理小説にハマったのは、青沼光貴と同世代か少し上の、古本にお金を出せる人たちだ。だからことによると、全巻揃いで売ったほうがいいのかもしれない。子どもの頃夢中になった全集本だ、と懐かしさから買う客がつく可能性は高い。一方で、うちのような専門性の高い本屋だと、この十一巻だけを求める客も多い。

ペーパーバックの評価も難しい。退職して時間ができて、英語の勉強がてら若き日に読んだ原書をもう一度、と思うシニアは珍しくないが、古いペーパーバックの文字は細かすぎるし、紙は黄ばみインクは褪せている。有名どころの作品なら電子書籍のほうが老眼に優しい。味気ないが、かさばらないし散らからない。もちろん、それでも紙の本にこだわる客がうちにやってくるわけだが。

いったいこの蔵書、どう値つけすればいいものか。

最近では、富山店長が忙しいこともあって、一般的な書籍についてはこれまでの実績やネットでの評価を元に、わたしが買取価格を決めることを許されていたが、ここは富山の判断を仰いだほうがいいかもしれない。iPadで蔵書の画像を撮影し、送ってみよう。

ふと我に返った。ミツエが再び光貴の写真の前に座っていた。彼女はわたしの目を捉え、ちらっと笑った。

「葉村さん、どう思う。息子の光貴」

「えーと、この格好はお仕事着ですか。よくお似合いですね」

「そう。レストランで雇われ店長をやってたの。〈狐とバオバブ〉って店だけど、知ってるかい」

「雑誌の吉祥寺特集によく登場する人気店ですよね。行ったことはありませんが」

素知らぬ顔で答えると、ミツエが満足げに笑った。

「よかったら、今日にでもランチを食べに行こうか。久しぶりだ……息子が死んでからは初めてだ。味が落ちてないといいけどね」

母屋に行って朝食を作った。半ば強引に、紫色のギンガムチェックのエプロンをつけさせられた。胸の真ん中にはクマのアップリケがついている。野暮な変装は得意なのに、これは驚くほど似合わなかった。

ヒロトは起きてこなかった。バターを塗って蜂蜜を少し垂らしたトーストを食べながら、ミツエが言った。

「昨夜はあの子、お騒がせだったそうだね。けさ、レオ爺さんから聞いたよ。あんたがヒロトを起こしてくれたんだって？」

真夜中のうなり声はいったん収まったかと思うとまた始まり、それが繰り返され、わたしはついに寝袋から這い出して、外階段を降りていった。声は大きくなったりうめき声になったり、すすり泣いたり、なにかをしゃべり続けたりとひどかった。放っておいたら、ヒロトは一晩中うなされ続けただろう。

わたしはミツエから目をそらし、軽くうなずいた。

「勝手でしたけど、部屋に入って明かりをつけて、たたき起こしました」

「寝ぼけてうなされ続けるの、前にもたまにあったんだよ。夜驚症《やきようしよう》っていうのは子どもがなるもんだけど、稀にオトナがなることもあるんだってね。あんたも驚いただろう」

「やっぱり事故の後遺症ですか。悪夢を見るとか、事故の前や当時の記憶で思い出せないことがあるって気にしてましたけど」

「まあともかく、今日はしばらく寝てると思うよ。そっとしといてやって」

できればわたしのこともそっとしておいて欲しかったが、ミツエは掃除、洗濯と遠慮せずにわたしをこき使った。ものを捨てられないくせに彼女はキレイ好きで、室内が済むと、庭と敷地の前の道を片手でせっせと掃いた。もっともこれは、青沼ミツエは死んでませんよ、と近所に知らせる儀式のようなものだった。通りかかった近所の人と、もうよろしいんですか、お騒がせしまして、退院されたんですね、といった会話が、なにかの呪文のように繰り返された。

ときどきミツエはわたしを呼ぶと、この人、古本屋の葉村さん、とご近所さんに紹介した。息子の蔵書を片づけてもらうついでにアパートに住んで、うちの面倒もみてくれるんだ。クマのエプロンの威力だろうか。紹介された相手は訝しむ様子もなく、自然にわたしを受け入れた。

「あら、それは良かったですね。うちの本の片づけもお願いしようかしら」

親戚から送ってきた長芋《ながいも》を持参した、ミツエと同年輩の大場《おおば》さんは大声でそう言った。

「こういう方がいるんなら安心でしょうけど、ヒロトくんのこともあるし、お手伝いが必要なら、またいつでもおっしゃってくださいね」

ヒロトと小中学校の同級生だった息子のいる片桐《かたぎり》さんは、そう言った。

「車が運転できるの。でしたらヒロトの送迎もできますわね。よかったこと。タクシー代の請求に、いちいち書類を書いてレシートつけるの、面倒ですもの」

お手製のラタトゥイユをタッパーに入れてきた女性はそう言った。これ従妹、とミツエはそっけなく紹介し、女性はうなずいた。

「牧村《まきむら》ハナエです。坂の下の、線路の向こう側に住んでおります」

ハナエは絞りが入った藍染のロングチュニックの上に、生成り色のフード付きロングカーディガンを着て、首元に鮮やかなグリーンのコットンストールを巻きつけ、革のサンダルを履いていた。焼けた肌に化粧気はなく、シミもシワも遠慮なくさらけ出し、年齢不詳だが、五十歳前後だろうか。細い眉はアートメイク、いわゆる刺青で、ゾウを飲み込んだウワバミの背中のような形だった。彼女はその眉のせいで、あらゆることに驚いていているような顔つきになっていた。

ハナエは眉と合わない切れ長の目でわたしを眺め回し、藪《やぶ》から棒《ぼう》に言った。

「あなた、黄緑ですわね」

「……は？」

ハナエは苛立ったように首を振った。

「あなたのオーラは白とブルーが主なのに、どういうわけかいちばん目立つのはオーラを縁取《ふちど》るその黄緑なの。そういう人が紫の服なんか着ちゃダメよ。運気が下がる。頭の回転も鈍くなって、は？　なんて聞き返すようになる」

「はあ……」

「それに、なんなのこのクマ」

ハナエは人差し指で、クマのアップリケをつついた。

「あなたの霊的トーテムがクマはありえない。クマをトーテムとするものは髪が黒くて濃く、もっと戦闘的よ。まともな神経なら、そんなことすぐに気づくはず。気づけなかったのは、心か体に問題があるからよ。よかったらオリジナルのハーブティーを処方してあげましょう」

ハナエは切れ長の目でこちらを覗き込んだ。虹彩《こうさい》がきらめいて見え、落ち着かない気持ちになった。ミツエが割って入った。

「やめときな。この人のハーブティーは、おっさんが浸かってオナラの二、三発もした風呂の、残り湯みたいな味なんだから」

ハナエは黙った。わたしは中途半端な笑顔でその場をしのぎ、二人がラタトゥイユのタッパーを持って母屋に戻ったのをしおに、部屋に戻ってエプロンを脱ぐと、光貴の蔵書撮影に取りかかった。

けさ見た二〇三号室は、光貴の生活拠点だったらしく本棚にきちんと本が収められていたが、他のふた部屋はほぼ倉庫だった。どちらも鍵を開け、ドアを開けても見渡すかぎり段ボール箱の山。二〇二号室で試しに一箱、山から下ろそうとしたら、埃でくしゃみが出たのと重かったのとで、危うく腰をやりかけた。中身はレコードだった。本も重いがレコードはさらに重い。全体に部屋が下方向へたわんでいるのが目視できた。手が届く範囲の箱の中身を見てみようかと、靴を脱いで上がった途端、床が不吉な音を立てた。

これは、わたし一人の手には負えない。明日、真島進士に見てもらおう。

二〇三号室の本棚の写真を富山店長に送り、自室に戻って手を洗い、着替えて時計を見た。正午を過ぎていた。母屋に行くと、むくんだ顔のヒロトがキッチンでヨーグルトを食べていた。ハナエはムッとした様子でヒロトを見下ろしていたが、わたしに気づき、体ごとこちらに向き直った。

「葉村さんとおっしゃったかしら。光貴さんの部屋の片づけをするんですって？　失礼だけど、信頼できるのかしら」

「なに言ってんの」

ヒロトが口を挟んだ。ハナエは首を振って、

「高価な本を安く買い叩いたりくすねたりする、詐欺師まがいの業者もいるんですって

ね。そもそも、部屋の中になにがあるかわからないのよ。金目のものをネコババされても気づけないじゃないの」

「親父が金目のものなんか持ってたわけないよ。あんなしょっちゅう、通販で買い物しまくって、海外旅行にも行ってさ」

「あなたもミツエさんも人がよすぎます。光貴さんの持ち物を赤の他人に処分させるんなら、せめて自分たちで部屋の中をお調べなさい。急ぐことないじゃないの」

「この足であの部屋に入って、箱の中見とけって？　嫌味かよ。オレは親父のものを早く片づけてスッキリしたいんだ。ひとんちのことに口出しすんな」

ハナエはひゅっと息を吸い込んで、黙った。わたしは口を挟んだ。

「ご心配はもっともです。よろしければ片づけに同席してください。明日、遺品整理の業者が見積もりに来ます。正式な片づけの日取りはそのとき決めますから」

ハナエは敵意をむき出しにわたしをにらみつけ、無言で出て行った。ヒロトが言った。

「あの人、ヒマなんだよな。オレの交通事故を知って手伝いにって近所に引っ越して来てくれたんだけど、会ったこともない遠縁なのにすっげえ馴れ馴れしいの。ほっといたら部屋にまで上がり込んでくるし、空気が淀んでいますとか言ってクッサいお香を焚くし」

「会ったことなかったの？」

「葉村さん、自分のバアちゃんのイトコに会ったことある？」

「ないわ」

「だよね。竜児もそう言ってた」

身支度を整えたミツエが現れたので、軽ワゴン車に乗って、三人で出かけた。

〈狐とバオバブ〉は、江島病院より三百メートルほど吉祥寺寄り、吉祥寺通りから少し入った路地の途中にあった。

ぽってりと漆喰《しっくい》を盛った壁にピンクベージュの瓦屋根。鎖で吊るされた銅の看板。ステンドグラスにバルコニーのついた偽物の窓。バラの鉢植えに絡まる蔦《つた》。入口の脇に陶器の子犬。子犬の横にはあなた。といったていの、昭和のペンションみたいな建物だ。少し前まで古臭いセンスだったはずが、時を経て趣が出てきたらしく、店に向かってスマホをかざす人たちが目についた。

店の前で二人を下ろし、駐車場に車を止めて戻った。

外から見ると二階建てだが、入ってみると天井の高い一階とロフト風の中二階という構造だった。はるか高みに金色のシーリング・ファンがまわり、シャンデリアが光り、壁はレンガ、床はタイルとヨーロッパ調のしつらえだが、入った瞬間、異国のスパイスの香りに包まれた。

一階の奥に、青空を背景にした巨大なバオバブの写真パネルがあった。その隣は洋酒とコーヒーメイカーを並べたカウンターだ。その手前の席で、ミツエが手を振った。光貴の遺影と同じ、ストライプのシャツにえんじ色のベストを着たウェイターがさっと現れ、席まで案内して椅子を引いてくれた。座面も背面もバラのモチーフのゴブラン織りが張られた、ロココ調の椅子だった。

待つ間に注文を済ませたとミツエは言った。ランチはAランチ（ハンガリー）、Bランチ（ニュー・オーリンズ）、Cランチ（ネパール）の三種類で、それを一つずつ頼んだという。シェアして食べればいいよね、とヒロトは言った。なにが出てくるのかさっぱりわからないが、とにかく店内にはおいしそうな匂いが充満していた。わたしは唾《つば》を飲み込み、店内を見回した。

お昼ということもあってか、ほぼ満席だった。吉祥寺に遊びにきたらしき客が多かったが、江島病院のスタッフカードを首から下げた病院関係者も目についた。白衣や作業着、事務員の制服のままで、たいていは一人で、黙々と食事を済ませて去っていく。ヒロトと同じく杖をつき、病院関係者と挨拶を交わしている患者らしい人たちも少なくない。ヒロトが小声で言った。

「江島病院の食堂って、業務用のレトルトをチンして出すだけなんだよ。ここでのランチを楽しみにしてる人、多いんだよね」

ウェイターが現れてカトラリーをセットした。見るかぎりスタッフのほとんどが四十代以上のベテランだった。彼らは代わる代わる席にやってきて、ミツエに向かって光貴の悔やみを述べ、ミツエのケガに同情を示し、ヒロトを励ました。厨房から外国人のシエフが何人か出てきて、口々に、光貴は最高の友人だった、と言い、目に涙を浮かべてミツエをハグした。

中でも〈樋田《ひだ》〉という名札の現店長はものものしかった。彼はおどおどした若いウェイターに「こちらサービスでございます」とピクルスとサラミの盛り合わせをもたせてやって来ると、よく通る声で、ご挨拶が遅れまして、青沼店長の後任となりました樋田でございます、に始まり、青沼光貴は伝説の店長としていつまでも私ども〈狐とバオバブ〉スタッフの胸に残ります、で終わるスピーチを繰り広げた。おかげで店中の注目を浴びてしまい、ヒロトは膨れっ面になっていた。

しかし特別扱いの結果、料理は素早く、熱々のうちに運ばれてきた。パプリカーシュはほどよく辛かったし、オクラの煮込みもダルバートも素晴らしかった。あっという間に皿がからになった。人には勧めたくせに、この手の料理が得意ではないのか、ミツエはフォークの先でつつきまわしてばかりいたが、わたしの様子には満足そうだった。

「光貴は自分では料理をしなかったけど、舌は確かだったからね」

「じゃあ、店のメニューは光貴さんが決めたんですか」

紙ナプキンで口を押さえながら聞くと、ミツエは嬉しそうにうなずいた。

「そりゃ店長だったんだもの。世界中、放浪して食べ歩いただろ。そのときの記憶を元に出す料理を決めて、繰り返し何度も試食して、納得するまで料理人に作らせた。あんまりしつこいんで、逃げ出したコックもいたそうだよ」

食後のジャスミン茶を待っていると、ケータイに富山店長から着信があった。外に出ようと立ち上がり、少し待ってくれと告げたが、富山は気ままにしゃべり始めた。

「蔵書の画像見ましたけどね。私たぶん、この人知ってます」

「え、この人って、青沼光貴さんのことですか」

「名前は知りませんけど、うちの店に来てたお客さん。これはそのお客さんの蔵書ですよ。レストランの店長だったかな。角田港大先生の本を十冊以上とフランク・グルーバーの『六番目の男』を一緒に買っていきました。チャータリスの『聖者対警視庁』のカバーのこの破け方にも見覚えがありますし、別冊宝石のこの背表紙の傷み方も。うちで売った本に間違いないですよ」

　レジの前に勘定を待つ人の列ができていた。列は出入口を塞いでいた。江島病院の患者も多く、大半が杖をつき、ウェイターが椅子を持ってきて座るようにすすめていた。特にそのベテランらしいウェイターはしゃがむようにして患者の顔に自分の顔を近づけ、じっくり、かつにこやかに話を聞いていた。

　押しのけるわけにもいかず、わたしは席に戻った。天井高のせいか声が響く。手で口元を覆い、小声になったのに、バーカウンターの中でドリップコーヒーを一杯ずつ入れていたウェイターや、カウンターに座っていた白衣の男が、何度かこちらに視線を向けた。

「あの、すみません、あとでかけ直し……」

「葉村さんがうちに来る前、まだ店が中道商店街にあった頃に来てた人ですよ。学生時代には全然本に興味なかったのが、大学中退して世界を旅しているとき、安宿の隅に旅人が残していったペーパーバックを暇つぶしに読むようになって、ハマったんだって言ってましたね」

「富山さん、その話は明日にでも。真島さんが遺品整理の見積もりに来ますから……」

「そういえば、面白い話があるんですよ」

富山は悠長にしゃべり続けた。

「彼は香港のB&Bに置いてあった、ジョージ・ルーカスの"THX1138"のペーパーバックを読んだというんですね。それが、わけがわからんと思いながら最後まで読んだ、初めての英語の本だと。その本ならうちにもあるなって、棚から"THX1138"を出したんですよ。彼、表紙開いて、あっ、と叫びました。表紙の内側に『2月13日読了』って言葉とイニシャルが書いてありましてね。わかります？　うちにあったのは、彼が香港で読み終えた本そのものだったんですよ！」

富山は得意げに間を置いた。わたしは弱々しく答えた。

「……それはすごいですね」

「その本が香港からどうやってうちの店にたどり着いたのか、わかりませんけどね。まるで彼の後を慕って来たようじゃないですか。この七枚目の画像の右下の"THX1138"は、おそらくその奇跡の"THX1138"ですよ。いや、間違いない」

富山は鼻息荒く断言すると、ともかくそういう次第で、私もぜひ明日、蔵書を見たいと言った。理由がどうあれ、きてもらえるならありがたい。

江島病院まで歩いてリハビリに向かうというヒロトと店の前で別れた。ミツエを家まで送り届け、軽ワゴン車を借りて仙川に向かった。

昨夜、言っていた通り出かけたらしく、〈スタインベック荘〉に瑠宇さんの姿はなかった。ケータイ会社からの荷物はリビングテーブルに載っていた。部屋で設定しようと手に取ったとき、奥から岡部巴と姪の飛島市子が出てきた。挨拶すると、市子は一番下の息子を抱いたまま、血相を変えて近寄ってきた。

「あなたですよね。江島病院に連絡するようわたしにせっつけと伯母をそそのかした探偵って」

わたしは面食らって巴に目をやった。彼女はすまなそうにわたしを見ると、なだめるように姪の腕をとった。市子は腕を振り払った。

「うちの義父のこと、あなたには関係ないでしょう。女性と一緒に旅行に出かけてるんです。前も、前の前のときも、そうだったんです。今度の相手もわかってます。調布仲町通りのスナックの女ですよ。そこまでは伯母にも知られたくなかったのに、あなたが余計なこと言うから説明しなくちゃいけなくなったじゃないですか」

巴がなにか言おうとして口を開けたが、興奮した市子は声を荒げた。

「ひょっとしてあなた、うちの義父を探す依頼を受けるつもりだったんじゃないの。それで、伯母から依頼料だか成功報酬だか、巻き上げるつもりだったんですか。立ち退き料が法外だったんで欲が出たんでしょ。伯母の人がいいのにつけこんで家賃五ヶ月分もぼったくって、まだ足りないわけ。信じられない」

「ちょっと待ってください」

そこまで言われる筋合いないわ、と一歩前に出たとき、抱かれていた子どもがわっと泣き出した。市子はまるで子どもの尻子玉を抜き取りに来た妖怪かなにかのように、わたしをにらみつけた。ようやく巴が割って入った。

「市子、晶にそんなつもりないよ。失礼なこと言うんじゃないの」

「探偵あんた、さっさとここから出てってよ。江島病院にも近づかないでよね。伯母の知り合いの、ヒマで他人のことが気になってしょうがないいやらしい婆さんたちが、義父の付き合ってる相手を知りたくて、入院だのなんだの嘘八百並べたのよ。そんなことに病院を巻き込んで、変な噂が広まったりしたら訴えますから。本気よ」

泣きわめく子どもよりも大声で決めつけ、市子は出ていった。わたしはあっけにとられてその後ろ姿を見送った。感じのいい肝っ玉母さん、と思っていた市子が、なぜいきなり。

やがて戻ってきた巴はわたしに向かって深々と頭を下げた。

「市子は私を気遣ってくれたんだよ。その、えーと」

「仲町通りのスナックの女、ですか」

巴はうなずいた。その昔、調布に仲町喫茶街という小さな赤線があったそうだ。かなり早くに赤線は廃止されたが、色街の風情は残り、つげ義春が漫画に描いた。

「死んだ亭主がそこのスナックの女にいれあげてね。結局、その女の部屋でぽっくり死んだんだ。おかげで周囲にいろんなこと言われて……私が流産したのもそのせいだって、死んだ妹が怒ってた。市子もその話を聞かされてたんだろう」

もう大昔のことだし、今さらどうでもいいことなんだけど、市子に気を使わせちゃったし、晶にも嫌な思いをさせた、と巴は言った。

「そんなわけだから、お舅さんの件はこれ以上さわらないことにするよ。市子の言う通り、噂好きの婆さんの勘違いだろう。晶も忘れておくれ」

「わかりました」

とは言ったが、逆に気になった。「仲町通りのスナックの女」を説明しなくてはならないというだけにしては、市子の怒りはひどかった。立ち退き料の家賃五ヶ月分がそれほど腹立たしいのだろうか。〈スタインベック荘〉と母屋を取り壊し、跡地にマンションを建設する。相当な大事業だし、銀行からの借入金も少なくはないはずだ。巴も七十歳だ。彼女になにかあれば、相続人は市子とその子どもたちとなる。金銭的に不安材料が大きいのかもしれない。

しかし、さすがにそのあたりのことを巴に尋ねる気にもなれず、わたしは自室に戻った。電気ストーブや毛布を段ボール箱に詰め、スマホの設定を始めた。寝不足のせいか頭が重い。意外に時間がかかってしまった。

ようやく設定をすませ、メールボックスをチェックした。瑠宇さんからのものがあった。この似顔絵をSNSにアップして、みんなに探してもらおうと思っています、という内容のメールがあった。彼女にあきらめる気はないのだ。本気で高札に貼って、辻々に掲げるつもりらしい。

ため息をつきながら、画像を開いた。一目見て、愕然《がくぜん》とした。

似顔絵……いや、たぶん。人の顔、たぶん。確信はない。

下手すぎる。

まさか瑠宇さんは、この絵で顔認証システムがどうのこうの言ってたのか？

がっくり疲れ、荷物を軽ワゴン車に詰め込んで時間を見ると、ヒロトを迎えにいく頃合いだった。瑠宇さんと顔を合わせないうちにと、わたしは急いで〈スタインベック荘〉を後にした。

10

その晩は、前夜に比べればぐっと暖かかった。

ミツエのリクエストで晩ごはんは鍋になった。冷蔵庫に入りきらないほどだった前日の買い物を、片っ端から切って骨つき鶏肉の旨味《うまみ》が滲み出た醬油味の汁に加えて煮込んだ。三人で奪い合うようにして食べて、シメにはちゃんぽんの麺を入れた。ランチといい晩ごはんといい食べすぎだが、こき使われているのだしと、自分に言い訳をしながら、鍋の底までさらった。食べながらしゃべり、笑った。心の底から温まった。

ミツエの後に風呂を使わせてもらい、髪も乾かしてから小走りに自室に戻った。冷える前に寝袋に飛び込むつもりだったが、電気ストーブをつけて毛布にくるまると、うっすら汗がにじんでくるほどだ。これなら寒さを気にせず眠れる。わたしはスマホを片手に横になり、〈狐とバオバブ〉を検索した。

歴史のある有名店だけに、たくさんの記事がヒットした。飲食店を点数評価するサイトでは五点満点で三・六点、料理や店構えの画像も多い。有名人の来店客がインスタにあげている。それを見て来店し、さらに感想を書き込む人々もいた。もちろん、中には不満の書き込みもあった。店名が〈狐とバオバブ〉で、店の外観もメルヘンなのに、食べ物が本格的エスニックすぎる、などだ。

とはいえ、この程度のコメントは珍しくもない。桜井肇がわざわざ「よくない噂を聞かないわけじゃない」「気をつけろよ」などと言い出す理由がわからない。

掘り下げて調べるうち、あることが少し気になった。店を紹介するコメントに、高野《たかの》咲《さき》の名前がよく出てくるのだ。どうやら彼女が〈狐とバオバブ〉を週に一度は訪れるお気に入りの店として紹介していたらしい。

高野咲といえば、そこらの男より俠気《おとこぎ》のあるキャッチャーとして女子野球ワールドカップ優勝に貢献し、人気を博した。豪快で面倒見が良く、大酒飲みでも知られていて、愛称は「咲兄さん」。女子でプロでもないのに、プロ野球オールスター投票キャッチャーの部で三位になったこともある。

だが、ケガや故障に苦しめられ、二十七歳で引退。スポーツコメンテイターとして活躍していたが、今年の初め、借金問題が週刊誌にすっぱ抜かれた直後、電車に轢《ひ》かれて亡くなった。自殺とも、故障した膝が原因でよろめいた結果の事故とも言われている。

いずれにせよ彼女の死は衝撃的だった。そのためか「咲兄さん追悼巡礼」がファンの間で流行ったらしい。出身校やよく使っていた練習場、試合で活躍したフィールドなどを巡るその中に、高野咲がよく通った飲食店も多く取り上げられていた。〈狐とバオバブ〉もその一つだ。

……いや、だから？

たまたま客の一人が不審な死を遂げたくらいでは、「よくない噂」とは言えない。高野咲の死と〈狐とバオバブ〉に関連がある、などという話はない。それともなにかあるのだろうかと、高野咲のSNSその他を当たったが、すべて閉鎖されていた。

高野咲の死を報じた記事をみた。もともと彼女は離脱性骨軟骨炎というスポーツ選手によくみられる膝の疾患にかかり、手術を受けた。だが痛みが取れず、様々な治療法を試し、アメリカの医師に診てもらうようになってたびたび渡米。費用がかさんでお金を借りるようになった。最初はスポンサーや知人からだったのが、やがて消費者金融からも借り入れた。返済のために講演会などを掛け持ちし、無理して多くの仕事をこなしていた。そのストレスから酒量が増え、過食に走り、太ってしまったことでさらに膝の痛みが増し、また治療、借金、という具合に負のスパイラルに陥っていた、と記事にはあった。

何本目かの記事に高野咲の写真が載っていた。現役の頃に比べると、ふた回りほど巨大化した高野咲が「行きつけのレストランで撮影した」とされる写真だ。そのうちの一枚には、咲とストライプのシャツとベストを着た男がワイングラスを手に並んで写っていた。男の目は棒で消されていたが、間違いなく青沼光貴だった。

しばらく写真を眺めていると、着信があった。ヒロトだった。

「あのさ。テレビを欲しがってる友だちがいるんだ。処分するくらいなら、そいつに親父のテレビあげようかと思うんだけど。遺品整理の業者さんが来るの、明日だよね。いいかな？」

「もちろんかまわないわよ。本人に連絡して取りに来てもらったら？」

「それが、そいつ車も免許も持ってなくて。で、あのさ。葉村さん……」

「わかりました」

わたしは諦めて答えた。ヒロトは大きく息をついた。

「よかった。さっそくイズシに伝えるよ。あいつん家《ち》は上板橋だから車じゃないと運べないし、ユカワには冷た〜く断られたし、どうしようかと思ってたんだ。いやあ、葉村さんってホント使えるよね。運転うまいし、探偵だし、目玉焼きも作れて古本の値段もつけられる」

こいつの調子よさはなんだか憎めない、と苦笑しながらわたしは言った。

「古本の値段はうちのオーナーがつけることになりそう」

「オーナーって、白熊の名付け親？」

「そう。彼も明日来るわよ」

わたしは、光貴が〈MURDER BEAR BOOKSHOP〉の客だった、海外での放浪中に読書をするようになったらしい、という富山の話を伝えた。ヒロトは、へえ、と気のなさそうな返事をした。

「親父は毎年のようにアメリカに行ってた。多いときは年に二回も。ボロボロの格好で、安宿に泊まって、ジャンクフード食って、本屋を回るんだって。オレも誘われたけど、あんまキョーミなくてさ。そういえば、一緒にアメリカに行こうってしつこかったことがあったっけ。大学受験の直前だよ。この人、なに考えてるんだろうって思ったよ」

「そのへんのことはちゃんと覚えてるのね」

「そうだね。まるっきり思い出せないのは、事故の前後のことだけかな。他にも思い出せずにいることはあるのかもしれないけど、よくわかんない」

ヒロトは当惑したように言った。確かに、誰かになにか尋ねられたり、記憶に明らかな矛盾が生じでもしないかぎり、欠けた記憶には気づきようもない。そもそも人は忘れる生き物でもあるのだ。

「それじゃあ、お父さんから高野咲の話を聞いたことはない？」

「高野咲。えーと、女子野球選手の？」

「そう」

「最近、自殺したんだっけ。聞いたこと……あったようななかったような。わかんないな。ひょっとしてそれ、オレの消えた記憶となんか関係ある？」

「あるようなないような」

「なんだそれ。でも、へえ、調べてくれてるんだ、葉村さん。事故のとき、オレがどうして親父とあんなとこにいたのか」

ヒロトは嬉しそうに言った。わたしは咳払いをした。

「〈狐とバオバブ〉を検索してみただけよ」

「そうするとやっぱ、オレって依頼人？　ちゃんと料金を払うべきだよね。母屋のオレの部屋に郵便ポストの貯金箱あるからさ。それでどうかな」

「だから検索してみただけだって」

「本物の探偵だもんね、葉村さん。料金は高いよね」

ヒロトは笑い、あ、竜児だ、と言った。

「キャッチ入った。またね」

静かになると、どっと疲労が襲ってきた。まだ九時過ぎだったが、寝不足だし、明日は大変な一日になりそうだ。真島はともかく、富山が来る。ミステリの蔵書を見て、興奮して、自分の持っている知識うんちくを語りまくる富山店長の姿が目に浮かんだ。休めるうちに休んでおかねば。

明日こそ洗面器を買おう、と心に誓いながら歯を磨き、うさぎの常夜灯をコンセントに差し込んだ。貴重品をショルダーバッグにまとめて枕元に置き、ジャージに着替え、寝袋に潜り込んだ。横向きになって頭を畳側につけていると、階下のレオ爺さんが見ているだろうテレビの音声と、ヒロトの話し声らしきものが下から振動となって伝わって来た。

笑っているのか怒っているのか、内容はこもっていて聞き取れないが、ヒロトの声はにぎやかに弾んでいた。その声を聴いているうちに、次第に体のこわばりや疲労がゆるんでいった。

もし、ここに住むことになったら。このアパートの部屋を借りることになったら、毎日こんな物音に包まれて暮らすのだろうかと思いながら、わたしは眠りに落ちていった。

どれくらい眠っただろう。不意に、わたしは目を覚ました。部屋の中は暗かった。なぜ目覚めたのか、不思議に思った次の瞬間、自分が咳き込んでいることに気がついた。咳はわたしの息を詰まらせ、腹筋をつっぱらせていた。

なんだ？

半ば寝ぼけた頭のまま、手で口を覆って周囲を見回した。とぼけた顔だったのが、すでにこすれて無表情になってしまった、古いうさぎの常夜灯が闇を照らしていた。咳き込みながら、あたりを見回した。まだ慣れないが、見覚えのある畳に見覚えのある電気ストーブ、見覚えのある持ち物。見覚えのある……天井が、かすんで、よく見えない。

うさぎの明かりが不意に消えた。

にわかにアドレナリンが全身を駆け巡った。煙。この臭い。

火事だ。

自分でも驚くほどの速さで寝袋から飛び出した。貴重品を入れて枕元においてあるショルダーバッグの紐に頭を突っ込み、腕を通しながら玄関へ飛び出して、靴に足をねじ込んだ。鎖をあげるのも鍵をひねるのももどかしかった。何度かしくじりながら、ようやくドアが開いて、わたしは外廊下に飛び出した。

そこは、すでに視界が利かないほどの煙に覆われていた。助けを求めて叫ぶこともできなかった。体を下げたが、これは失敗だった。どっちが階段か、方向がわからなくなった。

煙幕の中、はいつくばるようにして手探りで進んだ。涙が出て止まらない。前が見えない。息が苦しい。下から溢れるように煙が湧き出してくる。

なにも考えられず、ほとんど本能だけで、少しでも煙の薄い方へと体を動かした。部屋に戻っていた。叩きつけるようにドアを閉めた。

窓、窓……。

転がるようにかけて、寝袋を踏んで滑りそうになりながら、窓にたどり着いた。カーテンがわりのタオルを引きちぎり、鼻や目を覆った。どこのバカが目張りなんかしたんだと思いながらガムテープを外し、力任せに窓を開けた。煙が背後に流れ、新鮮な空気がつかの間、顔の周りを漂った。少しパニックが収まり、我に返った。

落ち着け落ち着け。わたしは自分に言い聞かせた。ここは二階だ。飛び降りて、大ケガをすることはあっても、よほど打ち所が悪くなければ死ぬことはない。それより早く、助けを呼ばなくては。

スマホをバッグのどこに入れたか思い出せなかった。わたしは咳き込みながら、火事だ、と叫んだ。叫んだつもりだった。だが、声にならなかった。

どこかで激しくなにかが割れる物音がした。恐怖と興奮が身体中を駆け巡った。同時に、脳が思考を停止した。わたしはなにを考えるまもなく、咳き込みながらもバスタオルを放り捨て、靴のまま窓枠に乗り、桜の枝めがけて手を伸ばした。昨日はあれほど窓に向かってぶつかってきていた桜の枝は、今日は、そんな無作法な真似などしたことがありません、とでもいうように、少し離れたところにすましてそびえていた。

半ばヤケクソになって窓枠の上をぐっとつかみ、わたしは立ち上がった。下を見た。一階の斜め下の部屋から煙が吹き出ていた。見るな、と自分に言って、枝に手を伸ばした。涙でよく見えないが、ときどき指に枝らしきザラザラしたものが触れた。指の間に挟んで、ぐっと引いた。たびたびすり抜けられたが、何度目かにようやく成功し、わたしは右手で枝を引き寄せながら、窓枠をつかんでいた左手を離し、両手で枝をつかもうとした。

そのとき、足元がぐらりと揺れた。窓枠がバキバキと音を立てて崩壊していった。悲鳴をあげて左手を伸ばしながら、窓枠を蹴り飛ばした。桜の枝はわたしの重みをまともに受けて、下に沈んだ。次の瞬間、体が宙を飛んだかと思うと、脇腹を激しく打って、わたしは身動きできなくなった。

衝撃で意識が飛んだらしい。ふと、切迫した誰かの話し声や叫びが聞こえて、わたしは目を開けた。目も鼻も喉も、どれもがヒリヒリしている。手のひらがざらつき、左の脇腹にイヤな痛みが走っていた。遠くでサイレンが聞こえた。

体を動かそうとして急に、下半身が心もとないことに気がついた。わたしは頭を下にして、桜の木の枝の間に引っかかっていた。手を伸ばし、足で探ってなんとか体の向きを変えた。その間もひっきりなしに咳が出た。息ができずに苦しかった。

「ちょっと。あんた、大丈夫か」

近くで誰かの声がした。男の声がする方に顔を向けた。しがみついていた枝を離すと体が下に滑っていく。再度、必死にしがみついた。

「誰か。こっちだ手を貸してくれ」

男が叫び、何人かの気配がした。右手を放せ、と誰かが言った。大丈夫だから、右手を放せ。

わたしは離した。たちまち何人かに支えられて、わたしは木から降ろされていた。足が地面に着いた。その柔らかい地面の感触は、一生忘れないと思った。

「早く、ここから離れよう」

肘を支えてくれた誰かが頭の上で言った。こっちだ、と誘導されて、わたしは抱えられるようにして歩いた。痛くて目が開けていられない。桜の木の脇を送り出され、アスファルトの上に押し出された。

路上にへたり込んだ。助かった、と思った途端、鈍い爆発音がした。誰かが悲鳴をあげた。視界の中に煙が渦巻いていた。サイレンがどんどん近づいてくる。音は重なり、大きくなり、耳を覆わんばかりに鳴り響いた。

そのときになってようやく、わたしはヒロトを思い出した。喉の奥がキュッと縮まり、全身から血が引いた。煙は一階の斜め下の部屋から出ていた。ヒロトの部屋だ。まさか。わたしは必死に立ち上がった。アパートに戻らなくては。

「……ヒロト。ヒロト、レオ爺さん、ミツエさん」

咳をしながら、声を張り上げた。情けないくらい、ざらついた声しか出なかった。

「ヒロト。ヒロトはどこ？」

あたりを見回した。野次馬が大勢いた。何人かと目があった。口に手を当てた片桐さん、大声でなにかしゃべっている大場さん、その他、興奮した人々の目がオレンジ色に光っている。松葉杖をついた姿は見当たらない。母屋か？　ミツエが母屋に避難させたのか？

不意に腕をつかまれた。痛みと驚きでわめきながら見上げると、つかんでいたのは制服の警察官だった。彼はたじろぎながらも、乱暴にわたしを道から引きずり出そうとしつつ、大声で野次馬に向かって叫んでいた。

「危ないですから下がって。はい、みんな下がって。ここは消防車が入ります。消火活動の邪魔はしないで。ちょっと、あんた。道に入らない」

消防車が井の頭通からこちらへ入ってきた。消防士がバラバラと飛び降り、燃えているアパートめがけて走ってきた。その場から引きずり出されながら、わたしは警官の肩越しに消防士に向かって叫んだ。

「中に、アパートの中に人が……」

消防士がこちらを見た。警官の手がゆるんだ。わたしは警官の腕から滑り出て、消防士にすがりついた。

「アパートの二階は誰もいません。一階の一番手前の部屋に一人、真ん中の部屋に一人、まだいるかもしれません。ヒロトは……真ん中の部屋の住人は、足が不自由で……」

しゃべりながら、なにかを感じて顔を上げた。母屋の窓から人影が飛び出てきた。青沼ミツエだった。彼女は庭で一瞬立ちすくんだが、アパートの中央の部屋めがけて裸足のまま走っていった。

消防士がわたしを突き放し、大声で制止しつつ、そちらへ駆け寄った。だが、間に合わなかった。その、細く小柄な人影は消防士よりも一足先に建物へたどり着き、少しもためらうことなく一〇二号室のドアを開けた。

激しい爆発音がした。炎が一瞬にして視界を埋め尽くした。

誰かが悲鳴をあげていた。ざらついた、不快な悲鳴だった。わたしは頭から道に倒れこみながら、肺がからになる苦痛に身をよじり、同時に悟った。

悲鳴をあげていたのは、わたしだった。

11

そのあとのことは、断片的な記憶しかない。

わたしは病院に運ばれた。ミツエが目の前のストレッチャーに載っていたような気もする。だが、それが石和梅子との転落事故のときの記憶なのか、火事のときのものなのか、判然としない。今回運ばれたのは井の頭江島病院ではなく、啓論大医学部付属病院だったが、病院は病院だ。

ツルツル滑る床、よそよそしいベンチ、金属と薬と糞尿の臭い、緊張と不安と苦痛に満ちた空気。消毒薬の臭い、酸素マスクを顔に当てていたこと、脇腹が痛いと訴えてナースに服をまくってもらったこと、そっと触れた医者の指、機械や待合室の椅子が驚くほど冷えていたこと……。

その記憶の中には、病院で受けた事情聴取も含まれている。ミツエが運び込まれたERの待合室のベンチに呆然と座っていると、目つきが尋常ではないスーツ姿の男が二人現れたのだ。

彼らは杉並西警察署の捜査員で、小島《こじま》と川口《かわぐち》と名乗った。ことによると小口《おぐち》と川島《かわしま》だったかもしれない。彼らは髪型も顔つきも年格好もまるで双子のようにそっくりだった。口調は事務的で、目が充血してヒゲが伸び、本体もスーツもくたびれきっていた。

小島または小口が質問をし、わたしは答えた。次に川口または川島が質問をし、わたしは答えた。夜更けで三人とも疲れていた。まるでお互いの尻尾をくわえてヤシの木の周囲をくるくる回っているみたいに、話は堂々めぐりの挙句、溶けていきつつあった。

えーと、葉村晶さん。葉村さんはそれじゃあ、昨日から、あのアパートに突然住むことになったわけですね？　えーと、大家の青沼ミツエさんとはご親戚かなにかで？　赤の他人ですか。知り合って長いとか？　知り合ったのは数日前？　それでタダで、アパートの部屋に突然住むことになったわけですね？　てことは不動産賃貸契約書などは？　交わしてない。そうですか。はあ、同じ転落事故でケガを。それで仲良くなって、蔵書の処分を任されたと。そこで昨日から、もう日付の上では一昨日になりますが、十一月十日から、突然、あのアパートに住むことになったわけですね……。

何度でもおとなしく質問に答えたが、十数回目の「アパートに住むことになったわけですね」を聞かされた途端、なにかが切れた。気がつくとわたしは涙を流し、笑いながらベンチに倒れ込んでいた。笑うとあばらがものすごく痛み、それがまた、わけもわからぬほどおかしかった。

そこでまた、記憶は途切れる。気がつくと、わたしは小会議室のようなところにいる。

長いデスクの前に座り、目の前には書類と病院関係者らしい人と、小島と川口、または小口と川島コンビが座っている。

わたしはまた質問に答えている。もう明け方で、外が白み始めている。

近所に従妹の牧村ハナエさんが住んでいます。青沼ミツエさんの近親者は孫のヒロトくんですが、坂の下の、線路の向こう側に住んでいると聞きました。それ以上のことは知りません。ミツエさんのことなら、わたしよりご近所のほうが詳しいと思います。斜向かいの大場さんと、ヒロトの……ヒロトくんの中学の同級生の母親の、片桐さんには会いました。

しゃべっている自分を、わたしはどこか遠くのほうから、驚嘆して眺めている。そしてまた、記憶が飛ぶ。

次にはっきりと覚えている場面では、小島または小口がわたしに伝えていた。小暮修さんは火災当時、自室にはいませんでした。酒を買いにコンビニに行って、そこで知り合いに遭遇して、そのままその知り合いの家に飲みに行ったようですね。はい、ですから無事です。青沼ミツエさんは現在治療中ですね。

「それと」

小島または小口は息を吐いて、また吸った。

それと、火元とみられる一〇二号室の男性ですが、現場ですでに心肺停止の状態でした。搬送先の病院で死亡が確認されました。

「午前二時十八分とのことでした」

小島または小口は淡々と言った。

わたしは反射的に頭を下げた。だが、なにも感じなかった。もう三時間以上も前、あの爆発の勢いで、ヒロトはこの惑星から旅立った。そのことを、わたしは全身で知っていた。

四日後、再び事情聴取を受けることになった。

週末の三日間に、わたしは〈MURDER BEAR BOOKSHOP〉に出かけ、店番をした。驚いたことに、わたしはいつのまにか富山や〈ハートフル・リユース〉の真島進士に青沼家の火事について伝え、蔵書や遺品整理はキャンセルになりましたと丁寧な連絡を入れていたらしい。週末、店に行くと、珍しく富山店長が顔を見せ、しきりとわたしを気づかい、家に追い返そうとした。バイト代が入らないと困るんで、とわたしは看板猫にカリカリをやりながら答えた。あばらにヒビが入っているので力仕事はできませんが、レジ打ちその他の業務に支障ありませんから。

富山は三日続けておやつを買ってきた。金曜日は〈リンデ〉のクリスト・シュトレーン、土曜日は〈天音〉のたい焼き、日曜日は〈いせ桜〉の大福だった。ありがたくいただいたが、どれも好物のはずなのに味がしなかった。

杉並西警察署に来てほしいという連絡は、月曜日の朝十時きっかりに入った。かけてきたのは小島でも小口でも川島でも川口でもなく、泉原《いずはら》という捜査員だった。驚くほどの低姿勢で、ご都合のよろしいときにできるだけ早く署の方へお越しいただけないだろうか、と言った。火災の原因について調査中なのですが、そのことで、ぜひ葉村さんにも力をお貸しいただきたい。

出かける前に桜井に電話を入れた。病院での事情聴取で、わたしは〈東都総合リサーチ〉のことも石和家のことも口にしなかった。あの場合、話す必要もないし、かえって話がややこしくなるだけだと思った。だが、小島その他の反応でもわかる通り、ごく短期間のうちにわたしが青沼家と親しくなり、アパートに住み込んだ途端に火災、という状況がある種の疑いを招いている。そこをさらに追及された場合どうしたらいいのか、確認しておきたかったのだ。

「石和家の話は絶対に出すな」

桜井は言った。彼はこれまでにないほどつっけんどんだった。

「そもそも、我々の依頼人は石和豪なんだ」

桜井は頭の悪いトイプードルにトイレのしつけをしているような口調で言った。

「まかり間違っても、石和家が捜査対象になっては困る。わかるよな」

「捜査対象……？」

「おまえ、ニュース見てないのか。あの火災の原因はまだ調査中だ。しかも四日も経って、おまえが呼び出された。放火の疑いも消しきれてないってこったろ」

放火につながるほどのトラブルとなれば、当然、あの転落事故が浮かぶ。個人的には、あの行き当たりばったりな石和梅子が、真夜中にはるばる三鷹台くんだりまで火をつけに出かけていくとは思えないが、はたから見れば立派な容疑者だ、と桜井はまくし立てていた。

「いいか。オレはこれまで、葉村がクライアントよりも青沼家に肩入れするのを見逃してきた。石和梅子のせいで葉村はケガしたんだし、そもそもオレがおまえに青沼家と親しくなれと言ったんだ。だが、これまでの事情はどうあれ、依頼人は守ってもらう。石和豪と梅子の話は、一般の警察官には一切するなよ」

杉並西警察署は西荻窪駅を北上した、青梅街道沿いにあった。コンビニを挟んだ隣が杉並西消防署で、ピカピカの消防車と救急車が車庫にきちんと並んでいた。それに比べると警察署は古く、くすんで見えた。

パーテーションで仕切られた応接セットに通されて、すぐに泉原圭《けい》が現れた。白髪が多く、穏やかそうで、知的な目をした四十代前半の男だったが、まくりあげたワイシャツの袖から深い傷跡がのぞいていた。

彼の名刺には、警視庁捜査一課の肩書きがあった。わたしは〈MURDER BEAR BOOKSHOP〉の名刺を渡した。名刺の隅に店の、片手に本、片手で包丁を振りかざすクマのマークが印刷されている。泉原はボールペンの尻を耳の穴に突っ込みながら、そのマークをまじまじと眺めていた。思わず、わたしにとって霊的トーテムがクマはありえないそうですよ、と教えそうになった。

泉原は世間話から始めた。だが、二つ三つ話を振ったところで、世間話が場をなごます役には立たないと悟ったらしく、例の「アパートに住むことになったわけですね」を含むストレートな質問を、次々に繰り出した。そこに深く切り込まれたら、職業上の事情でわたしの口からは言えません、詳しくは〈東都総合リサーチ〉の桜井肇にお尋ねください、と丸投げしてやるつもりだったが、彼はその話題に執着しなかった。

「二階の窓から、桜の木めがけて飛び降りたそうですね」

泉原は分厚いファイルをめくりながら、言った。

「お隣さんの、えーと、早坂《はやさか》さんが見ていたそうですよ。あなたがかろうじて枝に引っかかったときには冷や汗が出た、そのあと木から降りるのに手を貸したんだと言ってました。大変でしたね」

急に息苦しくなった。ヒビの入ったあばらはまだ治っていない。お風呂に入るたびに、ぎょっとするほど広範囲の内出血が目に入る。だが、もうすんだことだ、とわたしは自分に言い聞かせた。選択は終わった。時は進んだ。やり直しはできない。だとしたら、いまさら怯えてどうする。

「出火原因はまだわからないんですか」

わたしは尋ねた。泉原はわたしを真正面から見た。

「原因ならはっきりしています。一〇二号室の灯油ストーブですよ」

「……灯油ストーブ？」

「葉村さん、一〇二号室に入ったことは？」

「ええ、前夜、青沼ヒロトがうなされて、そのうなされかたがひどかったので、部屋に入ってたたき起こしました」

「だそうですね。一〇一号室の小暮さんもそんな話をしていました。一〇二号室のドアはいつも完全には閉まっていなかった、だから出入り自由だったとも。で、その前夜ですが、灯油ストーブは部屋のどこにありました？」

泉原の目を見て、思い出そうとした。半分頭の中に靄《もや》がかかっているようではっきりしない。だが、

「見た記憶はありません。あの部屋は、ヒロトが寝るためだけの部屋だったと聞いています。母屋は物でごった返していて危ないから、寝るときだけ使っていると。実際、一〇二号室は殺風景でした。ベッドとエアコンと、枕元に小さなテーブルみたいなものがあったことしか覚えていません」

「灯油のタンクはどうですか。見ていませんか」

風呂場のドアは閉まっていた。押入れも閉まっていた。だからそこにタンクがあっても気づかなかっただけかもしれないが、

「前夜は寒かったけど一〇二号室は暖かかった。でも、おそらく使ったのはエアコンですよ」

あれだけ自分の部屋の寒さに辟易《へきえき》していたのだ、灯油ストーブが使われていたなら、羨ましくてすぐに気づいたと思う。それに、あの部屋で感じたのは、あの長い髪の女が残したと思われる人工的な花の香りだけだ。

「エアコン。間違いありませんか」

泉原はボールペンで耳をかきながら、まっすぐにこちらを見た。わたしも負けじと見返し、灯油の臭いは感じなかったと繰り返した。

「だいたい、火災当日は前夜ほど寒くなかったのに、ヒロトが苦労して灯油ストーブを

使ったとは思えません。ホントに出火原因は灯油ストーブなんですか」

「それは間違いありません。台所に古い灯油ストーブと、燃え残りのタオルらしき布と、近くに灯油のタンクが転がっていたのが、消防との合同現場検証で見つかっています。例えばですね、おばあさん……ミツエさんでしたか。彼女が孫のために、古いストーブを部屋に運んでやったとは考えられませんか」

母屋の不用品の山を考えれば、使っていないストーブはあったかもしれない。だが、ミツエも怪我をして左腕が不自由だった。

「それに、足元が危ないって理由でアパートに寝室を移していたのに、なぜ灯油ストーブを使わせるんです？」

泉原は軽くうなずきながら、メモを取っていた。わたしは訊いた。

「通常、ストーブが火元なら失火という結論になりそうなものですけど、警察は失火ではないとお考えなんですか」

「まだ、情報を集めている段階ですよ」

泉原はそっけなく言った。

「そして結局は、失火でしたということになるかもしれません。おばあさんは左腕を怪我する前、いざというとき孫がすぐに暖をとれるように、使っていない風呂場に灯油ストーブと灯油を入れたタンクを用意しておいた。火災のあった夜、ヒロトさんは気まぐれでその灯油ストーブを使ってみた。そして消し忘れてしまったうえ、たまたまタオルをストーブに落とした。しかも、灯油タンクがなにかのはずみで倒れ、中身の灯油が床一面にこぼれていた。そこにタオルの火が引火し、一気に燃え広がった」

十一月に入ってすぐ、東京は真冬のように冷え込んだ。〈ブルーレイク・フラット〉は隙間風の多いアパートだ。一〇二号室はドアを閉めることさえできなかった。エアコンだけでは心もとない。まして孫はまだ、事故の後遺症に苦しんでいる。せめてあったかくしてやりたいと思うのは人情だ。転落事故のあった十一月四日以前に、ミツエがヒロトのために、部屋に灯油ストーブを用意していた可能性は確かにあった。だが、

「灯油タンクっていうのは、なにかのはずみで倒れて中身がこぼれるものなんですか」

泉原は苦笑した。

「そこですよ。まあ、通常はそんなことは起きません。火災当日に地震はなかったしね。ただ、ヒロトさんの遺体からベンゾジアゼピン系の催眠鎮静剤が検出されました。交通事故の後、彼は記憶障害や不眠を訴えて精神科にも通院していまして、そこで処方された薬ですね。前夜うなされたから、念のために飲んだのかもしれない。ストーブをいじったとき、薬で半分寝ぼけていたなら……」

泉原は意味ありげに言葉を切り、わたしを探るように見た。

「どうでしょう、葉村さん。ありうると思いますか」

わたしは息を吸い込んだ。

体がよく動かず、灯油ストーブを風呂場から引っ張り出してきたところで疲れてしまい、火がつけっぱでも、タオルを火のついた灯油ストーブに落としても、灯油タンクを倒して中身がそこらにぶちまけられても、薬のせいでボケていたからほっといて寝ちゃ

いました。つまり、火災も焼死もヒロトの自己責任でした、だと？

　そんなはずはない、と言いたかった。ありえない、とわめきたかった。だが、なにかがわたしを押しとどめていた。そもそも、わたしはヒロトのなにを知っている？　彼は几帳面ではなかったし、細かくもなかった。若い男の多くは雑で、いい加減で、興味のないことには目を向けない。靴下を脱いだまま床に落としておく、トイレットペーパーが切れても知らん顔、歯磨き粉のフタを閉めない生き物だ。

　とはいえ、

「人間には生存本能ってものがありますよね」

　わたしはようやく反論した。

「消し忘れも、火の上にタオルを落とすのも、タンクをひっくり返して灯油をぶちまけるのも、どれも命に関わる大失態ですよ。それが三つも重なったのにほっといて寝たなんて、いくら薬を使っていたとはいえ納得できません」

　泉原は、なるほど生存本能ね、と言いながらメモをとり、黙ってこちらを見て、肩をすくめるような仕草をした。ぼんやりと見返して、十数秒後、ようやく彼がなにを言いたがっているのかに気がついた。

「まさか……ヒロトがわざとやったと？」

「どう思います？」

「そんな。考えられません」

　泉原は興奮した犬をなだめるように、手を上下に動かした。

「ですから、我々はまだ情報を集めている最中です。自殺の可能性を排除できるなら、それもありがたいわけですよ。ただ、ヒロトさんの状態が状態でしたからねえ。交通事故に遭遇して父親が死に、命は取り留めたものの、後遺症に苦しめられていた。そして事故から八ヶ月ほど後に、今度は火災にあって亡くなった。ここまで悲劇的な事故が、偶然にも相次いで一人の人間の身に起きたと考えるよりは、事故が原因で火災が結果、と考えたほうが収まりはいい」

「ひどい言い草ですね」

わたしは力なく抗議したが、泉原は素知らぬ顔で付け足した。

「それに葉村さん、あなたのこともある」

「……わたし?」

「青沼ミツエさんは、どちらかといえば気むずかしい方だそうですね。息子さんの事故死でそれが特にひどくなり、他人と接したくないと生協の宅配も新聞も断った。従妹のハナエさんが近所に越してきたときも、最初のうちは家には出入りさせていなかった。だから、ご近所はみなさん、あなたを紹介されて驚いた。えーと、誰が言ったんだっけ……そうだ片桐さん。彼女などは、これはよっぽどのことだ、あなたはヒロトくんがなにかしでかさないための見張り役じゃないか、と考えたそうです」

呆然となった。ミツエがヒロトの自殺を心配していた? 冗談じゃない。そんな話は聞かされていない。わたしは光貴の蔵書の整理に雇われただけだ。わたしを青沼家へ引き入れたのは、使えそうな人間だと思ったからだろうが、石和梅子に対するミツエのいたずら心が最大の動機だと思う。

だが、それを説明するわけにはいかなかった。わたしは、ミツエからヒロトの自殺についてはほのめかされてもいないこと、その危険性は一瞬たりとも感じなかったことを強調したが、泉原に感銘を受けた気配はなかった。虚《むな》しい抗弁だった。しゃべればしゃべるほど、否定すればするほど、かえって自殺に当たるスポットライトの光量が増してくるようだった。やがて、わたしは黙った。泉原はファイルを閉じて、よくわかりました、本日はありがとうございました、と言った。

「最後に念のため、お尋ねします。葉村さんは探偵だそうですが、今回の件を調べようとは思っていませんよね」

「調べられては困ることでもありますか」

反射的に言い返すと、泉原は面食らったように身を引いた。

「いいえ。ただ、自殺という結論は相当、お気に召さないようなので。その結論を排除する前提の調査をされたら困る……というよりも、迷惑ではありますね。すでにマスコミの取材で、さんざんご近所を荒らされましたんで」

「間違った結論を出されたら、ヒロトもミツエさんも迷惑ではすみません」

泉原は舌で頬の内側をこすりながらしばらく考えていたが、やがて体を起こし、声を低めた。

「これはここだけの話ですが、自殺という答えが気に入らない人間はうちにもいるようでして。この件は徹底的に調べるように上から指示が出されています。失火でも自殺でもない可能性について、考慮しろとね」

わたしはぽかんとした。

「うち、というのは警察の上層部ということですか。失火でも自殺でもないなら、第三者による放火ということでしょうか」

「葉村さんはそれについて、どう思います？」

桜井の予想は正しかった、やはり警察は放火の疑いについても調べているわけだ。

ドアが閉められない一〇二号室は出入り自由だった。ヒロトや青沼家と近い人間なら、彼が寝る前に催眠鎮静剤を飲むことも予測できた。古い灯油ストーブと灯油を調達し、部屋に持ち込み、失火に見せかけ火事を起こすことも楽にできただろう。

とはいえ、歩行に不自由していて薬も飲み、無抵抗だったヒロトを焼き殺す……これは死刑に値する殺人だ。失火に見せかけたとなれば、計画殺人でもある。そこまでして彼を殺したがる人間が、はたしているだろうか。

考えようとしたが、頭は重かった。この数日間、妙に脈が早く、朝早く目が覚めてしまい、ときどきめまいも感じる。そして集中できずにいる。

ただ、一つ思い出した。桜井がわたしに言ったセリフ。

「光貴の部屋を片づけたら、思いもかけないものが出てくるかもしれないぜ」

火災は、遺品と蔵書整理が行われる直前に起きたのだった。

12

耳の中に生温かい水が詰まっているような感覚のまま、日々は過ぎていった。

一年でいちばん過ごしやすいシーズンのはずなのに、この年の秋はわがままで底意地が悪かった。寒いかと思えば暑くなり、かと思うと急激に冷え込んだ。冬用の羽毛布団を十一月のうちに出したのは、初めてだった。

電気ストーブも寝袋もダウンジャケットや着替えも、そして、なにより長年愛用していたうさぎの常夜灯も、わたしに置き去りにされて〈ブルーレイク・フラット〉と運命を共にした。買ったばかりの高機能靴下は無事だったが、はきすぎてすでに毛玉だらけになっていた。冷えで病気になるよりはマシだと割り切り、引っ越し費用にあてるはずの立ち退き料をさいて、新しい服と新しい常夜灯を買った。生きていくために食料も買った。そのたびに栄養のバランスを考えた。

駅前に出かけたとき、ロータリーのバス停に三鷹台駅行きのミニバスが停まっているのを、たまに見かけた。そのたびに、ミツエはどうしているだろうと思った。退院できただろうか。ヒロトを失ったことはもう知っているのだろうか。〈ブルーレイク・フラット〉の焼け跡を、母屋から毎日眺めることに耐えられるとは思えない。従妹の牧村ハナエはちゃんとミツエの面倒をみているだろうか。オーラの話など持ち出して、余計にミツエを苦しめているのではないだろうか。

気にはなっていた。行かなくてはとも思った。まだミツエが入院しているなら、退院する前に、せめて敷地の掃除だけでもしてあげたかった。それが、いざ三鷹台駅行きのミニバスを前にすると足がすくむ。冷や汗が出て、脈が不規則に早く打ち始める。ためらううちに、ミニバスはロータリーを出て行く。改札口を出たところにある桜の木の葉は紅葉かつ散り、ミニバスや通行人の巻き起こす風に舞っては去る。わたしはなにも見なかったことにして踵《きびす》を返し、〈スタインベック荘〉に帰る。岡部巴や佐々木瑠宇と一緒に食事をし、片付けをする。彼女たちが腫れ物にでも触るようにわたしを扱っているのをいいことに、どうでもいい話だけをして、くだらないテレビ番組を見て、ときどき笑う。笑っているわたしを、もう一人のわたしが遠くから眺めている。

そんな日々が続き、〈MURDER BEAR BOOKSHOP〉での週末の店番も三回を数えた。〈中央線沿線BOOKSHOPスタンプラリー〉は好評のうちに終了し、本屋はクリスマス商戦に突入した。気づけば十一月も残り二日だった。

日曜日の夜、閉店時間の八時にわたしはレジを閉めた。富山店長は先に帰宅し、最後の客はさんざん悩んだ末に、あまり状態の良くない仁木悦子の『冷えきった街』を買って帰った。店内に均一本のワゴンを入れ、看板の明かりを消し、窓などの戸締りを確認した。荷物をまとめ、鍵を手にドアへ向かったとき、ふと聞きなれない音が外から聞こえてきた気がして足を止めた。ドアが風にがたついた。戸口にヒロトが立っていた。わけがない。

ドアに鍵をかけて、店を出た。寒さに体を丸めながらバス通りへ急いだ。住宅街の道の街灯が不平を漏らしているように、じいじいとやかましい。

銭湯の角を曲がったとき、不意に目の前の道がライトで明るく照らされた。わたしは振り返った。白いセダンが静かにやってきてわたしを追い越し、脇で停まった。後部座席の窓を開けて男が言った。

「お久しぶりです、葉村晶さん」

わたしは息を止めた。その男のことは知っていた。当麻茂《とうましげる》、所属不明の警視庁警部。

「乗ってください。仙川のご自宅近くまでお送りしますよ」

わたしは無言で顔をそむけ、歩き出した。昨年の春、当麻はわたしに近づいてきた。思い出すだに不愉快なやりとりがあって、わたしは当麻に強制され——というか脅迫されたうえ、利用されたのだ。

車はゆっくりとついてきた。当麻が言った。

「私のほうから出向いたのは厚意なんですがねえ。ここでお話しできないのであれば、明日にも杉並西署にお越しいただくことになってしまう。それは申し訳ないと思いましてね」

「かまいませんよ。月曜日はヒマですから」

この厚顔無恥な警部とサシで話すのに比べたら、交通費と時間を使ってでも泉原と話すほうがよほどマシだ。わたしは足を早めたが、ふと気がついた。泉原が言っていた、〈ブルーレイク・フラット〉の火災が失火でも自殺でもない可能性について考慮し、徹底的に調べるよう指示を出した警察上層部。

まさか。

思わず車窓に目をやった。当麻が平凡な顔についたカリフラワーみたいな耳をこすり、軽くうなずいた。

「泉原が結論を出しました。あの火災は失火によるものとして処理されます」

「ちょっと待ってください」

思わず窓をつかんだ。

「そんなわけない。火事がヒロトのせいだなんて」

「まあ、乗りませんか。道をふさいでます。迷惑ですよ」

背後から短くクラクションが鳴らされた。わたしはためらったが、ドアを開けて後部座席に滑り込んだ。

当麻は相変わらずだった。床屋に行ったばかりに見える髪、少し腹の出た中肉中背の体を中の上程度のスーツに包み、よく見るとトトロというテキスタイルのネクタイをしていた。一見するとおとなしいデスクワーカーだが、耳だけではなく手にもいろんなタイプのタコがある。絶対に殴り合いなどしたくないが、それをいうなら本来は、どんな形でも接触したくない相手だった。

セダンは走り出した。胃の弱そうな運転手にも見覚えがあった。郡司翔一《ぐんじしょういち》といっただろうか。気の毒に、まだ異動させてもらえず当麻の下にいるらしい。

車は住宅街をくねくねと通り抜け、高架をくぐって成蹊通りに出ると、左折して南下し、再び高架をくぐってむらさき橋通りを進んだ。日曜日の夜のことで幹線道路も空いていた。郡司は捜査員としての能力はともかく、運転はうまかった。車は心地よく夜を滑っていった。

話があるから乗れと言ったくせに、当麻は口を閉ざしていた。わたしも黙っていた。先にしゃべり始めたほうが主導権争いに敗れるというゲームをしているようだった。だが、だんだんバカバカしくなってきて、わたしは言った。

「最近、交渉術についてのビジネス書かなんか読みました？」

「なんですって？」

当麻は目を瞬《しばた》いた。わたしは肩をすくめて、いや別に、と呟いた。当麻はシートに座り直し、こちらをにらみつけた。

「ずいぶんお気楽なんですね。正直な話、この数週間、あなたがなにもせずにぶらぶらしているとは思いませんでしたよ。てっきり〈ブルーレイク・フラット〉の火災について猛然と調べ始めると思っていたのですが。期待はずれでした」

ちょっとあんた。

最後に会ったとき、この男はわたしに向かって「あなたの探偵としての資質は疑わしい」とはっきり言ってのけたのだ。それがいまさら、なんの期待だよ。

だが、コイツに腹をたてるのは、信楽焼《しがらきやき》のタヌキに向かって腹をたてるのに等しい。なんの益にもならないどころか、血圧が上がってこっちの体にダメージが及ぶ。

わたしは息を整え、おしとやかに答えた。

「警察から、迷惑な真似はするなと釘を刺されましたので」

当麻は鼻を鳴らした。

「ほう。いつから警察のいうことを素直に聞くようになったんです?」

「とっと本題に入ってもらえませんか。なぜ火災の件にあなたが関わっているんです?」

当麻は深いため息をついた。運転席の郡司の肩がかすかにこわばった。コイツは思わせぶりなそぶりで部下を操るのに長《た》けているらしい。人事査定外の人間にも影響を及ぼせると思ったら、大間違いだが。

「今年の一月に高野咲が死にました。高野咲、ご存知ですね」

驚きを押し隠し、わたしはそっけなくうなずいた。当麻はこちらの顔を凝視し、すぐに目をそらした。

「東急東横線都立大学駅ホームの監視カメラ映像には、悪いほうの膝をかくっとさせてよろけ、特急がやってくる直前の線路に転がり落ちる高野咲の姿が映っていました。事故と自殺の両面が考えられる場合、担当の捜査員は遺族に同情して事故で処理したがるし、映像という覆しにくい証拠がある以上、生命保険会社も裁判は望まない。そんなわけで一ヶ月後、公には事故死で処理されました。だが、あれは自殺だ。私はそう考えています。高野咲は事故の演技をしたうえで、電車の前に自ら飛び込んだのだと」

「理由は?」

「報道で知っているでしょうが、彼女には多額の借金がありました。膝の治療のための費用がかさんだということになっていますが、実は違います。高野咲は麻薬中毒でした」

今度は驚きをかくすどころではなかった。あの健康的なアスリートが、しかも、

「覚せい剤ではなく麻薬ってことは、モルヒネとか……そうだ彼女、アメリカで膝の治療をしていたんでしたね」

「鋭いですね。モルヒネの一種といいますか、オピオイド系鎮痛剤、具体的にはオキシコドンの中毒でした」

日本を代表する企業の役員だったアメリカ人女性が、オキシコドンの密輸を疑われて麻薬及び向精神薬取締法違反で逮捕されたニュースは記憶に新しかった。当麻は講義でもするような口調になった。

「例えばイギリスでは、オキシコドンはクラスAのドラッグとして扱われていますが、アメリカではケガや歯痛の痛み止めとして、処方箋さえあれば街の薬局で買えます。そもそも九〇年代にアメリカの製薬会社が、よく効き乱用性は少なく危険性も低いとキャンペーンを張ってオキシコドンを売り出し、社会に蔓延させました。だが実際には依存性が高く、死亡事故も少なくない。一説には、二〇一四年のオキシコドン関連のアメリカ国内の死者は五千人を超えていると言われています。ヘロイン代わりに砕いて鼻から吸引するといった、いかにもドラッグ風の使用法もありますが、多くはケガなどの痛みから錠剤を経口使用することで始まり、癖になって常習するようになる。高野咲もまた、アメリカで痛み止めとして処方されたのがきっかけで、中毒になってしまったようです。オキシコドンの中毒になる日本人は、比較的珍しいのですが」

本来、日本人は麻薬に対する忌避感が強いので、たとえ末期ガンの痛みに苦しんでい

てもあまり麻薬性鎮痛剤を使いたがらないのだ、と当麻は言った。適度にモルヒネ等を用い、さっさと痛みをとって人生を楽しもうとする、いわゆる「クオリティー・オブ・ライフ改善」の考え方は欧米ではすでに常識だが、日本ではそこまでの域には達していない。一説には、日本でガン緩和ケアに使用されるモルヒネの量は、アメリカの数十分の一程度にとどまっているという。

「末期のガン患者の緩和ケアのために、例えばモルヒネ硫酸塩などを投与しても依存する可能性は低いですし、仮に麻薬中毒になってしまって医師が東京都福祉保健局に届出をしても、統計上、その患者は麻薬中毒者にはカウントされません。それでもやはり麻薬は最後の手段であり、痛みは我慢するものだ、と考えるのが日本人の国民性だった」

「だった？」

「末期ガンですらそうなのだから、まして腰痛やケガの後遺症ごときの痛みで眠れず動けず生活の質が低下しても、強い薬を使うなんてとんでもない、というのが日本人の一般常識だった。昔の日本人にとって辛抱強さは美徳だし、鍼灸《しんきゅう》や整体といった伝統的な治療法もありますしね。だからアメリカの製薬会社にマーケットとして狙われながらも、日本の消費者が麻薬性鎮痛剤を気軽に買うことはなかったし、鎮痛剤の闇市場が一大産業として形成されることもなかった。麻薬も覚せい剤もパーティードラッグもクオリティー・オブ・ライフのための麻薬性鎮痛剤も、一緒くたに恐れられ、『ダメ。ゼッタイ。』だったわけですよ。でも、その日本人の指向は現在、様変わりしつつあります」

車窓に〈品川通り〉の文字が流れたのに気づいて、驚いた。いつのまにかセダンはさらに南下して、しかも西へと向かっていた。仙川から遠ざかっているのではないかと思ったが、当麻の話に興味をそそられてもいた。

「アメリカ並みにこそなっていませんが、痛みを我慢して眠れないくらいなら、強い薬を使ってでも痛みを抑え、しっかり睡眠をとったほうが健康によく、長く生きられるという風に、日本人の痛みに対する考え方が合理的になってきています。特に団塊以降の世代に、それが顕著になってきているようですね」

「そこだけ聞けば、いい傾向に聞こえなくもない」

わたしが呟くと、当麻はうなずいた。

「ええ。むやみやたらと薬に頼るのは論外ですが、無意味に恐れることもありません。問題は、痛みが極めて個人的領域にあるということです。同じ痛みでも耐えられる人もいれば、のたうちまわる人もいる。医師が処方する鎮痛剤に満足できればいいが、できない場合もある。さらに、現在は情報化社会です。本来はごくかぎられた専門家しか知りえなかった情報に、ど素人がアクセスできてしまう。そしていい加減な書き込みなどをあっさり信じ、自分の痛みにはこの薬が効くのだと思い込む。痛みを我慢できない人間は、試してみるまであきらめない」

こういう人々が、いずれ日本で麻薬性鎮痛剤の闇市場を形成してしまう懸念があるのだ、と当麻は言った。だとすれば、闇市場ができる前にその禍根を断つ必要がある。そこで、高野咲の死にオキシコドン中毒が関係していることが判明したとき、自分たちはその供給源について捜査を始めたのだ、と。

「アメリカではかなり前からオキシコドンの危険性が叫ばれていますが、おそらく高野咲はそんなことは知らず、ちゃんとした薬局の棚に置いてある薬が依存性の強い麻薬だとは思ってもいなかった。彼女は帰国してからも薬をやめられず、一年間に八回も渡米しています。中毒に気づいた医師がオキシコドンの処方を断るようになると、医師を次々に替えた。アメリカ側の調査報告書によれば、滞在していたホテルに売人が訪ねてきていたこともあったようです。だが、亡くなる半年ほど前に彼女はピタリと渡米をやめた。そしてその頃から、〈狐とバオバブ〉に通い始めました」

わたしは思わず当麻の顔をまじまじと見てしまった。

「それって、え、つまり……」

「つまり、あの店が高野咲にオキシコドンを供給していた拠点ではないか、と我々は考えたわけです」

「そんなバカな。どうして」

反射的に言ってしまってから、ああ、と思いあたった。世界を放浪し、よくアメリカにも行っていた店長。麻薬の匂いもごまかせる、スパイシーなエスニック料理。外国人のシェフたち。昔ながらの麻薬捜査で手入れを受ける飲食店の条件が、ある程度満たされている。足りないのは、店の周囲に無気力に座り込み、髪ボサボサで目の下にクマを作り、「ヤクをくれ」などと騒ぎ出して元締めの用心棒に蹴っ飛ばされる、駆け出しの役者くらいだ。

「お言葉ですけど、いまどきオキシコドンが欲しかったらネット注文しません？　簡単だし、見つかる可能性は低いし、待ってりゃ家に届くんだし。検挙されても、ただの鎮痛剤を注文したつもりでした、と言い訳できるし」

「おっしゃるとおり。ただし本物が届くならね。闇サイトのドラッグストアは詐欺が多いんですよ。注文させ送金させ、何件か釣りあげたところでサイトを閉鎖する。また別のサイトを立ち上げて、釣っては閉鎖する。こまめにやればかなり稼げます。騙《だま》されたほうは泣き寝入りをするしかない。場合によっては、いかにもそれらしい薬を送ってくることもありますが、高い仕入値を払い、危険を犯して本物の薬物を扱う必要はありません」

そうやって繰り返し金を騙し取られると、どんなにおめでたい中毒者でもネットでの調達に二の足を踏み始める。しかも、待って待って届いたものが偽薬では、禁断症状がよけいにひどくなる、と当麻は首を振った。

「それに、オキシコドンは値段が高い。使用するのは経済的に余裕のある人間、世代的には中高年です。彼らは基本、ネットを信用していません。直接取引のほうが安心なんでしょう。捜査する側にとってはありがたい話ですが」

次第に、当麻の話が頭にしみ込みつつあった。ヒロトの話では、光貴はしょっちゅうアメリカに出かけていた。本やレコードを取り寄せることも多かった。これに麻薬中毒者がよく出入りしていたという事実を足せば、〈狐とバオバブ〉が疑われたのもうなずけなくはない。

「ですが、仮に〈狐とバオバブ〉で鎮痛剤取引が行われていたとして、高野咲はどうやってそれを知ったんです？」

「帰国後、高野咲は知り合いに紹介されて、江島病院に通っていました。あの店は江島病院の関係者もよく利用している。美味しいという評判を聞いて、最初はたんに食事をしに立ち寄ったんでしょう。そのうち、彼女がオキシコドンを求めていることを、青沼光貴が見抜いたんじゃないか、と我々は考えました」

「見抜いた……」

「あの店で、痛みに苦しむ患者を目にすることは珍しくありません。それとなく麻薬性鎮痛剤の話をし、入手する方法があると持ちかけたとします。中毒患者なら飛びついてきますよ」

「そうかもしれませんが、そんな真似ができるのは青沼光貴にかぎりませんよね」

「高野咲の通話記録を調べましたが、彼女は〈狐とバオバブ〉へも、青沼光貴のスマホへも頻繁に電話をかけていた。また、昨年の九月以降、彼女は手元に現金が入った直後に〈狐とバオバブ〉に出かけています。最初は四週間に一回程度、でもだんだん頻度が増してきていた。オキシコドンの使用を続けると、使用者は耐性を獲得してしまいます。つまり、最初の量では効かなくなる。量か回数を増やすしかないわけですよ」

「ですが」

「しかも三、四年前、青沼光貴はアメリカ旅行から帰国してすぐ、オキシコドンがいかにアメリカで簡単に手に入るかを、江島病院の関係者に語ったそうです」

「そんなの世間話じゃ」

当麻茂は苛立ったように手を振った。

「青沼光貴がオキシコドンの売人だったかどうか、それだけではわからないっていうんでしょう。ええ、そうですよ。確証はありません。なにしろ、高野咲の死から隠密裏に捜査を始めて二ヶ月とたたないうちに、当の青沼光貴が交通事故で死んでしまいましたからね」

税関に協力を要請し、光貴が海外から取り寄せた荷物のチェックをする手はずを整えていた、と当麻は腹立たしげに言った。光貴やその家族の身辺調査、〈狐とバオバブ〉のスタッフを洗い、協力者になりそうな人間の選別にも着手し始めた。数ヶ月、あるいは一年以上かけてじっくり内偵を進め、間違いないとわかった段階で家宅捜索、逮捕という段取りを想定していた。だが、

「マルタイが死んではお話にならない。捜査はストップしました」

当麻茂はむっつりと黙り込んだ。

急に、耳の奥が痛んだ。ダイビングの後、耳抜きをしたときのように、にわかに世界が押し寄せてきたようだった。わたしは言った。

「でも、最近になって、捜査を再開したんですね。今度はヒロトがマルタイだった」

自分でも驚くほど声が震えた。

さまざまな情報の断片が頭の中を駆け巡っていた。〈東都総合リサーチ〉が三十万円の成功報酬まで用意して、執拗にわたしを青沼家に近づけたがったこと。その理由について、桜井が奥歯にものが挟まったような説明をしたこと。そして、青沼家について些

細なことまで報告させ、メモを取っていたこと。

その桜井に、ミツエについて調べてほしいと依頼したことも思い出した。短い時間に、桜井は青沼光貴の妻が店の常連客と駆け落ちしたことを含む、妙に詳しい情報をあげてきたのだった。考えてみれば、あれはミツエについての情報というよりは、光貴についての情報だった。

「青沼ヒロトが鎮痛剤を友人に譲っている、という話を聞き込んできた者がおりましてね。もちろん、彼は事故のケガでその手の薬を処方されていましたから、それを知り合いに分けただけという可能性もありました。だが、〈ブルーレイク・フラット〉の光貴が使っていた部屋にオキシコドンが隠されていたのを息子が見つけ、持ち出した、とも考えられた。とはいえ、この程度の手札では捜索令状など下りるはずもない。ヒロトはリハビリに行くか、たまに大学に顔を出す以外は家にいるだけ。スマホの傍受は許可がおりなかった。どうやって調べたものか、悩みましたよ」

当麻は両手を広げ、もったいぶって声を高くした。

「そのときです。葉村さん、あなたが現れて、ミツエと一緒にケガをして、救急車で運ばれたのは。しかも、病院でヒロトと顔見知りになった。その報告を受けたときには本当に驚きました。われわれ、縁があるんですねえ」

ちょっとあんた。

前回と同じだ。わたしは歯嚙《はが》みしながら思った。いつのまにか、今度は〈東都総合リサーチ〉経由で、わたしは当麻に利用されていたのだ。桜井に報告した情報はすべてこの警部に渡っていたに違いない。

彼らにとって都合のいいことに、わたしは古本屋で働いている。わたしがヒロトから光貴の蔵書整理を依頼されれば、令状など必要ない。彼の使っていた部屋に入り、荷物をすべて調べることができる。コイツを利用しない手はない、当麻ならそう考える。

そういえば……。

ヒロトは知り合いの病院の救急のナースから、わたしの名前を聞いたと言っていた。

「かわいそうな若い男」に頼まれたとはいえ、ずいぶん口の軽いナースだと思ったが、そもそもヒロトへの捜査が始まっていたのなら、このナースの背後に当麻がいたとも考えられる。そして光貴の蔵書の処理も、ヒロトが自ら思いついたわけではなく、誰かに誘導されたとか。

そうだ、あの病院でわたしは、ワークブーツを履いたごつい茶髪男を二度、目撃した。最初はヒロトが自販機の前で小銭をばらまいたとき、二度目は岡部巴を見かけたとき。特に気に留めていなかったが、昨年の春、当麻と関わりあった頃に、同じようなワークブーツ男とニアミスしたのだった。そして……。

わたしは運転席の郡司の後頭部を、じっと見た。

「そういえば、アパートのヒロトの部屋に不法侵入した男がいたそうですね。一〇一号室のレオ爺さんが、その男と鉢合わせしたと言ってました」

当麻の左目のふちが軽く痙攣《けいれん》した。

「おや。その件は通報されたんですか。報告を受けてはおりませんが」

「良かったですね、通報されなくて。隣人と鉢合わせするなんて、とんでもなくレベルの低い不法侵入者ですよね」

おそらくそいつは青沼家とアパートの見張り役だった。しかも、わたしの顔をあらかじめ知っていた。あの転落事故からさほど時間をおかずに、〈東都総合リサーチ〉の桜井に「青沼光貴」の情報が渡ったことを考えると、そうとしか考えられない。

つまり、あんただよな。

郡司の首筋から後頭部にかけてがこわばった。脱毛症なのか、毛がまばらな部分まで紅潮してきたのを観察していると、当麻が咳払いをした。

「話を戻しますが、まもなく〈ブルーレイク・フラット〉の火災原因が発表されます。青沼ヒロトによる失火という結論です。死亡当時、薬を使用していたこと、ストーブに細工の痕跡などが見られなかったこと、さらに今月の初め、ミツエがストーブらしきものをアパートに持ち込んでいるのを近所の人が見たと証言したことからそう判断されました。自殺の証拠はないし、放火の証拠もない。消去法でいけば妥当な結論でしょうかね」

「ミツエさんは？　彼女はなんて言っているんですか」

「彼女は現在も、話ができる状態にはありません」

セダンは品川通りから鶴川街道へと走り抜け、多摩川を渡り始めていた。夜の闇の中に川は黒く沈んでいた。行く手は多摩丘陵の小高い丘だと気がついた。観覧車がきしみつつゆっくりと回っているところを、わたしは想像した。

「私の上司の意見では、青沼ヒロトは父親からオキシコドン・ビジネスを受け継いだもののの、毎日のきついリハビリに心が折れた結果、死にたいという明確な意図があったかどうかはわかりませんが、自ら火災を発生させたのだそうです。〈MURDER BEAR BOOKSHOP〉と〈ハートフル・リユース〉が光貴の部屋の捜索……いえ、遺品と蔵書の整理に着手しようとした前夜、火災が発生したのは、ただの偶然だと言っています」

当麻は皮肉たっぷりに言った。

「今の上司は現実主義者でしてね。仮にオキシコドンをめぐる闇の組織が、薬を友人に譲り渡してしまったヒロトの命を狙ったのなら、放火とすぐわかる方法をとるだろうと言うんです。その手の組織は通常、放火なんて荒っぽいマネはしないが、するとなったら、警察に目をつけられるリスクよりも力の誇示を優先する、とね」

セダンが高架をくぐり、左折して緩やかな坂を下った。殺風景で小さなロータリーに出て、停車した。外を見た。タクシーが一台、客待ちをしていた。当麻が窓ガラスを叩き、顎をしゃくった。バス停が見えた。屋根付きのベンチがついている。屋根を支える柱の一方に、花束が置かれていた。しおれたもの、きれいなもの、地味なもの。八ヶ月もたつのに、いたましい事故の記憶がまだ、この地には残されているらしい。

「我々はこの件から手を引くことになりました」

当麻は言った。

「上司があういう意見ですからね。捜査費用にも人員にも限度はありますし、事件は多い。麻薬性鎮痛剤の闇市場なんて私の妄想だろうという人間もいるほどです。そんなわけでわれわれはここまでです。われわれはね」

「ちょっと、あんた」

さすがにカッとなった。信楽焼のタヌキ相手でも、もう我慢ができなかった。

「わざわざわたしを待ち伏せて、こんなところまで連れてきて『これまでのあらすじ』を聞かせたのはなんのため？　自分たちに代わって、わたしに調べろってか。冗談じゃない、なんであんたたちにいいように使われなきゃならないのよ。断る。お断り。ここで降ろさせていただきますっ」

先に車のドアを押し開けてから、シートベルトを外していないのに気がついた。ジタバタしていると、当麻がのんびりと言った。

「私はなにも言っていませんよ。おっしゃる通り、葉村さんが青沼ヒロトの件を調べなくてはならない理由はありません。あなたの依頼人であるヒロトは死んだんです。仕事をせずとも文句は言われませんよね」

「いっ、依頼人？」

「違うんですか。彼は大学の友人に、あの交通事故にあったとき、自分がなぜ父親と一緒に京王相模原線のスカイランド駅前ロータリーにいたのか、その理由を葉村晶という探偵が調べてくれるんだと、たいへん嬉しそうに語っていたそうですよ」

絡みついていたシートベルトがようやく解けた。わたしはセダンから飛び出し、力一杯ドアを閉めた。後部座席の窓が開き、当麻茂が顔を出した。

「郡司の名刺です」

ぐいと突き出されて、反射的に受け取ってしまった。当麻が言った。

「あなたにわれわれに対する報告義務などありませんが、持っておいてください。役に立つことがあるかもしれません」

白いセダンのテールランプが見えなくなってから、歩き出した。バス停の柱に立てかけられた花束が風に揺れて、地面に落ちた。カサカサとセロファンが音を立て、歩道へと転がってきた。耳の奥が強く鳴った。

この場所で事故が起き、ヒロトの人生は大きく変わってしまった。なぜそうなったのか。運命では答えにならないが、他に答えなどない。それでも彼はわたしに調べて欲しかったのだ。なぜ、自分と父親はここにいたのか。それがわかったところでリハビリが楽になるわけでもなく、傷が消えるわけでも普通に働けるようになるわけでもなく、失った記憶が戻ってくる保証もない。

それでも。

わたしは握りしめていた手を開き、ぐしゃぐしゃになった郡司翔一の名刺のシワを伸ばした。

13

青沼ミツエは搬送された啓論大医学部付属病院から井の頭江島病院に転院し、そこで治療を続けている、と〈東都総合リサーチ〉の桜井肇は言った。

あのとき、ミツエは火炎を浴び、吸い込んで、気管を含む顔面に重度の熱傷を負った。すぐに処置しながら病院に運んだが、熱傷が予想以上に重く、脳への酸素が不足した。低酸素脳症でいまだに意識が混濁しているらしいという。

その情報を得るまでに、すまんごめん悪かった申し訳ないしかたなかった上からの命令で等々、大量の詫びと言い訳を浴びせられた。わたしはせいぜい腹を立てて見せたが、本音を言えば、とっくに怒りの段階は通り越していた。

桜井はわたしの友人ではない。仕事仲間だ。彼には〈東都総合リサーチ〉の管理職という立場がある。いくら長い付き合いとはいえ、臨時雇いのわたしをかばって警察からの協力要請を断るなどという選択肢は、最初から桜井にはなかった。

それに、わたしを青沼家に送り込むについて、はっきり嘘をついたわけでもない。むしろ嘘をつかないように苦慮していたと思う。わたしが杉並西署に呼び出されたとき、あれほど不機嫌だったのは、こんな結果になったことを恥じていたからだろう。裏で利用されるのは……特にあの当麻に利用されるのはいい気分ではないが、断ることもできたのに三十万に釣られたのは、他でもない自分だった。

もっとも、最初からこんな境地だったわけではない。布団を嚙み、輾転《てんてん》としながら一晩を過ごし、ようやくそこに達したのだ。

とはいえ、せっかく桜井が罪悪感でいっぱいなのに、これを薄めてなるものか。わたしは桜井に、ヒロトから聞いた「イズシ」「ユカワ」という大学の友人たちの連絡先、ヒロトの母親と駆け落ちについての詳細など、調べて欲しいことを並べ立てた。桜井は面倒そうなそぶりを見せるどころか、尻尾を振っているように喜んで引き受けてくれた。

その連絡がすむと、〈スタインベック荘〉を出て江島病院に行った。

月曜日なのに、ロビーはそれほど混んでいなかった。ベンチのあちこちに待ちくたびれて暗い顔の人々が座っていた。

あらためて眺めると、先日の啓論大医学部付属病院に比べて、井の頭江島病院の設備は明らかに古かった。入口の自動ドアの反応は鈍く、ペンキは何度も塗り直されて分厚くなっていたし、床のリノリウムはあちこち欠けていた。そもそもいまどきの建物に吊るしの蛍光灯はない。外から見ると耐震用のでかい鉄骨がぶっちがいのエックスで壁を支えていたが、できれば地震のとき、ここにはいたくない。

いかにも用事ありげな顔でスマホをいじりながら、病棟入口で張り込んだ。十一時少し前に牧村ハナエが現れた。げっそりと頬がこけ、顔色がどす黒かった。濃い紫色のウールのコートを着て、首の周りにグレーのマフラーを巻いていた。長いコートの裾からグレーのレギンスと、不恰好で幅広の靴を履いた足が見えていた。なめし皮のミニショルダーを斜めがけして、紀ノ国屋のショッピングバッグを下げていた。

彼女はしんどそうに歩いてきて、わたしに気がついた。見る間に顔がこわばった。

「葉村晶さんとおっしゃいましたっけ。どうしてここに？　今頃どういうご用事かしら」

どう切り出そうかとシミュレーションしてきた言葉が、すべて頭から吹っ飛んだ。今頃なにしにきた。それを言われるのがいちばんきつかった。

ハナエは淡々と言った。

「ヒロトは私が一人で荼毘《だび》に付したんです。ミツエさんが退院するまでは葬式も出せません。ご近所からはイヤミを言われるし、アパートのお爺さんからは火事のせいでホームレスになったと補償を求められるし、警察は火事がヒロトの仕業だって決めつけています。それであなたは？　火が出て、二階から飛び降りたんですって？　その文句でもつけにいらしたんですか。私たちに土下座して詫びろとでも言うのかしら」

「そんなつもりは……」

「そう。でしたら失礼するわ。彼女のそばにいてあげたいの」

言うなりハナエは足を早めた。ここで引き下がるわけにはいかない。わたしはハナエのあとを追いながら、話し続けた。

「ずっと、お一人でミツエさんの看病を？　ハナエさんの他に、どなたかご親族はいらっしゃらないんですか」

「いらっしゃらないわよ、そんなもの」

「ヒロトの……ヒロトくんのお母さんは？　連絡はないんですか」

ハナエは別棟のエレベーターの前で足を止め、むやみやたらと呼び出しボタンを叩きながら、こちらを見もせずに言った。

「なぜそんなことを聞くの。あなたに関係ないわよね」

「火事の前の晩、アパートのヒロトの部屋に女性がいたんです。おそらく二、三時間は滞在していたはずです。若い女性じゃありませんでした。それで、もしかしたらと思って」

エレベーターがちん、と音を立てて、重そうな扉を開いた。ハナエは体ごとこちらに向き直った。

「もしかしたら、なんなの」

「あの女性は、ヒロトの母親だったんじゃないかと思って」

ハナエはきょとんとした。それから真顔になり、いったいなんの話よ、と言った。

「だからヒロトの母親ですよ。その、ヒロトが生まれてすぐに〈狐とバオバブ〉の常連客と駆け落ちしたという……」

ハナエはまじまじとわたしの顔を見た。

「その話、ヒロトに聞いたの？」

「いえ……噂で」

ハナエはしばらくわたしの頭越しに背後の壁を見つめていたが、やがて、我に返ったらしくエレベーターに乗り込んだ。わたしは無理に続いた。

「噂の主はあの小暮さんというお爺さんかしら。もう三十年もあのアパートに住んでいたのだし、あることないこと楽しくおしゃべりしたんでしょうね」

桜井から聞きました、その桜井は警察から知らされました、と言えないわたしは慎み深く黙った。エレベーターの扉はひどくゆっくりと閉まり始めた。ハナエはわたしに背を向けたまま、早口に言った。

「あなたが誰を見たにせよ、それはヒロトの母親ではありません。見当違いよ」

「なぜ、そう言い切れるんです？」

「なぜって……ヒロトは自分を捨てて逃げた母親を憎んでいたもの。もし、母親が現れたとしても、仲良く一緒に部屋で過ごすなんてありえません。一悶着あったはず……というより、近所が飛び起きるような大修羅場になっていたでしょうよ」

「ヒロトのお母さん、名前はなんでしたっけ」

「李美よ。青沼李美」

「ハナエさんは会ったことあるんですよね。その、李美さんって、どんな人だったんですか」

「どんな人……？」

ハナエはくるっと振り向いて、わたしを真っ向から見た。

「そうね。まだ若くて美人で、注目を浴びたがっていた女。なのに汚い格好で世界を旅して、ひどい目にあったことや宿代を安く済ませたことをバックパッカー仲間に自慢することで自意識を満足させようとしていたわ。古い価値観をバカにし、新しいビジョンを生み出さなくてはならない、なんて言っておきながら、いざとなるとその古い価値観の呪縛から逃れられなかった。頭の悪い、自分がわかっていなかった、哀れな女よ」

「辛辣《しんらつ》ですね」

「ええ？」

ハナエは聞き返し、嘲《あざけ》るように笑った。

「生まれたばかりの息子を置いて、駆け落ちした女なんでしょ？　ほめたたえるわけないじゃありませんか」

「なんでしょ？　本当は違うんですか」

「さあね。そこは、よく知りません。ミツエさんは嫁のことは話したがらなかった。ヒロトの母親の悪口は言いたくなかったんでしょう。ああ見えて公正で、よく気づく人だから」

「そうですね」

ハナエは同意したわたしを不思議そうに見て、鼻をすすった。

「その駆け落ち相手、サトーというそうですが、心あたりありますか」

「サトー？　よくある名前ね。これだけは言っておきますけど、ヒロトの母親が『佐藤李美』になっていることはありません。失踪宣告ができる年を過ぎても、光貴は李美の戸籍を消さなかった。李美は今でも青沼李美として、青沼家の戸籍に載っています」

エレベーターが五階に着いた。エレベーターホールには木に見える床材が敷きつめられ、目の前の壁は美しいグリーンに塗られ、天井に届くほど育った幸福の木が見事な文様の九谷焼の鉢に入れられ、壁には〈ＱＯＬ病棟〉と書かれた小さな銅版が掲げられていた。

驚くほど静かだった。物音を吸い取ってしまう材質を使っているのだろうか。小柄な看護師がわたしたちを見てにっこり笑い、猫よりも足音を忍ばせて目の前を横切っていった。

看護師の後ろ姿を見送った。近寄ろうとすると、エレベーターホールのすぐ右にあるナースステーションに入っていった。ハナエがくるりと振り向いた。

「あなたをここより先に行かせるつもりはありません。無理に入ろうとしたら、大声で騒ぐつもりよ。そうしたら患者さんたちは意味なく驚かされて、苦しむことになる。忙しいナースにも余計な仕事が増えて、結局あなたは警備につまみ出される。そんなことになりたくないでしょう？　わかったら、とっとと帰って」

「あの、一目だけでもミツエさんに」

ハナエは鼻をすすり、歩き出しながら言った。

「あなたはこれまで彼女に何週間も会わなくても平気だった。それに、彼女は意識がない。会っても会わなくても同じことよ。そうでしょう？」

「ヒロトに頼まれたことがあります。遅くなりましたが、その依頼を果たすつもりです。そのことをミツエさんにご報告し、許可していただくつもりでした。許しがなくても勝手に調べます。ヒロトとの約束ですから」

わたしは食い下がった。

「そのためには彼の私物を調べる必要があります。母屋の彼の部屋を見せてもらえませんか。お願いします」

ハナエはもう立ち止まらなかった。彼女は無言で歩き去った。


正午前だったが、〈狐とバオバブ〉の前にはもう行列ができていた。どうせならここでランチをしようと思っていたが、観光客はともかく、杖をついた病院着のお年寄りや、白衣を着た江島病院のスタッフに混ざって並ぶのは気が引けた。わたしはバス停で吉祥寺行きのバスを待ちながら、〈狐とバオバブ〉を眺めた。

ストライプのシャツにえんじ色のベストを着たウェイターが店から現れて、にこやかに病院着の患者たちに話しかけ、椅子を持ってきて座らせたり、列が短くなると移動させたり、水を持ってきてやったりと気を配っていた。ウェイターの名札に目を凝らした。それほど遠くないのに、読めなかった。最近、どうも物に焦点を合わせるのが以前より難しくなった気がする。

まあ、いい。顔は覚えた。建物に感心するふりをして写真もおさえた。次に来るまでに当麻から、彼らが協力者として目星をつけていたのが誰だったのか教えてもらうとしよう。

席が空いて、客が店内に吸い込まれると、開いたドアの隙間から風に乗って、クミンやシナモンやナツメグその他、スパイスや濃厚な花の香りが漂ってきた。ここしばらく感じていなかった空腹を意識した。生きていれば腹が減る。人間とは悲しい生き物だ。

バスで吉祥寺に出て〈MURDER BEAR BOOKSHOP〉に寄った。外階段の下で看板猫が背中を丸め、カリカリを食べていた。わたしに気づいてハッと振り向き、ものすごい勢いで逃げていった。懐いてくれとは言わないが、そこまで嫌うこともないだろうと思いつつ、二階に上がった。

もともとこの店舗は、土橋が死んだ母親から受け継いだ木造モルタル造り六部屋のアパートを改装したものだ。二階の手前のふた部屋はぶち抜いてサロンとなり、イベントや講演会などにも利用される空間になっている。奥の一部屋は改装しておらず、トイレと台所もそのままに〈白熊探偵社〉の事務所として使っていた。とはいえ、下の倉庫がいっぱいになり、押し出された本の入ったダンボール箱がキッチンの床面積の四分の一を占めている。いずれ、この下の部屋のドアや窓の開けたてもできなくなるかもしれない。

残りのスペースに古いロッカーとデスク、土橋の母親の家にあったというひび割れた革のソファを置いている。少し前に調査用の装備の一部を〈スタインベック荘〉から、ここの押入れに移していた。単に引越しの手間を省くためだったが、これが幸いした。愛着のあった懐中電灯や双眼鏡、一眼レフカメラなど多くを火事で失ったが、まだ使える機材が残っている。

隠しカメラ、盗聴器などの装備のバッテリーをチェックし、今は物入れになっている古いリュックを取り出した。このリュックには隠しポケットがあって、ドライバーやナイフなどを入れておける。外からさわっても絶対に気づかれない。

他に必要なものは、駅前のドン・キホーテで揃えることにして、スマホにメモを作り、アトレ吉祥寺で買ってきたカツサンドとスムージーという昼食をとりながら、パソコンを立ち上げた。「二〇一五年三月二十日　スカイランド　交通事故」で検索した。いくつもの記事が出てきた。

春分の日の前日、金曜日の正午少し前。京王線スカイランド駅前ロータリー近くの坂道に停車中だったワゴン車が突然、急発進した。車はまっすぐにバス停に突っ込み、バスを待っていた三人をはね、背後の建物の壁に激突して停まった。事故に巻き込まれた東京都杉並区の飲食店店長・青沼光貴さん（51）と、稲城市のパート従業員・岩木《いわき》茂登《もと》子《こ》さん（41）は病院に搬送されたが死亡が確認され、青沼さんと一緒にいた息子（21）も一時意識不明の重態となった。

　事故を起こしたのは、近くに住む川崎市多摩区の自営業・堀内彦馬《ほりうちひこま》容疑者（78）で、本人も頭部に二ヶ月の重傷を負った。調べに対し、アクセルとブレーキを踏み間違えた旨の供述をしている。堀内容疑者は一年前に妻を亡くし、落ち込みがちだったということで、警察は認知機能の検査を検討するなど、慎重に調べを進めている……。

　記事を要約するとこんなところだ。もっと掘り下げた記事はないかと目を通していったが、それでわかったことといえば、被害者の一人、岩木茂登子さんに高校生と中学生二人の息子がいたことや、近所のスーパーでパートを始めて七年になること。青沼光貴さんが吉祥寺の飲食店の名物店長だったことや、一緒に事故にあった息子が池袋の教愛大学に通う大学生だということ。また、堀内容疑者が数ヶ月前に認知症検査を受け異常なしとされていたことや、事故当時、バス停に一直線に下る坂道の途中でワゴン車を止め、しばらくぼうっとしていたと供述していたこと……だけだ。あとは「高齢者ドライバーの事故」についての記事ばかりだった。

　まあ、しかたがない。最初から「なぜ青沼親子はあの日この事故現場にいたのか」につながる手がかりが、検索で見つかるとは思っていなかった。それならとっくにヒロトも知っていたはずだ。

　スカイランドのホームページにとんだ。スカイランドは遊園地だけではなく、広大な敷地内に多種多様な施設を持っていた。スカイランドゴルフ場、スカイランド病院、天然温泉、介護施設、野球練習場……そういえば、高野咲の聖地の一つはこのスカイランド野球練習場だった。

ついでに事故から一年遡って、スカイランド関係のトピックスを調べてみた。

期間限定アトラクション〈シャトルアース〉解禁。アイドル声優グループ・ポポリのプールサイド・ライブ。三千株のツツジの見頃。ジェットコースターの故障によるお詫び。第一駐車場で熱中症による子どもの事故。新発売のスカイフラッペ、ブルーハワイ味。東駐車場で管理人への暴行。観覧車で係員への暴行。コースターへの列割り込みによるお客様同士のトラブル。最近、飲酒されたお客様によるトラブルが相次いで報告されています。園内ではくれぐれも飲み過ぎに注意し、楽しくお過ごしください。スカイランド・オリジナルキャラクター・スカイドッグと遊ぼう……。きりがない。

郡司の名刺を取り出し、交通事故の報告書が見たい旨メールした。ついでに火災の調査報告書と、〈狐とバオバブ〉について判明している内容も知りたいと書き添えた。返事が来るかアヤしいものだが、頼んで損はない。向こうだってこちらを利用しようとしているのだ。

二時半を過ぎた。黒い上着に着替えて事務所を出た。井の頭線で三鷹台駅から行くことにした。駅を降り、立教女学院脇の坂道を登った。青沼家が近づくにつれ、呼吸が荒くなり、鼓動が激しくなるのをイヤというほど感じた。

路地を曲がった途端、桜の木が目に飛び込んできた。まるでなにごともなかったように、桜の木はどっしりと立っていた。だが〈ブルーレイク・フラット〉は影も形もなかった。わたしが寒さに震えた部屋も、光貴が一生かけて集めた趣味の本が詰まっていた部屋も、光貴の遺骨があった部屋も、レオ爺さんの部屋も、ヒロトが謎の女と過ごし、うなされていたあの部屋も消えた。そこはもはや、ただの空き地だった。掘り返された土の匂いがした。

安堵した。でも胸が痛かった。部屋や建物だけではなく、わたしたちがともに味わった時間も最初からなかったかのようだ。

あるいは、あれは菓子鉢の精が見せた幻だったのかもしれない。

「あの青沼の奥さんの従妹、えーと、ハナエさんでしたっけ。彼女がすぐに対応してくれて、一週間後には重機が入ったんですよ」

桜の木の側のお隣さん、早坂茂市《しげいち》は紅茶を入れながら笑顔でそう言った。

近隣に延焼した様子はなかった。火が出たのが強風だった前日ならそうはいかなかっただろう。わずかに早坂家の塀に焦げ跡があったが、それも火事があったことを知らなければ気づかない程度のものだ。

自宅に被害が及ばなかったこともあったのだろう。お礼が遅れまして、あのときは木から下ろしていただきまして、あなたは命の恩人です、と大げさに感謝すると、早坂茂市はインターフォンの向こう側で、いやいや、なんのなんの、当然のことをしたまでで、と照れ、少し待っとってください、と言った。

十分たっぷり待たされた。やがて、早坂家の玄関が開いた。さくらんぼ模様のエプロンをした男が現れた。どう見ても八十歳を超えていた。木から降りるとき、体重をかけたりしなくて本当によかった。

紀ノ国屋で買ってきた手土産の紅茶を差し出すと、ちょうどよかった、アーモンド・プードルを使ったフィナンシェを焼いたところでね、と早坂は言い、わたしを家にあげてくれた。

「青沼さんの奥さんの意識が戻らないうちに、さっさと片づけてくれというのも無情でしたけどねえ。目の前に焼け跡があると臭いもきついし、防犯上もね。近所の有志で相談して、私が代表で病院にお願いに上がりました。ハナエさんが話のわかった方で助かりましたわ」

「早坂さんは、ここに住んで長いんですか」

こぢんまりとした一軒家だったが、中はきれいに整理されていた。わたしが通された居間には、遺影らしい女性の写真があった。

「家内ですわ。もう五年になります」

早坂はわたしの視線を追った。

「うちがこの土地を買ったのは、昭和三十五年でしたか。すでに青沼さんの家は建っていましたね。アパートの場所にはその頃、鶏小屋がありました。コッコッコッコ騒がしくて往生しましたが、家内が妊娠中には、よく生みたての卵を分けてくれたので文句も言えませんでしたわ。おかげで息子は健康に育ちましたしね」

「息子さんは、光貴さんと同じ……？」

「一つ下でしたかね。子供同士は親しくはなかったわ。青沼さんのご主人は近所でも有名な教育パパでした。啓論大学付属幼稚園に入園させて、英語を習わせて。光貴くんは庭に座らされてよく父親に折檻《せっかん》されてました。その甲斐あって、光貴さんは勉強ができるようになったんやろうけど。うちのバカ息子とは世界が違うと家内が言うてましたわ」

ま、おひとつ、と早坂茂市は紅茶と一緒にフィナンシェを差し出した。家内のレシピで作ったんですよ。

「だけど光貴くんはせっかく入った医学部を中退して家を飛び出して、遅れてきたヒッピーみたいになった。あれにはみんな驚きましたわ。最初のうち、青沼さんでは光貴くんは海外留学中だと言うてましたが、そのうち髪もヒゲも伸ばした光貴くんが似たような格好の女性と帰ってきましてね。結婚するの、許さんの、近所に響き渡る親子ゲンカですわ」

再度フィナンシェを勧められた。わたしが食べているところを、早坂はまばたきもせず、視線を斜めにしてじーっと見ていた。

「いかがです？　少し贅沢ですが、発酵バターを使ってみたんですわ」

「とても美味しいです。香ばしくて、甘さもほどよくて。……光貴さんは医学部だったんですか」

彼は自分もフィナンシェを口に入れ、少し硬かったかな、と呟いた。

「啓論大の医学部は、持ち上がりでも入部は難しいそうですなあ。青沼さんは製薬会社の営業マンやったから。ああいう仕事ってお医者さんだの医学部の教授だのを、接待したりご機嫌とったり大変と聞きます。息子を医者にしてカタキをとる気でいたんやないですか。ところが肝心の息子がヒッピーではねえ。結局、光貴くんはその女性と勝手に結婚したと、家内が青沼さんの奥さんから聞かされたそうですわ」

そのあと、光貴くんの姿は見かけませんでしたが、父親が病死してから奥さんを連れて帰ってきて、アパートの一室に居座りましてね。早坂はフィナンシェをつまんだ指を、ティッシュで拭きながら言った。

光貴くんの奥さんですか。もう二十年以上も前の話やし、さてどんな顔やったか。気が強くて、光貴くんと夫婦喧嘩をしても一歩も引かない。確か、姉さん女房やなかったかな。喧嘩のあとはお定まりの仲直りで、それがまた、近所迷惑で。

「家内は慎しみ深いたちやったし、仲直りが始まると大急ぎで雨戸を閉めたものです。でもまあ、若いうちはしかたありませんな。……葉村さん、フィナンシェをもう一つ、どうです？　ボケ防止に趣味をとお菓子作りに挑戦して、ハマってしまいましてね。いま流行のスイーツ男子ですわ」

はははは、と早坂茂市と声を揃えてわたしも笑ったが、紅茶がなければフィナンシェを喉に詰まらせそうだった。お菓子に罪はない。十分すぎるほど美味しいのだが、よく見ると彼の唇の縦シワに口紅が残り、首筋にファンデーションがよれていた。

これがなにを意味するのかわからない。そういう趣味の持ち主なのか、あるいは亡き妻を偲んで、自分が妻に成り切っていたのかもしれない。遺影の女性の目つきは、わたしがフィナンシェを食べているところを凝視している早坂茂市の目つきにそっくりだった。いずれにせよ、彼の素敵な午後をわたしが邪魔したのだけは間違いなかった。

14

青沼ミツエが灯油ストーブをアパートに持ち込んでいるところを見たか、と最後に尋ねた。自分は見ていない、と早坂茂市は言った。

この家からは、青沼さんの母屋やアパートの出入口側は、アパートの本体に隠れて見えなかったから。見た人がいるとすればアパートの住人かなあ。よく井の頭通を渡ったところにある飲み屋で、呑んだくれていたおじいさん。あの人か、さもなきゃ向かい側の家からか、通行人ですか。

「青沼さんちのお向かいでも、ここは貸家なんですわ」

早坂茂市はわざわざわたしを送って出て、その家を指さした。

子どもの頃に読んだ『ちいさいおうち』という絵本の家に似た、三角屋根の白い家だった。窓枠と扉をブルーに塗り、カモメの形の風見鶏をあしらったりと、オーナーの趣味がうかがえる。すぐにも借り手が見つかりそうな物件だが、よく見ると家の下にボロボロの木片が落ちていた。

「前は吉永《よしなが》さんという一家が二十年近く住んでましたわ。ご両親と、ヒロトくんと同い年の女の子と二つ下の弟の四人家族ですな。引っ越されて、以来、借り手が長続きしなくて。ひと月くらい前あたりから胃の弱そうな若い男が出入りしてたんやけど、いつのまにか見なくなりましたわ」

実はそれ、警察の見張りだったんですよ、と教えてやりたい気持ちを抑えて、早坂家を辞した。早坂茂市は夕刊を取ると、小股でちょこちょこ走って家に入った。まだ四時をすぎたほどなのに、街には黄昏《たそがれ》の気配が満ち始めていた。

早坂茂市から教わった、あのときわたしを助けてくれた近所の人数人を訪ねてまわった。ほとんどが留守だった。平日のこの時間、勤め人ならそうだろう。山岡《やまおか》という男性だけが家にいたが、礼を言い紅茶を差し出すと、怪訝《けげん》そうに受け取った。火事のことを尋ねたがはかばかしい返事はなく、わたしを通り越して別次元を見ているような目をしていた。早々に引きとった。

山岡家の門を出たところで女性とぶつかりかけた。ミツエに紹介されたご近所さんの一人、片桐さんだった。髪を真っ黒に染め、薄桃色に爪を塗り、濃紺の艶《つや》のあるコートの下からエナメルのパンプスがのぞいていた。片桐さんは跳びのき、胸を手で押さえて、びっくりしたわ、と言った。

「あなた確か、青沼さんのアパートにいらした探偵さんでしたわね。山岡さんにご用ですか」

火事のとき助けてもらった礼を言いにきたが、なんだか、と首をかしげると片桐さんは声を低めた。

「山岡さんはちょっと、忘れっぽくなってらっしゃるのよ。この間もスーパーで買い物をして、お金を払うのを忘れて店を出てしまったんですって」

「あの、それって」

「お嬢さんがたびたびお寄りになってらっしゃるから」

片桐さんは曖昧に言った。

「どこのお宅も大変よねえ。ヒロトくんもあんなことになって。竜児も、うちの息子ですけどね、ショックを受けてました。ヒロトくん、きっと薬を飲んで朦朧《もうろう》としてたんでしょうね」

「息子さんのこと、ヒロトから聞きました。親友だったんですってね」

「ええ、まあ」

片桐さんは後ろめたそうに言葉を濁した。同い年の息子の友人が死に、息子は元気でいる。それだけで罪悪感を感じる人間もいる。

「息子さん、今日は？」

「専門学校ですわ。就職先で役に立つようにって、今から勉強してますの」

片桐さんは一部上場企業の名前を誇らしげに告げた。春には大学を卒業し、その会社で働き始めるのだろう。いまの時代、そのまま終身雇用とはいかないだろうがそれでも大手だ。給料面でも待遇でも中小とは違う。吹けば飛ぶような個人事業者とはライオンとゾウリムシほどの差がある。

「息子さんと一度、お話ししたいのですが。実は、亡くなる前にヒロトに頼まれた調査があるのですが、ひょっとしたら竜児さんが彼からなにか聞いていらっしゃるかも」

片桐さんは驚いたように目を見張った。

「息子はヒロトくんとは事故以来会っておりませんの。一度お見舞いに行ったんですが、ヒロトくんのケガの具合がひどすぎて、それから会いづらくなってしまったようで。なんと言いますか、親しかっただけに、健康な自分が申し訳ないような気持ちになったんでしょうね。お役には立てないと思います」

きっぱり言った後で、片桐さんは付け加えた。

「それに、ヒロトくんはうっかり火事を出すほど、意識がはっきりしていなかったわけですから。その調査も本気で頼んだわけではないのかもしれませんよ」

片桐さんと別れ、青沼家へ戻った。

〈ブルーレイク・フラット〉だけではなく、〈青沼〉とマジックで書かれた錆びた郵便受けも、道側にのさばっていたサザンカもなくなっていた。ミツエが箒目を立てていた敷地には、ミツエとわたしが一緒に詰めた不用品の入った袋が山積し、干からびた植木鉢や焼け焦げたブリキのバケツなどが置かれていた。投げ込まれた空き缶やペットボトルもいくつか目についたし、タバコの吸殻《すいがら》も落ちていた。青沼家の母屋は虚飾を剝ぎ取られた老女のように丸まって、通行人の視線に直接さらされていた。

やはり陽のあるうちに実行は無理だ。夜を待とう。

井の頭通に向かった。ふと、視線を感じて顔をあげた。三角屋根の白い家の並び、黄土色の瓦を乗せた平屋の前に女性が夕刊片手に立ち、わたしを見て、小首を傾げていた。ミツエに紹介されたご近所さんのひとり、大場という女性だった。大場家の奥からは、再放送の刑事ドラマのものらしい「待て、撃つな」というセリフと銃声が、ものすごい音量で流れ出ていた。

大場さんはわたしに見覚えはあるが、思い出せずにいるらしかった。わたしはほどほどの愛想と哀愁を交えた表情をとりつくろい、ご挨拶申し上げた。「どちら様でしたっけ」と聞いてくるなら正直に答えるつもりだったが、大場さんはそんな失礼なマネのできるタイプではなかった。曖昧な受け答えのうちに火災調査の話題を持ち出し、様々な部署の人間が入れ替わり立ち替わり現れるから、覚えられませんよね、と言うと、大場さんは大声で賛同した。

「そうなのよねえ。警察とか消防だけじゃなくて、区役所のなんとか課だとか、保健所とか、なんとか新聞とか週刊なんとかとか、ねえ。やっぱりヒロトくんのことが注目されたのね。可哀想に。交通事故にあって、あんな大ケガしても頑張ってリハビリしていたのに」

みぞおちのあたりがこわばった。彼女はわたしを警察、あるいは役所関係者だと思い込んだのだ。間違っても、ここで涙ぐむわけにはいかない。

咳払いをして尋ねた。

「青沼家とは親しかったんですか」

「ミツエさんとは、もう五十年以上のつきあいだもの」

思わず一歩退いてしまった。「破《わ》れ鐘」を聞いたことはないが、大場さんはきっと、破れ鐘そっくりなんだろうと思われた。空をハタハタと飛んでいたコウモリが、急に方向転換をしてどこかに消えていった。

「もともとここは、私の両親の家なの。私はいわゆる出戻りで、親にみっともないから出歩くなって言われて、半分引きこもりの家事手伝いだった。ご近所で私の陰口を叩かずに接してくれたのはミツエさんくらいよ、彼女もいろいろおありだったからだと思うけど」

「というと」

「ご主人が横暴だったのよ」

大場さんは声をひそめもせずに言った。どこか近くで窓が閉まった。振り向くと、青沼家の並びの〈横尾《よこお》〉という表札の家の窓辺にいた女性と目があった。大きな木に鉄風の黒い飾りのついた、大きなドアが特徴的な真新しい家だ。彼女は無表情に顔をそむけ、レースのカーテンを引いた。

「今でいうDVよ。ミツエさんのご実家は埼玉のほうで小商いをなさってて、そのお得意様からのお話でご一緒になられたんですって。だから殴られたり怒鳴り散らされたりお子さんを折檻されても、実家に逃げ帰ることもできなかったのね。働き者で、アパート経営までして、息子やおまえをしつけてくれる夫を持って、おまえは幸せだと親に言われたそうよ。昔の人の優先順位のトップは『食っていけること』だもの。暴力なんて大したことじゃなかったんでしょ」

「でしたら、息子の光貴さんがお父さんに逆らうようになったときには大変だったでしょう」

「そりゃあなた、大変どころじゃない。全部おまえが悪いってご主人が大暴れして、何度か通報されたのよ。ミツエさん、よくあざだらけで骨折していたこともあった。なのに警察はご主人を逮捕するどころか、ミツエさんにお説教したんだもの。奥さんがご主人をうまくなだめないから、われわれ警察が出動することになった、なんて」

大場さんは恨みがましい目でわたしをにらんだ。わたしは「それは……」とかなんとか口の中でつぶやいて、頭を下げた。大場さんは機嫌を直して、

「まあ、昔の話だものねえ。あのご主人もとっくに墓の下だし。だけど、ミツエさんって方はホントにご苦労が多くてらっしゃる。ご主人が心臓発作で突然に亡くなったと思ったら、息子さん夫婦が転がり込んできて、赤ちゃんが生まれたと思ったら、お嫁さんが出ていって、ヒロトくんの面倒は全部ミツエさんがみることになって。で、ヒロトくんを大学にやるまでに育てて、卒業と就職が決まったところで交通事故。最後は火事だものねえ。ヒロトくんの失火って聞いたけど、あのケガを見ているこっちとしては、ストーブいじっているうちに気絶したって無理もなかったと思うのよ」

「そういえば、ミツエさんが今月の初め頃、アパートの部屋に灯油ストーブを持ち込んでいるところを目撃した人がいたそうですね」

「え？　ええ」

立て板に水だった大場さんが、急に口ごもった。わたしは知らん顔で続けた。

「そういう細かな事実を覚えているのって、すごい記憶力の持ち主ですよね。わたしなんか、一ヶ月も前の他人のストーブの出し入れなんて、見たとしてもすぐ忘れそう」

「まあ、まだお若いのに」

大場さんの目が泳いだ。わたしはたたみかけた。

「それじゃあ、目撃証言は大場さんが？」

「まあ、捜査に協力するのは市民の義務だからね。誰かが伝えなきゃいけないと思ったんだ。事実なんだし。でも、それがどうかしたの。大したことじゃないでしょう？」

「とんでもない、きわめて重要な証言ですよ。あなたの証言がなければ、警察は放火の可能性を捨てきれなかったんですから。本当にありがとうございました」

大げさに頭をさげると、大場さんは作り笑いを浮かべ、そわそわと言った。

「あら、そう。お役に立ててよかったわ。あら、いけない。やかんを火にかけてるんだった」

玄関が閉まった。奥で轟《とどろ》いていた刑事たちのやり取りも打ち切られた。

大場さん宅の門から青沼家を見た。あのサザンカがあれば、平屋の大場家から青沼家の庭は見えない。通りかかって見たなら別だが。

再度、井の頭通に向かいかけたとき、〈横尾〉から人が出てきた。さっき目があった女性だ。黄色のボートネックのセーターにチャコールグレーのツイードのスカートをはき、かかとを潰したローファーをつっかけている。

頭をさげると、彼女は独り言のように呟いた。

「大場さんは、エピソード泥棒よ」

「え？」

「他人の話を自分のものにするの。嘘をつくわけじゃないのよ、そんな頭はないんだから。誰かの話を鵜呑みにして、自分が見てきたように言うだけよ」

「灯油ストーブのことも？」

横尾さんはしゃべりすぎたというように、顔をそむけて家に戻っていった。

わたしは再び歩き出した。途中で道を曲がったり折れたり、住宅街中を観察しながら歩き回り、井の頭通に出た。

井の頭通を渡ったところに、飲み屋は数軒あった。最初に目についたのは、木造で歪んでいて引き戸のすりガラス、屋号を〈ニュー・フジヨシ〉という年季の入った飲み屋だった。引き戸の脇に日本酒メーカーのポスターが貼ってあったが、徳利を差し出している着物姿の女性は三十三回忌を過ぎた魂魄《こんぱく》並みに消えかけていた。

あとはチェーンの居酒屋が二軒。店構えが他よりは多少立派な小料理屋が一軒。このどこか、あるいは全部の店をレオ爺さんが回っていても不思議ではないが、どこも開店したばかりで客はまばらだ。出直すべきだろうか。

そう思ったとき、路地の奥にライオンズの野球帽が見えた。

レオ爺さんはシワの多い顔を崩し、連れと嬉しそうに話しながら歩いていた。連れは三人いた。一人は上の門歯が一本なく、一人は上の門歯が四本なく、最後の一人は上の門歯二本と下の門歯一本がなかった。全員が平安時代の女官さながらの重ね着をしていた。

彼らはわざとらしい大声で笑い合いながら道を渡り、コンビニに入っていった。そっとついていき、店内でコーヒーを入れながら観察した。安い焼酎の大ボトル二本と、発泡酒の六本セットを二セット、他にも紙パックの日本酒数本とミネラルウォーター、焼きそばとカツ煮、ポテトサラダ、乾きものなどがカゴに入れられた。最後に誰かが「タンパク質を摂らないと健康に悪い」と言い出して、レジ横の唐揚げをどっさり買った。

金はレオ爺さんが払った。内懐から出てきた財布は安物だが真新しく、分厚かった。レジ袋の品物は取り巻きが持ち、レオ爺さんにごちそうさまを言った。爺さんは鷹揚にうなずき、いい場所があるんさぁ、と言った。一行は店を出て歩き出した。コーヒーをすすりながら、後に続いた。

彼らの行き先は都営住宅の敷地だった。四階建ての真四角の建物が四棟並び、一段がずいぶん低い階段とツツジの植え込みと芝生、屋上では貯水タンクが夕日を浴びている。その芝生の一角に四阿《あずまや》があった。四本の柱に屋根が乗り、下はテーブルとベンチ。高圧洗浄機のコマーシャルにもってこいの、黒ずんで苔むしたコンクリート製だった。レオ爺さんは王様のように座を占めた。三人が食べ物や飲み物を並べ、酒盛りが始まった。はたから見ると楽しそうな無礼講だった。全員で焼酎のでかいペットボトルを回し飲み、唐揚げにマヨネーズをべっとりつけてムシャムシャ食べていた。

当分、逃げられることはないと判断して、周囲を偵察しにいった。暗くなりつつあったが、あかりの灯っている部屋は二つしかなく、都営住宅の建物は巨大な墓標さながらに暗くそびえ立っていた。入口脇に並んでいる郵便受けをチェックしたが、名札の入っている部屋も少なかった。もっとも最近は名札を出さない住民のほうが多い。いまだに家族全員フルネームの表札を出しているのは、大場さんが愛する再放送ドラマの登場人物だけだ。

三号棟の二〇二の郵便受けに〈小暮〉の札を見つけた。まだ新しく、文字がピカピカしていた。レオ爺さんは、火事でホームレスになったと補償を求めてきた、とハナエは言っていた。だが、少なくとも現在、彼はホームレスではなさそうだ。おまけに金回りも良いときている。

酒盛りを見張れる位置に移動した。レオ爺さんはなかなかの酒豪だった。三人からやたらと酒を勧められ、一歩も引くことなく飲み続けた。とはいえ酔っ払いは酔っ払いだ。酒ばかり飲んでいるのは爺さんだけで、後の三人は一口酒、三口水、といったペースだということには気づいていないようだった。

宴《うたげ》がえんえんと続き九時を過ぎ、酒が尽きてきた。レオ爺さんがいっこうに潰れないので、三人は苛立ち始めていた。爺さんは猿のような顔をほころばせてしゃんと背筋を伸ばして座っていた。突然、門歯が一本ない男がなにか喚いて立ち上がった。同時に他の二人も立ち上がり、三人がかりでレオ爺さんの腕を押さえて内ポケットに手を入れようとした。爺さんが抵抗すると、一本なし男が空いたペットボトルの飲み口を持ち、バットのように振り上げた。

ペットボトルで殴られても死にはしないと思ったが、放ってもおけなかった。わたしはスマホに入れてある警察車両のサイレン音を呼び出し、音量をマックスにして再生した。同時に大声で、オマーリさーん、こっちこっち、と叫んだ。

こんな安っぽい手が通用するか疑わしかったが、レオ爺さんより控えめとはいえ歯なしたちも飲んでいた。彼らは悪魔がTレックスに乗って現れたかのように飛び上がり、レオ爺さんを突き飛ばすと、転がるように走り去った。

完全に姿を消したのを確認してから、レオ爺さんに近づいた。爺さんはペットボトルを逆さにし、口の上で振っていたが、わたしに気づいて顔を上げた。

「あー、あんた。えーと、誰だっけ」

「引越し祝いに缶コーヒーをご馳走になりました。大丈夫ですか」

レオ爺さんは、ふわ？　というような声を出した。

「酒ならさぁ。オレァ一緒に飲んでくれるんなら奢ってやるのにさぁ。なんだろうねえ、あいつら。一緒に飲みたくなかったんかねぇ」

「彼らが欲しかったのはお酒より強い、ご禁制の品だったんでしょ」

レオ爺さんは目をしょぼしょぼさせた。わたしはテーブルに肘をついた。

「あの火事のとき、外出してたんですって？」

「ああ、火事。思い出したくないねえ。ヒロト死んじゃってさぁ。青沼のバアちゃんも病院だろ。なんかさぁ、ヒロトが火事出したってことになったんだってぇ。死んだもんは、違う、オレじゃねえって言えねえのになぁ」

「あの日、レオさん何時頃に出かけたんですか。九時過ぎにはまだ部屋にいたみたいで、テレビの音がしてましたけど」

「うーん」

レオ爺さんは顔を撫でて、しばらく固まった。

「たぶん十時過ぎかなぁ。テレビ見ながら飲んでたら酒がなくなっちゃってさぁ。買い足しに行ったんだよ。そこで〈ニュー・フジヨシ〉のスドーくんに会った。客に出す食べ物がなくなって買いに来ててさぁ。で、その買った酒持って店に来いって誘われたの。五杯飲んで二千円に負けてくれたんだぁ。でも考えてみたらオレが買った酒だよなぁ。二度とこんな店に来ないって、タンカ切って部屋に帰ったんだよぉ。そしたらさぁ」

レオ爺さんは潤んだ目を手の甲でぐいっと拭くと、野球帽のひさしに手をやった。

「部屋燃えててさあ。全部、焼けちゃってさあ。残ったの、コレだけさぁ」

「でもケガしないですんだし、その帽子だけでも残って良かったですね。思い出の品なんでしょう?」

「前にかぶってた革のハンチング、飲み屋でなくしたんだよぉ。ハンチングなくなって店の人が探して、出てきたのがコレ。しかたないからコレかぶることにしたの」

「……そうなんだ」

「オレァ騒ぎを起こしたくないんだ。娘に迷惑かかっちゃうからぁ。うちの娘、できがいいんだよぉ。いろいろやってくれてるの。火災保険の申請とかぁ、都営住宅に申し込んだりとかぁ。そういう書類仕事得意なのさぁ」

「レオさん、火災保険に入ってたんですか」

「そうだったみたいねえ」

「じゃあ、そのお財布のお金は保険がおりたぶん?」

レオ爺さんはハッとしたように懐を押さえ、わたしをジロリと見た。

「オレァ金なんて持ってないよぉ。うん、もう、全然。焼け出されて貧乏なんだからぁ。お金はね、全部、焼けちゃった家財道具を買うぶんだから。飲んだりしたら娘に叱られるんだよねぇ」

爺さんは急にガクッと頭を垂れた。呼吸につれて鼻が鳴った。わざとらしい狸寝入りだが、うっかりすると凍死しかねない。揺り起こした。

「話は変わりますけど、ヒロトと光貴さんが交通事故にあった日。親子がなぜスカイランドに出かけていったのか、聞いてませんか」

レオ爺さんは、ふえ？　と言い、大アクビをした。質問を繰り返した。四回目でようやくレオ爺さんの脳の大門が開き、わたしの声を届けてくれた。

「うんにゃ。青沼のバアちゃんも知らなかったみたいだよぉ。事故の知らせが稲城だったか狛江だったか、あっちの警察から来たんだよ。バアちゃん、二人がそんなとこにいるわけない、詐欺だって電話切っちゃってさぁ。結局、近所の交番のオマーリさんが直接伝えに来たんだぁ」

レオ爺さんは首を振った。

「バアちゃん、あのときはホントにびっくりしてた。光貴がヒロトと二人で出かけるなんて、珍しかったもんなぁ。光貴がアメリカに行こうって誘ってもヒロトは行かない。光貴がヒロトの授業参観や保護者会はバアちゃんに押しつけて、光貴は行かない。別に、光貴がヒロトに無関心だったわけじゃないけどぉ。よくヒロトの写真撮ってたもんなぁ。昔はフィルムカメラで、撮ったらいちいちカメラ屋に持って行って現像してもらわなくちゃなんなかったさぁ」

レオ爺さんは大きくため息をついた。

「ヒロトもかわいそうに、なんで親父と一緒に出かけたのか思い出せないって気にしてたさぁ。あの二人、事故の前の晩、二〇三号室に長いこといたもんなぁ。ときどき大声で怒鳴りあってんのが、一番遠いうちの部屋にまで聞こえてきてた。オレァ思うんだけど、ヒロトは思い出せなかったんじゃなくて、思い出したくなかったんだぁ。親父との最後の記憶がケンカなんて、誰だって思い出したくないさぁ。だからオレもヒロトにはケンカのこと、黙ってたんだよぉ」


レオ爺さんを部屋に送り届けた。大金を持ち歩くなと言い聞かせたくてウズウズしたが、やめておいた。できのいい娘がとっくに試したはずだ。きっと、本人もわかっちゃいる。わかっちゃいるけど酒がないと買いに出かけ、あちこちでカモにされるのだ。

まだ時間は早かった。空腹を感じて西荻窪駅に出た。高架下のショッピングモールにある〈大岩食堂〉でサンマのカレーを食べようと思ったのだが、月曜日は定休だった。今日はろくなもの食べてないな、と思いながら、コンビニのコーヒーをまた買った。トランス脂肪酸たっぷりのドーナツも追加して、駅前のベンチで食べた。夜が更けるにつれ、閉店する店が増え、駅前も暗くなっていったが、人通りは多かった。自販機の陰で吐いている学生や、メンチを切りあっている若者のグループや、パンプスのかかとを鳴らしてバスをめがけて走っていく女たちがいた。

　彼らを見ていると、これから自分がやろうとしているのも、さほど大したことではないように思えてきた。わたしは彼らほど懸命でなく、面白みもないありきたりな存在だ。目的のためでも手段は選ぶが、許される手段の上限も下限も自分で決めたい。それだけだ。

　行き先表示を赤くした終バスが北上していくのを見届けて、わたしは逆方向へと歩き出した。リュックを背負い、両手をポケットに突っ込んで、ピンクの象の張りぼてをくぐり抜け、道なりに進んで五日市街道を超え、井の頭通りに抜けて、青沼家の近くに戻った。

　真夜中を過ぎて、住宅街にはまだひとけがあった。吉祥寺方向から大声で舞台のセリフらしきものを唱えながら歩いてくる若者たちもいたし、自動車も走っていた。わたしは歩きながら薄手の手袋をはめ、髪と耳をニット帽に全て押し込んだ。夕方、この付近を歩き回ったとき目に留まった防犯カメラ、特に最新式のものを避けて移動し、青沼家の裏手に滑り込んだ。

　青沼家の裏口の脇には、ルーバー式の小窓があった。ガラスがブラインドのようにはめられたタイプで、ハンドルを動かして開閉し、風を通す。窓枠はアルミ製で柔らかく、苦労なく広げることができ、ガラスを外すのも簡単だ。窓自体が小さいので、ここから入るのは猫でもなければ難しいが、錠はデッドボルトのついた本締付モノロックだ。小窓から長い柄のついたハンドルを入れてサムターンをつまみ、回せば鍵は簡単に開く。

もっとも、なんでもそうだが、実際には口で言うほど簡単ではない。二枚の鏡でサムターンの場所を確認しつつ、高さを一定に保ちながら長いハンドルとつまみを目的の場所に移動させるわけだが、鏡二枚合わせだと右と左、手前と奥がどう動くのかわからなくなってくるし、ハンドルを支える二の腕も次第にプルプル震えてくる。四回目の失敗の際には、いっそのこと表玄関のガラスを割ってやろうかと思った。缶コーヒーの空き缶でも転がしておけば、お行儀の悪い通行人が疑われるはずだ。

七回目のチャレンジでサムターンをつまむことができた。十一回目のチャレンジでサムターンが回った。

ガラスをもとどおりにすると、ドアを閉め、鍵をかけ直した。靴を脱ぎ、室内に入った。東側の窓から街灯が差し込んで、懐中電灯を使わずとも内部の様子がはっきり見える。三人一緒に食事をしたテーブルも、荷物を片づけてできた通り道も、ヒロトの洗濯物を畳んで載せた居間の一人がけ用のソファも。そしてそのソファに人が座っているのも、見落としようがなかった。

「遅かったですね」

牧村ハナエが言った。

15

「いつからそこに?」

ようやく口がきけるようになると、わたしは尋ねた。ハナエはソファの上で伸びをして、電灯の紐を引っ張った。六十ワットの蛍光灯がまぶしく部屋を照らし出した。白色灯の下で、ハナエの顔色はさらにどす黒く見えた。

ハナエは目を見開き、首をかしげた。

「いま、それ重要？」

「……でもないですね」

「そうね。重要なのは、警察を呼ぶかやめとくか。どっちがいいかしら」

ハナエは折りたたみ式のケータイ電話を広げて、持ち上げた。わたしが黙っていると、鼻を鳴らしてケータイを閉じ、ポケットにしまい込んだ。

「捕まる覚悟くらいしてきていますって顔ね。で？」

「で、とは」

「始めたんでしょう、ヒロトに頼まれた調べ物。それでヒロトの私物を調べに母屋の彼の部屋を見にきたのよね。夕方、病院帰りにこの家に寄ったら、お隣のお隣に言われたわ。おたくのことをあれこれ聞いて回っている女がいますって。ようやく騒ぎが落ち着いて普段の生活が戻ってきて、近所のものとしても安心していたのに、波風立てるのはいかがなものか、と忠告もされた。ああ、忠告というより脅迫かしらね」

お隣のお隣といえば、横尾さんだろうか。ローンを組んで家を新築したら、近所で火事、取材、破れ鐘のような大場さん。素敵な一戸建て生活にそんな環境は予想もしていなかっただろう。苛立つのも当たり前だ。

「まあ、ご近所の不満なんかどうでもいいわ。ヒロトがあなたになにを依頼したのか話してくださる？　私も身内ですもの、聞く権利はあると思うのよ。権利がなくても教えていただきますけどね」

ハナエはふっと笑って、口を押さえた。

「考えてみたら、あなた、ちょうどいいわよね」

「なにに？」

「決まっているじゃありませんか。放火犯よ。警察が一度出した結論はそう簡単には覆らない。でも、同じ敷地内に不法侵入してきた人間がいたら、どうかしら。その人物は灯油ストーブと同じ手口で母屋にも火を放とうとしたの。ガス台に火をつけて、燃えやすいものをわざと落として、近くにカセットコンロのボンベなんか置いといたりして。でも、そうやって細工しているところを私に見つかり、通報された」

「待ってください。わたしがなぜ、〈ブルーレイク・フラット〉を燃やすんです？」

「例えば、光貴の部屋に金目のものを見つけたのね」

ハナエは目を細めた。楽しく妄想しているらしく、小鼻が赤らみ、息が軽く上がっている。

「それを独り占めしたかったのだわ。だから遺品整理のプロが来る直前に、その品を取り出して隠した。盗難がバレないように火をつけた。ここに忍び込んだのは、その品をこの母屋に隠してあったからなのよ。火災原因がはっきりして調査が打ち切られるのを待って、今日、それを取りに来た。うっかりまたそれがバレないように、母屋にも火をつけるつもりだった。ね？　ほら完璧」

「遺品整理のプロを予約したのはわたしですよ。キャンセルも簡単だし、日延べもできる。完璧どころか、デタラメすぎます」

「デタラメでもいいの。警察や世間が少しでもそのデタラメが、あるかも、と思ってくだされぱね。あの火事は実はあなたの放火でしたというほうが、私には喜ばしいの。おわかりでしょう？　教えてちょうだい。彼はなにをあなたに頼んだの」

数秒、考えた。ハナエがわたしを警察に突き出したとしても、放火犯に仕立てあげるのは難しいだろう。とはいえ面倒なことになるのは間違いない。

夜間に忍び込むという強硬手段を取ったのは、ヒロトに関する情報が欲しかったからだ。今でもその情報の入手が最優先事項でもある。こうなった以上、そのためにはハナエを説得するしかないのだ。

わたしはヒロトから、交通事故当時の記憶がないから調べて欲しいと頼まれた状況を説明した。だが最後まで聞いて、ハナエはがっかりしたようだった。ゾウを飲んだウワバミの背中みたいな眉がキュッと上がっては下がった。

「依頼ってなんだ、そんなことなの」

「そんなこと？　ではハナエさんは、ヒロト親子が事故当日あの場所にいた理由をご存知なんですか」

「知らないわよ」

彼女は唇を尖らせて、ソファの上に両足をあげた。

「光貴さんかヒロトさんが、スカイランドとなにか関係があると聞いたことはありませんか」

「私の知っているかぎり、光貴がヒロトを遊園地に連れて行ったことなどないわ。そういうことをする人じゃなかったもの。彼のお父さんはものすごく厳しい人で、休みの日はずっと光貴をテストしたり、叱ったり、しつけたりした。だから父親がいない休日は天国みたいに素晴らしかった、そう言っていたことも……あったわ」

ハナエは爪を見ながら思い出にふけっているようだった。わたしは訊いた。

「ハナエさんは光貴さんと親しかったんですか」

ハナエは目を瞬き、早口に言った。

「世間並みの親戚づきあいよ。だと思うわ。世間並みっていうのがどの程度かわからないけれど。ただ、私たちの親戚は櫛《くし》の歯が欠けるようにどんどんいなくなっていた。ミツエさんは四人兄弟だったけど、もう一人も残っていません。死んだご主人の親戚とは縁が切れているし。それで交通事故の話を聞いて、私でもなにか手伝えるんじゃないかとミツエさんに連絡とったのよ。ちょうど部屋を探していたこともあって、ミツエさんの紹介で近所に部屋を借りたわけ」

「だとすると、光貴さん親子がスカイランドに行ったことがあるかどうか、あなたには断言はできないのでは？」

ハナエの目がいらだたしげに光った。だが、やがて彼女はうなずいた。

「そうね。光貴がそんな親子のお楽しみを一人でするとは思えないけど、絶対にないとまでは言えません」

「でしたらお願いがあります。ヒロトの部屋を見せてもらえませんか。彼の友人に連絡を取りたいし、アルバムも見たい。光貴さんはヒロトの写真をたくさん撮っていたそうなんです。もちろん、焼けてしまった可能性もありますが、どこかに写真が残っているかも」

「それじゃあ、本気で調べるつもりなの？　ヒロトと光貴が事故の日、なぜスカイランド駅にいたのか」

「はい」

「なんのために。ヒロトの記憶はもう二度と戻ることはないのよ。本人がどれだけ生きたいと願っても生きられないように。意味ないでしょう」

「そうですね。たとえ放火犯を捕まえたとしても、ヒロトが生き返るわけじゃありません」

ハナエはハッと息を飲み込んだ。

「あなた、あの火災が放火だと思っているの？」

「ハナエさんはどうなんです？　ヒロトの失火だと本当にそう思ってますか」

「思いたくないわよ、思えませんよ。だけど」

ハナエは唇を噛み、興奮を鎮めるように手を大きく開いたり閉じたりした。それから口調を変えた。

「だけど、交通事故のあった日にヒロトたちがあの場所にいたことと、アパートの火事に、なんの関係があるのかしら」

当麻茂はわたしを事故現場に連れていった。彼の目的は麻薬性鎮痛剤の闇市場への捜査だ。とすると、光貴とヒロトがあの日あの場所に一緒にいたことは、オキシコドン密売と関連がある。少なくとも当麻はそう考えている。まさか大昔の映画みたいに、親子が遊園地で麻薬取引を行なったと思ったわけではないだろうが、人がいつもはとらない行動をとったのだ。疑って当然だ。

だから、あの場所に彼らがいた理由を突き止めれば、オキシコドンの件に関わっていた他の人物が浮かんでくるかもしれない。その人物を探っていけば、ヒロトを死なせた火事の真相にもたどり着けるかもしれない。

光貴の部屋が翌日にも整理され始められることは、大勢が知っていた。ミツエがご近所さんに話していたし、ヒロトも友人たちに知らせたと言っていた。富山とわたしの電話でのやり取りが聞こえていれば〈狐とバオバブ〉のスタッフや客も知ることができた。そこから先、話は好きに広がったはずだ。それを知った誰かが、オキシコドン密売に絡んだ証拠が〈ブルーレイク・フラット〉から見つかることを恐れた……そして、足が不自由なヒロトを焼き殺す、という残虐な行動をとった。自分の身を守るために。

そいつを見つけ出してやる。

だが、当麻の話をするわけにはいかなかった。わたしは言った。

「関連があるかどうか、それも含めて調べます。ヒロトが知りたがっていたことですから」

沈黙が続いた。やがて、ハナエが耐えられなくなったように肩をすくめた。

「いいわよ。好きに調べなさい。家中ひっくり返せばいい」

「ありがとう」

「ハーブティーを入れるわ。朝までには出て行って」

ヒロトの部屋は居間の裏側の六畳間だった。部屋はすっきりと片づいていた。小学生の頃から使っているとおぼしき学習机の引き出しは空に近く、押入れにも季節の衣類がきれいに小分けされたケースが三つあるだけだ。

ヒロトが依頼料代わりにどうかと言っていた、郵便ポスト型の貯金箱は机の隅に載っていた。思っていたより小さく、手のひらに乗るほどの大きさだった。だが、これを持ち出すことは、少なくとも今日はできそうもない。たとえ中身が十円玉一枚でも、ハナエは意固地に反対するだろう。

だがヒロトの部屋らしさを感じられるものは、それだけだった。それ以外にはアルバムもないし、パソコンもないし、カレンダーも、年賀状やエロ雑誌の類もなにもなかった。もっともイマドキの大学生の手元に年賀状やエロ本があるとも思えない。そういうのは全部スマホの中だろう。

「警察が証拠品だといって、あれこれ押収していったのよ。捜索差押とやらには私が立ち会わされました。部屋中、なにもかもぐっちゃぐちゃに引っかきまわされてね。片づけるのも大変だったわ」

ハナエは大きめのマグカップにハーブティーを入れてきた。私物がないのを知っていながら、好きに調べろとはよくも恩着せがましく言ってくれたものだ。そうと知っていれば、お礼など言わなかったものを。

がっかりしているのをハナエに知られたくなくて、わたしはつとめて冷静さを保った。さほど難しいことではなかった。このハーブティーの香りには、たいていの人間が無表情になる。

「警察は薬を押収していきませんでしたか」

「ええ、していったわよ。ヒロトが〈江島薬局〉でもらってきた鎮痛剤とか、いろんな種類がたくさん、まとめて大きめのジップロックに入れてデスクの上に置いてありました。警察はそれをそっくり持って行きました。だけど半年の治療のおかげで、種類も量もずいぶん減ってきていた。一時は薬漬けみたいだったけど。よくなってきていたの、ヒロトは」

ハナエは自分に言い聞かせるように言い、ハーブティーをすすった。

そこにオキシコドンがあったなら、警察の捜査はまだ続いていたに違いない。残っていたのはおそらく、ヒロトの体内からも検出されたというベンゾジアゼピン系の催眠鎮静剤などだろう。病院にも確認をとったはずだし、押収された薬品は無関係と考えていいはずだ。

念のため、押入れから衣装ケースを引っ張り出し、中身を一つ一つ調べた。ハナエは椅子に腰を下ろし、なんと疑い深い女だろうと言わんばかりの眼差しでわたしを眺めていた。

作業をしながら、聞いた。

「一つ、聞いてもいいですか」

「なにかしら」

「光貴さんは薬物に手を出したことはありますか」

ハナエはまじまじとわたしを見た。彼女はこれまでにもまして、警戒しているように見えた。

「なぜ？」

「聞いてみただけです。バックパッカーだったなら、ハシーシくらいは試したのかなと思って」

「ですから、なぜそんなこと聞くの？」

「元医学生の放浪者が麻薬についてどう考えていたのか興味があっただけです。〈狐とバオバブ〉には江島病院の患者も多かったようだし、その中には痛みに苦しんでいる人もいたでしょうから。例えばほら、医療用大麻については積極的に解禁を望む人も」

「光貴はたとえ医療用でも、マリファナの使用など認めませんでした」

ハナエはぶっきらぼうに遮った。

「マリファナはタバコより健康的だなんていう人もいるようですけど、動物実験では投与の量や回数、環境によって、ムリサイドと呼ばれる特異な攻撃性が現れることが確認されています。暗殺者の英語訳アサッシンの語源が、ハシーシってことはご存知でしょう？ 気軽にマリファナをやって、暴力沙汰を引き起こしたケースは珍しくないの」

「かもしれませんが、それは一般論ですし」

「一般論じゃない。光貴は知っていたの。マリファナが恐ろしい副作用を招くこともあるって」

ハナエは唾を飛ばさんばかりに力説したが、わたしの視線に気づいてトーンダウンした。

「そりゃもちろん、彼だってインドや東南アジアの安宿で、誘われて面白半分マリファナを試したことはあった……だろうけれど、それは若気の至りというものよ。現在の彼はマリファナなんて大嫌いだったと思うわ」

「では、たとえば末期ガン患者が痛みに苦しんでいたとしても、光貴さんは麻薬を渡したりしませんか」

「あなたには呆れるわ」

ハナエは目を回してみせた。

「仮にそんなガン患者がいたとして、なぜ医者でもない彼がそんな真似をするの？ 光貴は父親に強制されたとはいえ、一度は医学部に入って医者を志していたのよ。医者なら正式かつ安全にモルヒネを処方できる。光貴が出しゃばる必要はないわ。医者の知り合いがいくらでもいるんだし」

「啓論大の医学部出身のお医者さんですか。その中にどなたか、ハナエさんのお知り合いはいらっしゃいます？」

「井の頭江島病院の院長夫妻はお二人とも啓論大卒で、特に奥様のマリカさんは光貴とは同期だったと聞いています。ミツエさんのことも、そのご縁であちらから声をかけてくださって、転院したんです」

「そう……だったんですか」

「あら、それくらいのこと、とっくにご存知かと思ってましたわ」

ハナエは勝ち誇ったように言った。目があうと、彼女はあからさまにほくそ笑んでいた。自分のフィールドだと思っていた場所に、ミツエがわたしを引き込んだのが気に入らないのはわかるが、反応があまりにも子どもっぽい。彼女の年齢を五十代と見積もったが、ひょっとするともう少し下かもしれない。

「ちなみに、そのマリカさんってどんな人なんです？」

「どんなって？」

「江島院長は有名人だし、そこの院長夫人ならきっと美人かな、ことによると、光貴さんの元カノだったのかなと思って」

調べ終わった衣装ケースを押入れに戻し、未調査の分を引き出しつつ言った。ハナエの顔がかすかにこわばった。

「どうしてそんな風に考えたのかしら」

「ミツエさんはあまりいい状態ではないんですよね。そんな患者さんを向こうから申し出て引き受けてくれるなんて、ただの大学の同期とは思えなかったもので」

「そういうのを下種《げす》の勘繰《かんぐ》りって言うのよ。マリカさんは医者としてミツエさんを放っておけなかったの。それに光貴は長い間、マリカさんの店で働いてきた。〈狐とバオバブ〉は光貴のおかげで人気店になったと言ってもいい。おかげでマリカさんはずいぶん潤ったはずだわ。光貴の母親を厚遇してくださるのは、いうなれば光貴の退職金代わりなんじゃないかしら」

思わず衣類を調べる手が止まった。そういえば〈狐とバオバブ〉のオーナーが誰なのか、調べていなかった。道理で江島病院のスタッフや患者がたくさん出入りしているはずだ。院長夫人の店だったのか。

「思うんだけど、あなたっていちいち失礼よね。それとも探偵ってみんなこうなの?」

「探偵を雇ったことがあるんですか」

わたしはケースの奥から出てきた、まだ新しいジーンズを調べながら聞き返した。他のジーンズより一回り大きく、色も白っぽい。飲み物をこぼしたらしく、甘い香りのするシミが目立って残っていた。

「ありません。あるわけない」

「ヒロトの母親の李美さんを探そうとは、誰も思わなかったんですか」

ハナエがひゅっと息を吸い込み、ゆっくり吐き出した。二度深呼吸をして、ようやく落ち着いたようだった。

「男と駆け落ちした……あなた、そう言っていたじゃないの。そんな女を探してどうなるの。それとも、今度は李美を探すからそのぶんの調査料をよこせとでも? あいにくだけど、あなたに支払うお金なんてありません。ミツエさんの病院代がこれからどれだ

りな
うが、
こん

こっちもた、あんたの話に信用できない
そう言い返そうかと思った瞬間、気がついた。ジーンズのポケットになにか入ってい
た。引っ張り出した。それは緑色のリボン状の紙だった。白い文字で〈一日パス　スカ
イランド〉と印刷されていた。

16

「ヒロトがスカイランドに？　さあ。行ったかもしれないけど、自分らとじゃないです。
なあ？」
出石《いずし》武紀《たけのり》はぼそぼそと言って、隣に座る遊川聖《ゆかわひじり》を見た。遊川はでかい図体をソファに
投げ出し、スマホの画面から目を離さずにうなずいた。メガネにゲーム画面が写り込み、
光ったり動いたりしている。

「自分らは地方出身で、大学のある池袋に出やすいとこに部屋借りてるんです。遊川《と》は西武池袋線の大泉学園で、自分は東武東上線の上板橋だから、遊園地に行くとしても豊島園《しまえん》か後楽園《こうらくえん》に行きますよ。その方が交通費もかからないし。スカイランドって、こっからだと遠いですよね」

朝一番で桜井から連絡があったのだった。ヒロトの大学の友人である「イズシ」と「ユカワ」の連絡先が判明したという。

「ついでに会う約束もとりつけといた。池袋の教愛大近くの〈インコ〉って喫茶店に十時半な。情報料、用意しといたほうがいい」

「死んだ友人の話をするのにお金を取る気なの、その子たち」

「話はしてもいいけどLINEでって言われちまったんだよ。最近の若い奴らは生身の見知らぬオトナを、歩く病原体かめんどくさいクソか、その両方としか思っちゃいない。直接会ってくれと頼んだところで、タダで聞いてもらえるわけなかろ」

桜井は、二人の情報はそっちに送った、ヒロトの母親・青沼李美の駆け落ちについてはもう少し時間をくれ、と言うと、付け加えた。

「一人五千円な。かわいいお年玉のポチ袋にでも入れてやれよ」

わたしは寝ぼけ眼で時間を確認した。昨夜、というより今朝早く、歩いて三鷹台から〈スタインベック荘〉に帰り着いたのが五時少し前。現在、八時五十五分。

気を利かせたつもりで大迷惑。いいひとはよくそういう真似をする。連絡先だけ教えてくれたら、こっちで面接の時間をセッティングしたし、情報料なるものを払わずにすむようにもっていった。だが、今さらどうしようもない。わたしは寝不足の重い頭を抱えたまま、約束の地にやってきたのだった。

「葉村さんの話は、ヒロトから聞いてました」

出石はわたしと、わたしがテーブルの隅に並べておいたヒヨコ柄のポチ袋を交互にちら、ちら、と見ながら話した。まともに目があったら石像にされるとでも思っているらしい。

ニキビ跡がうっすら残る丸顔に、希少価値のありそうな団子っ鼻。わたしが中学生の頃、野球部で球拾いをしていたのはこういう顔の子たちだった。その純朴な見てくれに、なにやら複雑なカットを施したヘアスタイルが乗っている。着ているものはほぼプチプラ系だが、スニーカーは韓国のラッパーとコラボした限定モデルで、プレミアがついたとなにかで読んだことがあった。

「親父さんが使っていたテレビを運ぶのに、うちのワゴン車と女タンテーを出すって。葉村さんのことですよね」

「ヒロトとは仲よかったみたいね」

「国際社会学科って自分らが入学した年にできたんです。人数も少ないし、先輩がいないから、履修にあたっては横のつながりが結構重要で。ヒロトって権力持ってる年上の女にウケがよくて、事務局のおばさんとか教授とかに懐いて聞き出した情報をみんなに教えてくれてたんです。いいヤツでしたよ」

「じゃあ、彼とお父さんの話ってしたことあるかしら」

「えーと、どうだったかな。あんまりよく覚えてないです。家族の話ばっかりしてるヤツもいるけど、ヒロトはしないほう。父親の話も母親の話も出たことないな。バアちゃんの話はしてたけど」

「頭のいいおばあさんだものね」

「そうそう。バアちゃんのことは自慢だったみたい。ただ、自分らヒロトと仲よかったつもりだったけど、交通事故で死にかけたのに何ヶ月も気づけなかった。だから、あらためて仲がよかったのって聞かれると、ちっとビミョーかな」

「ヒロトからも聞いたけど、どうしてあなたがたが事故を知らなかったのか不思議なのよね。大学の事務局はなにしてたの？」

「そこなんですよ」

出石は声をひそめた。

「事故のちょっと前にヒロト、事務局のおばさん怒らせたらしいんですよ。そのせいかわかりませんけど、フツーだったら事務局から自分らクラスメートに情報が回ってくるはずなのに来なかった。しかも、ブンペイがヒロトと連絡つかないのを心配して事務局に直接聞きにいったのに、そのおばさんに追い返されたって」

「そのブンペイってヒロトの友人？」

「あ、違います。ヒロトのバディだったヤツ。それがね」

「ブンペイはヒロトのことなんか、なにも知らないと思うな」

突然、遊川が口をはさんできた。苦労もなくすくすく育ったらしい大男だ。ファッションへのこだわりがないのか、鹿の子のシャツにパーカ、派手な上着を重ねて靴下は黒いナイロンと、休日のオヤジみたいな格好をしている。最近の若者は腕時計をしないと聞いていたが、彼は大きめの腕時計をしていた。目を凝らすと、アイドル声優の笑顔が文字盤におさまっていた。

遊川は出石に向かってかすかに首を振ると、わたしに向かって話を続けた。

「うちの学科には同級生同士組んで、お互いにフォローし合うっていうバディ・システムがあるんだ。少し前まで、友だちができなくてトイレで飯食ってるやつとか、LINEに入れてもらえなくて情報交換できないやつとか、そいでイジメだとか言って大学訴えたり、うつになったりするのが出たから、大学が考えたんだよ。ブンペイはヒロトと組んでたんだ」

「ぜひ会って、ヒロトについて話が聞きたいわね。そのブンペイくんの苗字は？」

「さあね。覚えてないよ。それにもう、国に帰ったし」

遊川は再びソファにへたり込んだ。出石はおどおどとわたしを見た。

「その辺については、事務局のおばさんに聞いてみたら？　うちの大学の影のボスって言われてるけっこうヤバい人だけど。この人怒らすと就職に差し支えるって噂があってさ。ヒロトなんか事故に合わなくても就職棒に振ってたかもね」

「そんなことないよ」

遊川がメガネを持ち上げて、再び口出しをした。

「ヒロトがおばさんを怒らせた理由って、おばさんオススメの就職先に出願しなかったからだろ。つまり、うちの大学の事務局だけど。アレは代理戦争に巻き込まれたみたいなもんだ。ヒロトは脅されて出願取りやめたんだよな」

「脅された？　穏やかじゃないわね」

「そんな真剣に取んないでよ、探偵さん」

遊川が首を振った。

「事務局のおばさんはお気に入りのヒロトを自分の部下にしたかった。うちの事務局、給料いいからさ。正式に採用されればいろんな手当もつくし、一年目でも年収三百万超えるって話だ。ヒロトも悪い気はしなかったんじゃね。でも、針谷《はりや》主任教授は娘婿を事務局に押し込みたかった。で、ヒロトに、出願を取り下げないと単位はないぞ、的なことをにおわせたんだよ。おばさん、そのこと知らなくて、腹立ち紛れにヒロトの事故についての情報を握りつぶしたんだけど、それがバレて、今年度いっぱいで辞めさせられることになった」

「そうだったんだ。すげ、初めて聞いた」

出石が呟いた。遊川は片頰にエクボを刻んだ。

「前の前の学長の愛人だったたってだけで、長い間、影のボス面してたんだ。いなくなってくれるまでは、みんなさわらないようにしてんだよ」

大学生にも主婦にも官僚にも宇宙飛行士にだってゴシップ好きはいる。にもかかわらず、噂話なんて下世話なものに興味ありません、という顔をしているから面白い。

「ところで、ヒロトが鎮痛剤を友人に配ってたって噂を聞いたんだけど、ホントかしら。

あなたたち、もらった?」

遊川がメガネ越しに出石に視線を飛ばしたが、出石の方が早かった。彼は純朴そうな目をまん丸く開いて、言った。

「あ、自分もらいましたよ。先月、ライブに行って筋肉痛になったって言ったら、よく効くのがあるよって。その場でくれたっけ」

「別にそれ、犯罪じゃないよね」

遊川が口を挟んできた。わたしは半笑いを浮かべた。

「処方された鎮痛剤を親切で友だちに分けたのが? ヒロト、わたしにもくれるって言ってたわよ。もらわなかったけど」

遊川の耳が赤くなった。

「じゃあ、なんでそんなこと聞くんだよ」

「その情報をくれた人の、情報の精度を確かめたかっただけ。どうやらホントだったみたいね」

「あ、でも、売ったわけじゃないですよ。そういう話も出たんだけど」

出石が身を乗り出してきた。

「ヒロトのバッグにでかいジップロックが入ってて、それが薬でいっぱいだったんですよ。みんなで、おまえそれじゃヤクの売人じゃんってからかったら、いっそのこと余ったヤツ売ろうかな、いい金になるかもって。で、ネットの個人売買のサイトとか見たりしたんだけど、薬の中にはマジですげえ値段なのもあって、逆に怖くなっちゃって。遊川が、そんなのバレたら内定取り消しだぞって言うし、結局、みんなでヒロトを止めて、売るのやめさせたんですよ。ホントです」

ヒヨコのお年玉袋を渡して店を出た。「事務局のおばさん」にぜひとも会ってみたかった。大学の事務局を取り仕切る女傑から情報を引っぺがすなんて、本来ならシャム双生児の分離手術並みの大事業だ。だがクビが決まった今ならきっと、とっても口の軽い、チャーミングなおばさんに違いない。ヒロトに興味があったなら、彼にまつわること、例えば国に帰った謎のバディについてもよく知っているだろう。

教愛大に向かって歩き出そうとしたとき、着信があった。当麻の部下の郡司翔一からだった。出た瞬間ゲップが聞こえ、思わず耳からスマホを遠ざけた。ストレスが人間を劣化させる、郡司はいい見本だ。

「ご希望の、交通事故、火災、両方の資料を用意しました」

郡司はそっけなく言った。

「早急に対処していただきありがとうございます」

「ただし資料はお渡しできません。私の目の前で読んでいただきます。なお、メモは取らないように。すべて記憶してください。それから今回知った事実については他言無用。これを元にした聞き込みその他の調査は認められません。すんだら資料はすべて私が持ち帰り、シュレッダーにかけます」

なんだ。自動的に消滅するのかと思った。

「では十二時半に調布駅中央口の改札で。時間厳守。遅れたら帰ります」

「どうせなら、仙川の〈スタインベック荘〉までいらしてもらえません？　喫茶店で機密情報を広げるよりいいと思うんですけど」

電話は切れた。こちらの希望を聞くつもりはないらしい。

十一時半を過ぎていた。池袋駅に駆け戻り山手線に飛び乗った。京王線新宿駅で特急に間に合った。平日の郊外行きは空いていた。座れたので移動中、スカイランドと遊川の腕時計の声優の名前を合わせて検索してみた。昨年の八月に、スカイランドのプールサイドでこのアイドル声優のライブ&握手会が行われていた。風船、シャボン玉、ポニーテイル、赤い水玉のビキニにヒールの高いサンダル。真夏のアイドル・ライブは、昭和の時代からきちんと伝統を守っていた。

かなりの数アップされていた、下手で退屈な画像を調べ続け、電車が国領を通過する頃、ようやく知った顔を見つけた。出石武紀だ。観客の中で恍惚とした顔で踊っている。手首に黄色のリボンをつけていた。

十二時半に間に合った。郡司が改札口に突っ立っていた。いつもはスーツ姿なのに、ジーンズとトレンチコートを着ている。マスクをし、帽子をかぶり、うつむいて顔を隠している。変質者のコスプレに見えた。

背後から声をかけると郡司はまず時間を確かめ、十二時半に間に合ったことを知って残念そうな顔になった。

「行きましょう。〈たづくり〉の小会議室を予約してあります」

「郡司さんってひょっとして調布の住人ですか」

「それがどうかしましたか。今日は非番なんです」

「だからってなぜ警察署じゃないんです？」

郡司は返事をせず、先に立って歩き出した。細いがさすがに警察官で鍛えているらしく、足の運びが常人とは違っていた。考えてみれば、警察の書類を一般人に見せているところをあまり人に、特に警察内部に知られたくないのかもしれない。見せてもらえることに感謝して、口をつぐむべきなのかも。

そう思ったが数分後、調布の文化施設の小会議室で、郡司がカバンから出してきた封筒の中身を引っ張り出して、わたしは絶句した。報告書の量はどう考えても少なく、おまけにところどころ墨で塗りつぶされていた。

「なんですか、これ」

「見てわかりませんか。ご希望の書類の写しですよ」

「ちょっと。これを元に与党や官僚を追及するわけじゃないんですよ。書類の不備を突っつくつもりもない。なにを塗りつぶしたんです。当麻さんの命令ですか」

「私の判断です」

郡司翔一は腕時計に目を落とし、小会議室の使用は十二時半から一時半までです、と言った。すでに十二時半を十分ほど過ぎていた。わたしは言いたいことをすべて飲み込んで、書類に目を通し始めた。

まず交通事故関連の書類を読んだ。これまでどおり、高齢ドライバーである堀内彦馬七十八歳のブレーキとアクセルの踏み間違いによる事故、という結論だった。自動車本体にも、堀内彦馬が受けた認知症検査や精神鑑定にも、異常は確認されなかった。道路と車の位置関係を示す図や、被害者二人の死亡診断書にも目を通した。光貴の直接の死因は頭蓋骨陥没骨折、車に激しく引きずられたのか、顔面の表皮が剝脱していたとあった。ミツエは息子の遺体の顔をどんな気持ちで見たのだろうと思った。

堀内彦馬側の、情状酌量を求める上申書がついていた。被疑者は高校を卒業後、工務店に勤めて父母を助け、懸命に働いて二十八歳で独立し自分の工務店を起こした。結婚してからは妻と三男一女を養い、高齢となっても仕事を続け、税金を納め、社会に貢献してきた。これまでに前科もなく、酒もタバコもやらず、孫を可愛がる模範的な市民だった。結果的に二人の尊い命を無残に奪うことになったが、被疑者はバス停にいる人たちの命を救うために、ブレーキと信じて必死にアクセルを踏み込んだものであり……うんぬん。

「この上申書、誰が書いたんです？　名前と住所が塗りつぶされてますすけど」

「被疑者の身内でしょうね」

郡司は眠そうに言った。

「いやだから、具体的に誰ですか」

「知る必要ないでしょう。ただの交通事故ですよ。オキシ……調査には関係ありません。うっかり話を聞きに行かれて、情報の出元が知れても困りますので」

情報イコール権力と心得ている連中はこれだから困る。出し惜しみが己の偉さを補強すると思っている。

深呼吸をした。言い草は気に入らないが、郡司の言う通り、ただの交通事故の加害者を調べても始まらない。問題は光貴とヒロトがなぜ、その場に居合わせたのか、だ。

その答えに関連する情報はなにもなかった。事故のあった三月二十日、光貴はその日の朝、仕事を休む旨の連絡を職場に入れ、オーソドックスにも「風邪を引いた」と言った。つまり、突然ズル休みをしたのだ。

春分の日の前日は、学校が春休みに入る前日でもあった。スカイランドの入園者数はそれほど多くなかった。しかも正午前。遊ぼうという人間はもう少し早く来る。その数少ない入園者は全員、スカイランド駅を降りると高架下の通路を通ってロータリーを渡り、ロープウェイ乗り場へ向かっていた。バスを待っていたのは地元の主婦と、光貴たち親子だけ。やっぱり目的地はスカイランドそのものではないのか。

バスの行き先経由地を調べようとしたが、報告書には書かれていなかった。あとで調べるようにメモを取ろうとして、ダメなんだっけと思い出した。だがふと見ると、郡司は顔をデスクにつけて眠っていた。胃薬くさい寝息を立て、よだれが水たまりを作っている。

これ幸いとスマホにメモを打ち込み、カメラを取り出して火災関連の書類を撮影した。全ページ撮影する間も、郡司は目覚めなかった。時計を見た。あと十分。撮影できて幸いだった。いくらなんでも十分でこれだけの資料に目を通すのは無理だ。

時間いっぱい、火災関連の書類を斜め読みした。どういう基準でセレクトされたのか、資料にはヒロトやミツエ、牧村ハナエの戸籍謄本までついていた。ハナエが言っていた通り青沼李美はいまも青沼李美だった。それよりハナエは英恵と書くのか。え、一九四八年生まれ？ 今年六十七歳じゃん。見えない。あのハーブティー、鼻をつまんででも飲んでおくべきだったかも……。

資料を見ていて、一つ、引っかかったことがあった。

現場から見つかった灯油ストーブは、T社製1988年型AXW009861-Rとなっていた。スマホで調べると、このストーブはコンクリート十畳木造八畳を暖める機能があると出たが、それはどうでもいい。同じ番号のストーブは他に二種類あって、一つは最後のアルファベットがW、もう一つはBだった。つまりこれは色を表す記号だ。

現場で発見されたストーブはR、つまり赤いストーブだった。ミツエがストーブをアパートに持ち込んだところを目撃した、という近所の住人の証言によれば、そのストーブも赤だった。ここが一致していたから証言は信憑《しんぴょう》性を増し、泉原も証言を信じたのだろう。

だが、ミツエは赤いものが嫌いだった。それで食パンのキャンペーンの応募で当たった赤いトースターだけは抵抗せずに捨てたのだ。

もちろん、だからといって青沼家に赤い灯油ストーブがなかったということにはならない。赤いトースターを持っていたように、たまたま赤い灯油ストーブが家にあったのかも知れない。それでも気になった。わたしやレオ爺さんが知らなかった赤いストーブが、突然、降って湧いたように一〇二号室に現れ、火災の原因になった。その違和感は、わたしたちでなければわからない……。

そろそろ時間になる。わたしは書類をまとめ、封筒に戻した。

書類を見るかぎり、泉原は地道に調べていたようだ。ただ、どちらかといえば彼は自殺説を有力視しているように思われた。書類には、ヒロトのかかりつけだった井の頭江島病院の精神科医や理学療法士、友人のものらしい証言も複数あった。その名前や連絡先は塗りつぶされていたが、全員が、ヒロトが自殺した可能性を問われ、否定していなかった。

とはいえ、結論は失火。以前、あの女子野球選手・高野咲の転落死について、当麻が話していたのを思い出した。事故か自殺かで判断がわかれた場合、はっきりした根拠がなければ、警察官は遺族に同情して事故で処理したがるものだ、と。ヒロトが直前、誰かに別れを告げたとか、死にたいと言ったとか、遺書を残した、というような事実はなかった。だから自殺という結論にはならなかった。それはいい。

とはいえ、少なくともわたしは自殺説をはっきり否定した。牧村英恵もあの調子で、ありえないとわめき散らしたはずだ。ここにはその二人の証言がない。放火説をにおわせる証言は最初から書類にしなかったか、あるいは郡司がコピーを取らなかったか。

郡司を見た。相変わらず、顔をデスクにつけて惰眠を貪っていた。たたき起こそうと近寄った。真上から見ると、コイツの十円ハゲはまるでおまんじゅうのような形をしていた。

思わず、手が止まった。

おまんじゅうのような形の十円ハゲ。佐々木瑠宇さんが探しているオトコにも確か、左耳の後ろにそういう特徴が……。

その他の特徴を、必死で思い出した。三十そこそこ、細くて、でも鍛えていて、胃薬を飲んでいた。

おいおい。考えてみれば郡司翔一そのものではないか。それに、そうだ。

瑠宇さんは昨年の春にオトコと出会った。当麻茂がわたしを脅迫して利用したのも昨年の春だった。もし、その頃わたしの周辺を、というよりも〈スタインベック荘〉を部下に当たらせていたなら、郡司が瑠宇さんに近づいた可能性は大いにある。居職で、いちばん〈スタインベック荘〉に詳しいのは彼女だからだ。

いや、だけど……えーっ。

思わず声が出てしまった。郡司がガバッと顔を上げ、腕時計を見た。無言でよだれをこすり、気まずそうにわたしを見た。

「だから、今日は非番なんですよ。本来だったら家で寝ているはずなのに、あなたのせいで昨夜遅くに書類を集めて」

「佐々木瑠宇、知ってますよね」

単刀直入に切り込むと、郡司はぽかんとしていたが、急にあたふたと椅子から立ち上がった。

「時間です。小会議室の鍵を返却しないと」

「知ってるよね」

「なんの、話ですか」

「なら、あなたの写真撮って瑠宇さんに見せてもいいよね」

スマホをかざすと郡司はものすごい勢いで伏せ、机の下に潜り込んだ。椅子と椅子の間にうずくまり、半分顔を床に埋めている。その体勢で彼は言った。

「やめてもらえませんか。あのことは当麻警部も知らないんです」

「じゃ、やっぱり瑠宇さんと寝たんだ、あんた」

長い沈黙が小会議室を支配した。やがて、奇妙な音が響き始めた。床に膝をついて、郡司をのぞき込んだ。彼はしゃくりあげていた。

「は、はずみで。なんとなく。だって、イヤとも言えなくて」

おいおい。

「イヤだったわけ?」

「ラブホの前通ったから、誘うのが礼儀かなって。笑い飛ばすと思ったのに」

こっちが誘った手前、イヤとは言えなくなった、と郡司は鼻をぐすぐす鳴らしながら言った。わたしはうんざりして机から離れ、壁に背をつけて座り込んだ。

「だからってフツー、警察官が捜査対象者と寝るか」

「彼女は捜査対象者だったわけではなくて、聞き込み相手というか」

「警察官としてのお仕事の関係者だったのは間違いないでしょうが」

「そうだけど。彼女とはフツーに話せたもんで」

「瑠宇さん?」

「全然緊張しないで、食事できたしいろいろ聞き出せたし。もうちょっと一緒にいたいとも思った。楽しかったんだ、あのときは。なんかもう、その頃からオレ疲れてて」

郡司のため息が机の下から流れ出てきた。

「前から思ってたんですよ。オレ、この仕事向いてないなって。書類を書くのも読むのもすごく時間がかかるし、人と会話するのも下手で、話が続かないし。特に当麻警部の求めているような、その、潜入捜査的な。ああいうのが苦手で。何度も異動願いを出したんだけど、警部に離してもらえなくて」

「ああそう。気に入られてるんだ」

「ええ、まあ。どういうわけか。えへへ」

だからあんた、そういうとこ。と、わたしは思った。昨年の春から脱毛症が治らず、胃薬を飲み続けている。仕事は本気でキツいのだろう。でもほめられて嬉しそうにしちゃったら、異動などさせてもらえるわけがない。

「一度は交通課に戻れたんですよ。でも今年になって、また当麻警部に呼ばれたんです。例の高野咲の調査のための特別チームを立ち上げるから加われって。おまえの力が必要だって言われたら、イヤとも言えなくて」

なんでわたしがあんたの愚痴を聞かねばならんのだ、と聞き流していたが、話が少し面白くなってきた。

「それじゃ〈狐とバオバブ〉を調べたりもしたの?」

「あそこはバイトの募集をしていないんですよ。口コミというか、スタッフの知り合い

て、こういうところで働きたいって言ったんです。伊賀《いが》さんってウェイターと仲良くなって、こういうところで働きたいって言ったんです。伊賀さんが店長に話してくれることになったんだけど、結局、やっぱりダメでした」

昨日の昼、〈狐とバオバブ〉の前で撮影した、親切そうなウェイターの写真を見せた。郡司はうなずいて、そう、この人が伊賀さん、と言った。

「店には相当、長いみたいでしたよ。その人が推薦してくれて、人手も必要だったのに。当麻警部はそれもあってあの店を疑ってるんですよね。ガードが固すぎるから」

そのうち光貴が事故で死に、チームは解散となった。

「ホッとしましたよ。でも、そのまま当麻警部の秘書役を仰せつかることになりました。おまけについ最近、青沼ヒロトを再捜査することになって」

「青沼家の前の三角屋根の白い家で、ヒロトを見張ってたわけだ」

「今度は予備調査だったんで人手がなくて、あの家にいたのもオレ一人だったんです」

だから一〇二号室に入り込んだときも、レオ爺さんと顔を合わせる羽目になったのか。見張りがもう一人いて、外部の状況を中に入った人間に逐一伝えていたら、そんなことになるはずがなかった。

郡司は机の下で長く息をついた。

「マルタイのアパートの部屋の内部を確認しろって命令があったんですよ。それでああしたのに、隣人に顔を見られたと報告したら、違法行為は容認できないってめっちゃ怒られました。胃に穴があきそうでしたよ。おかげでまた円形脱毛症になるし」

当麻のやりそうな理不尽だが、そんなことより、

「確認なんだけど、正確にはいつから青沼家の見張りを始めてたの？」

「十月二十九日の午前中に始めました。自分一人なのでビデオカメラを回して画像だけ押さえて、青沼家を訪れる人間をチェックしたんです。ま、大半は近所の人や大学の友人でした。あ、葉村さんがお婆さん二人の巻き添え食らって吹っ飛んだのも見ましたよ。血が吹き出てましたね」

「そのビデオ画像、全部でどのくらいの量になるの」

「十月二十九日の午前中から十一月九日の夜までだから、二百五十時間強ですか。葉村さんが青沼家に住み込むことになったんで撤収したんですよ。いつあのアパートのお爺さんに見つかるかハラハラしてたんで、あのときはホッとしたな」

「そのビデオ画像、泉原さんにも見せた？」

「いいえ、だって火災が起きたときにはもういませんでしたから」

「だったらわたしに見せてもらえる？」

「え、いやそれは」

郡司は机の下から這い出してきた。

「さすがにオレの一存では。正式に許可を取った監視作業ではないので、表に出していいかどうか、当麻警部の了解も取らないと」

「取ってよ了解。大丈夫。きみなら取れる。あの瑠宇さんを夢中にさせたその魅力で、当麻警部を口説き落としてよ」

わたしは郡司に向かってにっこり笑った。郡司はしろちゃけた顔を急に赤らめた。

17

小会議室を出たところで郡司翔一と別れた。その前に、当麻警部のほうから瑠宇さんと郡司の関係について聞いてこないかぎり、自分からは言わないと約束をした。別れ際、郡司は顔を赤くしたまま、言った。

「えーと、彼女、まだオレのこと……？」

下手な似顔絵を描くほど忘れられないみたいと言うと、郡司はえへへと笑った。だからあんた、そういうとこ。警察官だって彼女にバレてもまずいんじゃないの？　郡司は真顔になり、ビデオ画像については警部に了承してもらうよう誠心誠意努力します、と言った。


そのまま〈たづくり〉のスカイラウンジに上がり、ランチバイキングを頼んだ。ひとり客のわたしが案内されたのは、南向きの窓に向かうカウンター席だった。眼下に多摩川が光り、京王線の京王多摩川駅の屋根が見えた。そこからさらに南へとうねるように続く線路を目で追っていくと、観覧車やジェットコースターのコースが小高い丘陵に立っている。

野菜の煮物や塩鯖やサラダその他どっさりとって、スカイランドをにらみつけながら食べた。

食後、調布駅北口から吉祥寺行きのバスに乗った。電気通信大学前を通り、深大寺《じんだいじ》、神代《じんだい》植物公園を進み、消防大学を経由して吉祥寺通りを北上する。

バスの中で、食後の眠気をこらえるためリサーチに勤《いそ》しんだ。教愛大学事務局の副局長に、坂戸《さかと》水穂《みずほ》という女性がいた。数ヶ月前からSNSの更新はすべてストップしていたが、トップページで容姿がわかり、過去の内容から住まいも判明した。巣鴨《すがも》駅にほど近い十八階建のマンションに住み、近所のワインバーに週二で通っているらしい。クビが決定したいまなら、毎日通っているかもしれない。

ついでに、井の頭江島病院をチェックした。病院評価の口コミサイトを見た。コメントは辛口のものが多い。血圧の取り方が雑だった、設備が古い、医者が病人を見ず電子カルテしか見ない等々。点数は二・八となっていた。

ホームページのトップは江島院長の写真かと思ったが、さすがに個人の顔写真は表に出していなかった。歴史、概要、診療科といった項目にざっと目を通した。開業は一九四八年、初代院長は江島耕三《こうぞう》、井の頭の地主の息子で啓論大学医学部の教授でもあった。以前、水道橋にあった啓論大学医学部は戦後三鷹に移転している。江島耕三の実家の土地との関係を疑っても、あながち的外れではないだろう。

一九六九年に耕三の息子の江島清志《きよし》が二代目の院長に就任。八四年に清志の弟・幸生《ゆきお》が三代目に就任。九一年に江島琢磨が院長に就任していた。

代替わりがやや早い気がして、それぞれの名前で検索した。江島清志は八四年に五十二歳で死亡。江島幸生も九三年に五十八歳で亡くなった。どちらの記事にも死因の説明はなかった。事故や事件の記事は見当たらないから、おそらく病死だろう。院長が若くして病死となれば、病院も死因をわざわざ公表はしない。

ホームページに戻った。江島病院の主な診療科は内科、外科、整形外科。他に形成外科、漢方内科、リハビリ外来、腫瘍内科、緩和ケア内科があった。他の病院とも連携し、通いやすい地元の病院として治療のサポートをしていきます、とのお題目に目を通していくうちに、緩和ケア内科診療部長・江島茉莉花《まりか》の名前に気がついた。

私たち緩和ケア内科はガン患者の身体的苦痛、精神的苦痛、社会的苦痛、スピリチュアルペインといった四つの痛みに寄り添っていきます。

これがハナエの言っていた院長夫人マリカだろう。

へえ、こういう字を書くのか。

どこかで見たような、と考えた。茉莉花茶だ。〈狐とバオバブ〉でも飲んだ。ジャスミンの一種、茉莉花の花を混ぜたお茶がジャスミン茶……。

不意に思い出した。ヒロトが死ぬ前日、彼を訪ねてきた女。彼女は濃厚かつ人工的な花の香りを漂わせていた。女はあの香りを夜の闇の中にも、ヒロトの部屋の中にも、たっぷりと残していった。

ジャスミンの香りだった。

江島茉莉花で検索をかけた。雑誌のインタビュー記事が見つかった。写真が載っていた。黒髪をまとめ、白衣を着た彫りの深い美女。首に勾玉《まがたま》の形のシルバーのペンダントが光っていた。あの晩の女だ、と確信した。わたしはほんの一瞬、街灯の明かりで見ただけだ。あの女も彫りが深いように見えたが、光と陰による錯覚かもしれない。それでも確信は揺るがなかった。彼女だ。

インタビュー記事を読んだ。江島茉莉花は父と叔父をガンで亡くした。二人は茉莉花の祖父の開業した江島病院を発展させるため、医者としても経営者としても身を削って働いた。その結果、まだ働き盛りのうちに病に倒れたのだ。二人は雄々しく痛みに耐え、ペインコントロールをなかなか受け入れなかった。だが、苦痛に耐える患者を見守るのは家族にとっても辛い。痛みをとることは、身体的苦痛を和らげるというだけではない。精神的な不安を和らげる役にも立つし、落ち着いて仕事や家事に向き合うこともできる。その結果、死への恐怖を少しでも弱める役に立つ……。

バスが啓論大付属病院停留所に停まった。大勢が乗り込もうとしていた。頭を冷やして歩くため、降りることにした。バスの外は涼しかった。風はない。雲の多い空だが、ところどころ雲が抜け青空が見える。硬質な、冬の始まりの青だ。

桜井から着信があった。歩きながら受けた。彼の罪悪感はまだたっぷり残っていた。江島茉莉花の自宅の住所や自家用車の情報を調べてくれと頼むと、二つ返事で引き受けてくれ、さらに付け加えた。

「青沼李美の駆け落ち相手のサトーな。ようやく本名がわかったよ。青沼光貴に対する暴行と恐喝の被害届を探してもらったんだ。なんせ二十年以上も前の書類だから、見つけ出すのに時間がかかったわけだ。えーと、名前は佐藤和仁《さとうかずひと》、昭和三十六年四月二十二日生まれ。失踪したのが一九九三年の七月十日前後だから、当時三十二歳だな。本籍地、千葉県佐倉市。失踪当時の住所は三鷹市下連雀四丁目の〈ハイツ雀の巣〉二〇一号室。捜索願を出したのは大家だね」

わたしは盛大に感謝し、ほめたたえた。桜井はふん、と鼻を鳴らした。

「望月は実地では使えないが、資料調べは得意でね。書類とデータの山に埋もれるのが好きだなんて、最近の若いのはどうかしてるよ。オレなんか一日社内にこもってると、全身からキノコが生えてきそうな気がする」

「だったら彼にデスクを任せて、桜井さんが外に出れば？」

「真面目な話、管理職を引き受けたのは失敗だった」

桜井は言った。

「五十を超えたし、うっかり体が楽な方を選んだんだ。腰も膝もきてるし、いざというとき動けないと、オレらの商売じゃ比喩じゃなくて命取りだもんな。ま、この業界、腰痛持ちも膝痛持ちも多いけど。葉村はまだ平気か」

「おかげさまで今のところ」

仕事終わりには寝込むけど。

「そうか。ま、始まったら言ってくれ。オレのとこにはいろんな腰痛情報が集まってくるから」

「ひょっとして〈狐とバオバブ〉の良くない噂とやらも、それで知ったわけ？」

桜井の音声が不自然に途切れた。しばらく沈黙が続いて、やがて戻ってきたときには音の反響はさっきと変わっていた。場所を移動したらしい。

「悪い。外階段に出たんだ。ちょっと社内じゃ話しにくいことでさ」

「なによ」

「お察しの通り〈狐とバオバブ〉の噂は腰痛がらみで出たんだよ。葉村おまえ〈花園エージェンシー〉の佐古《さこ》さん知ってたか。少し前に亡くなった」

花園はこの業界では老舗の探偵社で、佐古とは十年近く前に一度だけ仕事をしたことがあった。大先輩ではあったが、当時わたしはパシリのようにこき使われ、あまりいい印象はない。

「佐古さんは宿痾《しゅくあ》の腰痛を治そうと、整形外科はもちろん脳神経外科、ペインクリニック、心療内科から鍼灸院、整骨院、はては催眠術師や拝み屋までかかり歩いた人なんだが、それでも痛みが取れず寝られないと、睡眠薬や鎮痛剤に手を出した。効かないと倍でも三倍でも飲んじゃううえに、効き目がきつくなると聞いて、わざと睡眠薬をグレープフルーツジュースで飲んで、痙攣《けいれん》発作起こして病院に担ぎ込まれたこともあったそうだ」

「めちゃくちゃじゃない」

「めちゃくちゃな人だったんだって。女装して清掃員に化けて、新宿にあった有名なラブホの部屋全部に盗聴器仕掛けたって伝説があるんだから。それがそのラブホに人妻連れ込んでたマル暴の刑事にバレて、取調室でボッコボコにされた。腰痛はそれ以来なんだと。しかもね」

「その話は今度ゆっくり。焼き鳥と一緒に聞くわ」

「ああ、いいねえ。とにかく、佐古さんはまともな病院では薬を出してもらえなくなって、モグリの医者だの闇サイトだの売人だのから買うようになった。そんなんで長生きできるわけなかろ。一人暮らしで家族もいなくて花園の後輩が発見したんだけど、二週間たってたってさ。死因は薬物中毒死。オピオイド系の鎮痛剤とベンゾジアゼピン系の催眠鎮静剤を一緒に服用したんだな。この組み合わせ、『死刑囚のカクテル』っていうらしいよ」

うわー。

「佐古さんは〈花園エージェンシー〉がバブル後負債を抱えたとき、貯金と親の遺産を持ち出して会社を助けたから、仕事ができなくなっても社長は給料を振り込んでたんだな。おかげで花園にも捜索が入った。ただ佐古さんの状態はみんな知ってたから、おおごとにならずに所轄署で片づいた。噂が出たのはそのあとだ」

桜井はさらに声を低めた。

「佐古さんは死ぬ前元気そうで、腰痛なんてすっかり忘れた、久しぶりにオネーチャンのいる店にでも行くか、と嬉しそうにしてたそうだ。羨ましがって治療法を根掘り葉掘り聞いた相手に、吉祥寺の〈狐とバオバブ〉って店を知ってるか、あそこの飯はスパイシーで腰痛に効くこともあるんだぜ、とニヤニヤしながら言ったんだと」

「それ、誰が聞いた話なの？」

「噂だからそれはわからん。第一容疑者はうちの専務だけどね。佐古さんとは腰痛仲間だったんだ」

なるほど、だから外階段に出たのか。

「薬の出どこはだから、〈狐とバオバブ〉なんじゃないかと噂を聞いた人間はみんな思ったわけだけど、うちの社内にその話が出回ってすぐ、社長が箝口令《かんこうれい》を敷いたんだ」

「それって、当麻警部が〈狐とバオバブ〉を調べ始めたからかしら」

〈東都総合リサーチ〉の社長は元警察庁出身者だ。

「どうだろうね。あの警部にも同じ話はしたけど、初めて聞くみたいな顔してたよ。ただアイツもタヌキだからね。とっくに社長から聞かされて……あーっ。だとしたらマズいじゃん。オレが箝口令を破ったの、社長に筒抜けだよ」

いくら性格が悪くても、当麻がそんなことまで社長に告げ口するとは思えないが、桜井はガックリしたようだった。やたらため息をつきながらデスクに戻り、江島茉莉花の自家用車の車種とナンバーを教えてくれた。世田谷ナンバー、シルバーのハイブリッドカー。

通話を終えて気づくと、わたしはすでに江島病院の前にいた。頭を冷やすまもなかったな、と思ったとき、病院の地下駐車場から一台の車が出てきた。世田谷ナンバー、シルバーのハイブリッドカー。女優さんがかけるような大きなサングラスをした白衣の女性が運転していた。サングラスのせいもあってか、顔がものすごく小さく見えた。胸元にシルバーのペンダントが光っていた。

江島茉莉花だ。

反射的に追いかけた。もう少しで車に手が届くほど近づいたところで、車はハンドルを左に切り、吉祥寺方面への道に乗り入れた。前を見た。三百メートルほど前の信号が青だった。歩行者信号が点滅を始めている。このままなら、茉莉花の車は信号に引っかかって停まる。

わたしは歩道を走った。案の定、茉莉花の車のブレーキランプが赤くなった。よしよし、追いつける。

次の瞬間、右足が歩道のブロックに引っかかった。足がもつれ、前のめりになった。かろうじて転ぶ瞬間に左足が出て体を支えた。足の裏が大きな音を立てて地面を打った。通りがかりの人が、びっくりしたようにこちらを見ていた。顔が赤くなっているのを意識して、下を向き、立ち止まった。体と転ぶ勢いと走るスピードすべてを受けとめるハメになった左足の膝が、ガクガクしていた。

のそのそ歩きながら、前を見た。茉莉花のハイブリッドカーはまだ信号で停まっていた。だが、もう走る気にはなれなかった。転びそうになったショックで心臓が激しく脈打っていた。信号が変わり、茉莉花の車がその交差点をすぎた先で左折するのを見送った。

ゆっくり歩きながら考えた。そういえば、しばらく運動らしい運動をしていなかった。一ヶ月前の川崎での張り込み。石和梅子の尾行、それによるケガ、そしてあの火災。おとといの夜、当麻が訪ねてくるまで散歩すらしていなかった。だからだ。使わないから足腰が緩んだのだ。経年劣化というわけではない。絶対に。そのはずだ。

膝から足の甲、太ももなどあちこちが鈍く痛かった。おかげで〈花園エージェンシー〉の佐古の気持ちが少しわかった。探偵にとって足腰は重要だ。この時代、電脳世界の調査でいろんなことがわかるようになった。それでも直に見たり聞いたりすることで得られる情報は、文字やデータの情報の域を超える。相手の呼吸や体臭の変化、まばき、手や足の置き方、体重移動の回数や方法も貴重な情報だ。ただ、こういうのは数値化もマニュアル化もできない。人と会って、自分なりに受け取って、学んでいくしかない。

だから情報を取りに、人に会いにいくための足腰は重要だし、腰痛でそれがままならなくなったとき、佐古があらゆる手を尽くそうとした気持ちはわかるのだ。飛べなくてもブタはブタだが、歩けない探偵は探偵ではいられない。

茉莉花の車が左折した道にたどり着いたときには、膝が少しだるいだけで、足の痛みはほぼおさまっていた。来てみて思い出したが、その道は〈狐とバオバブ〉の店舗の裏の駐車場に続いていた。世田谷ナンバー、シルバーのハイブリッドカーがあった。助手席にサングラスが投げてある。駐車場の片隅にブリキ缶を改造して作った灰皿があって、シェフ服やウェイターのお仕着せを着た五、六人が、だらしなくしゃがんだり立ったりし、煙の上がるタバコ片手にスマホをのぞき込んでいた。

時間を見た。午後三時を過ぎていた。駐車場はガラガラで、駐輪場にも数台の自転車が残っているだけだ。入口脇のランチの看板はすでにない。

扉を開けて中に入った。

先日に比べれば店内はガランとしていた。それでも三割ほどの客がいた。遅いお昼をかきこんでいる病院スタッフ、近所から来た子どもづれ。銀のお盆を抱えたウェイターが眠たげにレジスター脇の壁にもたれかかっている。

江島茉莉花はカウンターにいた。背中を丸めて肘をつき、カップにかじりつくようにしてコーヒーを飲んでいた。近寄って、隣のスツールに這い上り、名刺を出して自己紹介した。茉莉花は名刺を指で弾いた。

「これ、アキラって読むの？」

ひび割れた低い声だった。彼女が医者でなければ、大酒飲みのヘビースモーカーと思うところだ。

「はい」

「葉村晶。だったらヒロトに聞いた。彼の欠けた記憶を埋めてくれるかもしれない探偵だって」

「ヒロトのこと、よくご存知なんですね」

江島茉莉花はわたしをじろっと見た。アイライナーが黒々と目を強調し、薄いグリーンのアイシャドウが白い肌を引き立てていた。白衣の下にエメラルドグリーンとグレーと黒のボーダーの薄いセーターを着て、ストレッチジーンズを履いていた。シルバーのペンダントが、彼女の薄い胸の上でシャンデリアの光を反射した。実物は勾玉というより胃袋の形に見えた。

「あんたよりはるかに知ってるわよ、探偵。彼が生まれる前からの付き合いだもの」

「青沼光貴さんとは啓論大学医学部で同期だったと聞きました」

「そうね。光貴は父親の期待と重圧に耐えきれずに医学部から逃げ出したけど」

「彼が海外を放浪するようになった理由はそれだけですか」

カウンターの隅でグラスを拭いていたウェイターが寄ってきた。茉莉花が、こちらの探偵さんにもコーヒーを、と言った。どことなくトゲのある言い方だった。ウェイターは目をあげ、わたしを確認し、かしこまりました、とカウンターのいちばん奥に行ってズボンのポケットからスマホを出し、こちらに背を向けた。

「それだけ？　それ以上の理由がいるかしら」

「そうですね、例えばあなたから遠ざかりたかった、というのはどうでしょう。一介の製薬会社の営業マンの息子と、大学にも太いパイプのある地主一族で大病院院長の娘ですからね。ロミオとジュリエットは言い過ぎにしても、彼には重荷だったんじゃありません？」

茉莉花が頬杖を外し、真っ向からこちらを見た。それから破顔した。つるんとした頬に年齢相応のシワが生まれ、急に生々しく感じられた。

「うがったこと言うのね。ま、確かに。うちの父や叔父が元気で、彼のお父さんが光貴と私の付き合いを知って張り切るあまり、妙な出しゃばりかたをしなければ、ヒロトはあたしの息子だったかもしれない」

コーヒーが来た。ランチの間中、保温機の上で惰眠を貪《むさぼ》っていたコーヒーだった。ぬくぬくとした環境に長くいるとえぐみが出る。コーヒーも、人も。

「でも、そうはなりませんでしたよね。光貴さんはすべてを捨てて逃げ出し、李美さんと結婚し、あなたは江島琢磨院長を婿養子にした」

「琢磨は婿養子じゃないわよ。誤解する人が多いんだけど、アレは従弟なの。死んだ叔父の息子。中途半端な金持ち一族がもっとも恐れるのはなんだかわかる？　自分たちの財産を、赤の他人に持っていかれることよ。だからあたしと従弟を結婚させて、病院の実権や江島の財産を守ることにしたわけ。言ってみれば、会社同士の合併みたいなものね。おかげであたしは息子を持ちそこねたわけだけど」

茉莉花は挑戦的に言い放った。この言葉の意味がわかるか、とでも言いたげだ。わたしは受けて立った。

「あなたのインタビュー記事を見ました。お父様と叔父様、二人がガンによる痛みに苦しむ姿をみた。従弟との間に子どもができたとして、その子がガンを発症する確率は」

「高いわね。でも、人より少しは高いってだけよ。将来ガンを発症するかもしれないから、子作りをしなかったとでも？　探偵、あんた恋に落ちたことないでしょ」

「幸いにして」

茉莉花は爆笑した。その笑い声は天井の高さまで吹き上がり、シーリングファンの風に乗って店中に広がった。

「確かに幸いだわ。あれは面倒よ。若い頃はそれでも、じきに冷めると思った。目の前から光貴がいなくなって、別の男と結婚できればね。でも、そうはいかなかった。神経パルスをコントロールするのはおっそろしく大変なの。痛みを取れば、別の副作用が襲ってくる。恋を忘れられなくて、結婚が形だけのものになる」

「だから光貴さんが帰国したとき、この店の店長を任せたんですか。彼を囲い込むために」

「彼の首に縄をつけたことはないわよ。そのつもりなら夫婦で雇ったりしない」

「では、李美さんがいなくなった後、光貴さんと？」

「そこはご想像にお任せするわ」

茉莉花は微笑んだ。歪んだ笑みだった。妙な気がした。夫と生まれたばかりの赤ん坊を置いて、男と駆け落ちした妻。形だけの結婚をした茉莉花。光貴は大病院や父親その他の重荷を感じることなく、茉莉花との関係を復活できた。少なくとも、見かけ上はそのはずだった。

カウンター内で少し距離をとって立っていたウェイターが、わたしの背後に目をやった。厨房へのドアから見覚えのある男が入ってきた。〈樋田〉という名札をつけていた。光貴の後釜に座った店長だ。あのときサラミを持ってきたのと同じおどおどした若いウェイターを従え、店を見回している。

くそ。

わたしは早口になった。

「火事の前の晩、〈ブルーレイク・フラット〉のヒロトの部屋にきてましたよね。ジャスミンの香水をつけて。今日はつけてないようですけど」

茉莉花はとろんとした目でわたしを見た。

「これでも医療従事者よ。仕事中、香水はつけない」

されてました」

「あの晩、ヒロトの部屋でなにをしてたんですか。あなたが帰った後、彼はひどくうな

茉莉花が口を開いたとき、わたしの肩に手がかかった。樋田店長が背後に立って、茉莉花に言った。

「これが先生を困らせている探偵ですか」

「別に、困っちゃいないわよ」

茉莉花がはすっぱに言って、樋田に手を振った。樋田店長は動かなかった。

「そうは見えません。出ていってもらいましょう。おい、あんた」

肩をぐいと引かれて、スツールから落ちそうになった。わたしはカウンターの下の板を蹴り、スツールを回転させ、その勢いで店長の腹めがけて肘鉄《ひじてつ》を食らわせた。ほどほどの手応えがあって、樋田は体を二つ折りにした。若いのとカウンターの中にいたの、二人のウェイターが棒立ちになった。

「いて欲しくないなら口で言えばいいでしょう。暴れてもいない相手の体に触れたんです。こちらにとっては身を守る口実になります。でもまあ、警察を呼びたければどうぞ。探偵ってのは警察沙汰に慣れてるんでね」

樋田は腹を押さえたまま動かなかった。わたしはスツールから滑り降りた。茉莉花が低く笑いながら言った。

「ようやく楽しくなってきたのに帰っちゃうの、探偵さん」

ウェイターにわたしが探偵だと知らせたのはあんただろ、と言い返したい気持ちを抑

えてうなずいた。

「また、あらためてうかがいます」

「あんたとはゆっくり話したいわ、探偵。今度、邪魔の入らないところで一杯つきあいなさいよ。明日の晩なんかどうかしら。連絡する」

どちらかのウェイターがひゅっと息を吸い込んだ。本気の約束なんだろうかと思いながら、わたしはコーヒー代をカウンターに置いた。立ち去るとき、茉莉花は指の先でわたしの名刺を弄《もてあそ》んでいた。

18

吉祥寺方面に向かって早足で進みながら、痛快と後悔の間を行ったり来たりした。エルボーがうまいこと決まったよな、と顔がほころんでしまう一方で、あんなところで騒ぎを起こすなんて、と自分を責めた。でも最初に手を出してきたのは向こうだし、とはいえ穏便に立ち去るべきだった、四十歳過ぎての暴力沙汰なんて最低、それでも茉莉花と次の約束ができた、だからまあ、五分五分か……。

狐久保の交差点で、我に帰った。これからどうするか、考えていなかった。巣鴨に出向くにはまだ早い。出石武紀とは遊川聖抜きで話したい。

そう言えば、青沼李美の駆け落ち相手、サトーこと佐藤和仁。かつて彼が住んでいた三鷹市下連雀四丁目はこのすぐ近くだ。二十年以上前の話だし、まだ〈ハイツ雀の巣〉

なるアパートがあるかどうかわからないが、行ってみても損はない。

交差点を西に向かい、むらさき橋通りに出て北上した。ナビを頼りに歩いて行くと、これがコンクリート造りの五階建て地下駐車場付きの建物に行き当たった。驚いたことに、これが〈ハイツ雀の巣〉だった。道に面して中庭があり、中央に植え込みがあってツタが緑濃く生い茂っている。向かって右側に地下駐車場へのスロープ、左側には建物内への出入口と郵便受、管理人室があった。

管理人室をノックした。間髪《かんはつ》を入れずにドアの脇の細長い窓がスライドし、犬が顔を出した。黒と茶色の毛が少し長めの犬種で、飛び出した目がマーティー・フェルドマンそっくりだ。犬はプルプル震えていたが、よく見ると震えているのは犬を膝に載せているおばあさんのほうだった。どうやらスライド窓の後ろのスペースにマッサージチェアを置き、すっぽり収まっているらしい。手編みのベストを着たおばあさんは、温かい歓迎の言葉を口にした。

「押し売りお断り」

ピシャッと閉まりかけたスライドガラスに犬が挟まれて、きゃんきゃん鳴き立てた。窓が再び開いて、おばあさんは震える指をこちらにむかって突き出した。

「お断りって言ったのになんだよ。最近の若いものは礼儀を知らないね」

「……こちらの大家さんにお会いしたいのですが。二十年ほど前に行方不明になった、佐藤和仁という」

みなまで言わせず、おばあさんは再度、指を突き出した。

「あんた。時は金なりって知ってるかい」

聞き込みのときは、四つ折りにした千円札をジャケットの内ポケットに入れておく。一枚取り出して窓枠においた。おばあさんの手が出るより早く、犬の前足が札を押さえた。おばあさんと犬は札を取り合って無言の戦いを繰り広げ、やがて霊長類が勝利を収めた。犬は悲しげに鳴き、おばあさんはリモコンのボタンを押した。おばあさんの震えが止まり、犬の震えも止まった。犬はおばあさんの膝を飛び降り、管理人室の奥へと駆けていった。

「佐藤くんね。よく覚えてるよ。アタシも店子の捜索願を出したのは初めてだったからね」

この人が大家だったのか。驚くわたしにおばあさんはみかんを出して勧め、自分も食べ始めた。

「大学に入学するときに引っ越してきたんだ。二〇一は他より広いし、うちは普通の大学生が暮らすアパートより割高だ。でも実家は金持ちであのコは一人息子だったからね。母親が挨拶に来たし、家賃はちゃんと振り込まれるし、盆暮れには時候の挨拶が送られてきた。本人はおとなしくて、ゴミ出しも挨拶もちゃんとするし、いい店子がきたと喜んでたんだけどねえ」

大家は首を振り、チュッと音を立ててみかんを吸った。

「大学を卒業してもここに住み続けてね。ネクタイ締めて、満員電車に揺られて会社勤めをしてた。でもいなくなる三年くらい前に両親が事故で死んで、タガが外れちゃったんだね。昼間っから缶ビール片手に道っぱたうろうろしてるから声かけたら、会社辞めてきた、って。それからは親の遺産で遊び歩いてた。昼過ぎまで寝て、飲みに出かけて明け方戻る。何ヶ月も海外旅行に出かけて帰ってこない」

「それじゃ、いついなくなったのか、わからなかったでしょう」

「あのコはさ、そんな具合でも家賃は遅れずに払ってた。旅に出る前には数ヶ月分をね。身を持ち崩したようでいて、親のしつけが骨の髄まで染み込んでたのさ。なのに六月末に家賃を持ってきて以降、連絡がとれなくなった。てっきりまた海外だろうと思ってたんだけど、旧盆の時期に二〇一が臭うって隣に言われてマスターキーで中に入ったんだ。食べ物が腐って鉢植えが枯れて虫がわいて、床にパスポートが落ちていた」

「それで捜索願を？」

「九月の終わりにね。うちでは『家賃三ヶ月未払い即退去』の契約になってる。他の店子の手前もあるし、二〇一をそのままにはしておけなかった。当時の佐藤くんは妙な匂いのタバコ吸うし、電話で大声で話すし、夏でも風呂に入らない。ヒッピーみたいな連中集めてパーティーを開く。隣近所から苦情も来てた。どっかでのたれ死んでるんじゃないかと思ったのさ」

「失踪時期が七月十日前後になったのは、どうしてなんでしょう」

「そのくらいの時期に、隣人が見たって言うから。ちゃんとした感じの女の人が訪ねてきて、佐藤くんが部屋に招き入れていたそうだよ」

「どんな人です？」

「それは知らないよ。元の隣人に聞いとくれ」

「その人、今もここに？」

「とっくに出ていったよ。どこの誰だか知りたいかい？　タダじゃ教えられないね。昔の住人の資料は天袋の奥のどっかなんだ」

「……で、それが佐藤さんが目撃された最後ですか」

大家はみかんの皮を丸めてスーパーのポリ袋に入れた。

「捜索願を出したとき、警察が佐藤くんの親族を調べて連絡してくれたんだけど、あのコの親が死んでからボツ交渉だって、残りの家賃もくれなければ荷物の引き取りも拒否された。それで、おしまい」

「結局、佐藤さんの荷物はどうしたんです？」

大家はずるそうにこちらを見た。

「おしまいって言っただろ。時は金なりだよ」

スライドガラスが閉まる前に、もう一枚、千円札を出した。大家が舌なめずりをして、手を伸ばしてきた。わたしは札を少し引っ込めた。

「お話を聞いてから、ということにさせていただきます」

「なんだよ、ケチ。ちゃんと話してるじゃないか。そもそもあんた、なんで佐藤くんを調べてんのさ。二十年以上、誰もあのコを探さなかったのに」

「佐藤さんじゃなくて、彼と一緒に駆け落ちした女性を探しているんです」

大家の目はさっきの犬並みに飛び出した。

「駆け落ち？　なんかの間違いだろ。女となら、ここで一緒に暮らせばいいじゃないか。金おいて逃げ出す必要あるかい。それともヤクザの愛人に手を出した？　うんにゃ、だったらすぐにでもその筋のが押しかけてきそうなもんだ」

「待ってください。部屋にお金が残ってたんですか」

大家は目をしょぼしょぼさせ、前のめりだった体を後ろに倒した。

「残ってたんじゃないかねえ。パスポート置いてったくらいだから」

うっかり口を滑らせたこのおばあさんが、未払いの家賃を回収するチャンスを逃すとは思えない。二十年前なら通帳と印鑑を持って銀行に行けば、他人名義のものでも現在ほどの苦労はなくお金が引き出せた。家賃どころか迷惑料もたっぷりいただけただろう。

「ひょっとして当時、通帳の中を見てはいませんか」

わたしは素知らぬ顔で言った。

「わたしは佐藤さんの失踪後の通帳に興味はありません。失踪した当時の佐藤さんのお金の動きが知りたいだけ。大家さんの記憶だけが頼りなんです。協力してくれるなら、たとえば今後、この調査に警察が絡んできたとしても、ややこしいことにはしないとお約束します」

言いながら千円札から手を離した。大家はわたしの顔をじっと見ていたが、さっと札をひったくった。

「そうだね、アタシの記憶じゃ十万単位のお金が出たり入ったりしてた。いなくなる直前に五十万が引き出されてたっけ。残高は百万前後だったかねえ」

「そんなに？」

大家はニヤッとしてわたしに言った。

「ね？　駆け落ちなんてなにかの間違いだよ。よく調べればわかる。なんなら佐藤くんの部屋の荷物、見てみるかい？　もちろんタダじゃないけど」

交渉の結果、地下駐車場に行った。奥の隅の二畳ほどのスペースに荷物が積み上げられ、ブルーシートをかけられていた。長い間放っておかれ、埃をかぶり、ブルーシートに巻かれた紐は真っ黒く粘ついていた。

こんなものを見るのに三千円の価値があったかとあやぶみながら紐を解き、シートを外した。段ボール箱と衣装ケース、ボロボロのベッドとソファが現れた。テレビやパソコンといった家電は見当たらない。二十年前のテレビってブラウン管だっけ、もう違ったっけと思いながら、箱を調べ、衣装ケースを開けた。

湿気を吸って、シミができ歪んだ段ボール箱の中身は主に、カセットテープやビデオテープ、レーザーディスクだった。カビが生えたり、くっつきあって取れないものもある。

アルバムもあった。佐藤和仁の両親が我が子への愛を込めて作ったアルバムだろう。生まれてすぐの両親に抱かれた赤ん坊から、這って立って歩み、ランドセルを背負い、やがて大学に入学するまで。八重歯がキュートな笑顔の写真ばかりで、その一枚一枚に、女文字でコメントが書かれていた。見覚えや懐かしさを感じさせる笑顔だった。団子っ鼻と同じく、最近ではあまり見かけないからだろうか。

それ以外の写真は、封筒に雑に放り込まれていた。冷たい駐車場の床にしゃがみ込み、目を通した。学生時代のもの、会社員時代のもの、おそらく旅行先で撮影したもの。〈狐とバオバブ〉で撮影されたと思しき写真も一枚、見つかった。背景に、あのバオバブの写真パネルが入っていた。

今のものより大きめのメガネをかけた佐藤和仁。ウェイターの制服に身を包んだ青沼光貴。遺影の光貴と比べて、当たり前だがずいぶん若い。

光貴は隣にいる、お腹の大きな女性をかばうようにしていた。93.4.18と写真の隅にあった。ヒロトが生まれる一ヶ月ほど前の写真だ。ということは、おそらくこれが青沼李美だ。

写真は褪色していたが、それでも青沼李美は印象的だった。鼻ピアス、ドレッド風の髪型、化粧も派手、でも若く、愛くるしい女性。ヒロトによく似たまっすぐな眉毛と切れ長の目……。

明るいところでよく見ようと、立ち上がりかけてよろけた。ベッドのヘッドボードにぶつかった。ボードの手前の板が外れ、ベッドの足が一本取れて荷物全体がドスンと傾いた。勘弁してくれ、と思わず口に出して言ってしまった。

ため息をつきながら、外れたボードを取り、元どおりにしようとして気がついた。板が外れたボードにはわずかだがスペースがあった。そこに、なにかが詰め込まれていた。引っ張り出した。

調べてみなくても、これがなにかは見当がついた。お茶のように乾燥した葉っぱを真空パックしたものだった。

三鷹駅まで歩いて出て、新宿で山手線に乗り換えた。巣鴨駅に着いたときには陽はとっぷりと暮れていた。五時半を過ぎたばかりで真っ暗だ。それだけで気分が滅入《めい》りそうになる。冬、寒いのはいい。暗いのが嫌だ。

途中で何度も牧村英恵のスマホに連絡を入れたが、反応はなかった。無視しているのか病院にいて出られないのか。彼女はわたしを嫌っているが、調査には関心を持っている。これだけ立て続けに連絡すれば、気にはなるはずだ。

教愛大学事務局の坂戸水穂がたびたびSNSで紹介していたワインバーは、巣鴨駅から白山通りへ向かう途中にあった。白い帆布風の店舗テント、木枠にガラスの入口、ガラスには白いペンでフランス語の店名が書き込まれている。白木のカウンターの内側には、まっ白いシャツの男性が入っていた。

ドアを開けて、店に首だけ突っ込み、坂戸さん来てませんか、とマヌケな声を出してみた。男性は店の外へ目をやり、にべもなく答えた。

「彼女はもう、ここには来ません」

首を引っ込めて、男性の視線の先を見た。ブルーの蓋つきのゴミ容器があった。男性からは見えない位置に移動して手を伸ばし、蓋を開けてみた。ガラスの破片が大量に入っていた。ワインバーだからガラス製品のリサイクルに出す瓶は多いとして、わざわざ砕いたりしないだろう。誰かが、例えば仕事を失うことがはっきりした女性などが、腹立ちまぎれに叩き割ったのだ。

マンションに行った。十八階建てのどの部屋が彼女の部屋か、下から見上げて数えてみてもよくわからなかった。チャイムを押したが返事はない。周囲の飲食店をのぞいてみた。坂戸水穂らしき女性の姿は見当たらなかった。

うろうろしながら九時まで待った。彼女は帰ってこなかった。さすがに疲れてきた。未明に三鷹台から戻り、ろくに眠らずに朝から出石や遊川に会った。郡司に呼び戻され、井の頭江島病院から〈狐とバオバブ〉、佐藤和仁の調査、そして巣鴨。密度の濃い一日だ。勢いがついて止まらなくなっているとも言える。こういうときは要注意だ。気をつけないと、なんかやらかす。

帰ろう。

白山通りを渡り、巣鴨駅まで戻った。わたしが改札に入るのと入れ違いに、見覚えのある女性が山手線のホームから降りてきて、改札を通り抜けていった。坂戸水穂だ。引き返そうとしたがICカードが拒否された。有人改札口にまわり、行列に並んでようやく出たときには、坂戸水穂の姿はなかった。

駅からマンションまでの道を、飲食店を中心に探し歩いた。彼女らしき姿はなかった。もう帰宅したのかとチャイムを鳴らしたが返事はない。

左の膝に違和感を感じながら、あきらめて駅に戻った。途中、自動販売機の前で坂戸水穂に出くわした。大きなお尻をこちらに向けて、外股で自販機にかがみこんでいる女性を見かけ、前にまわってみたら彼女だったのだ。坂戸水穂はビールを自販機から取り出すのと同時にプルトップを引き上げ、自販機の脇の暗がりで缶に口をつけた。

「坂戸さん」

彼女は口からビールをふき出しながら振り返った。

「青沼ヒロトについてお話があります。お時間いただけませんか」

坂戸は泡まみれになったビール缶を体から離し、くるりとこちらに背を向けて歩き出した。追いかけた。

「ちょっと待ってください」

「ノーコメント」

「彼が死んだことはご存知ですよね。なのになにも言うことはないんですか」

坂戸は無言で息を荒げ、がに股でドタドタと歩いた。わたしは左膝をかばい、彼のためにもお話を、ご迷惑はおかけしませんから、と声をかけつつあとを追った。そのうち、だんだんおかしくなってきた。夜道で繰り広げられるおばさん二人の追跡劇。行き合った人々が迷惑そうに道を開け、あるいは振り返り、こちらを見ている。

マンション前の横断歩道の赤信号で、ようやく坂戸水穂に追いついたときには笑いが止まらなくなっていた。彼女は気味悪そうにわたしを見て、言った。

「なに、あんた。これ以上つきまとうなら、ケーサツ呼ぶよ。どこの週刊誌か知らないけど、話すことなんかなにもない。クビが決まったからって、古巣の悪口ペラペラ喋るような女だと思ってんなら大間違いだ。これでも教育機関の人間だよ。大人は若者の手本になるべきなんだ。理不尽な目にあわされたからって、なんでもかんでも暴露して溜飲を下げるようになっちゃいけない、誰かが身をもってそれを教えなきゃいけないんだ」

感動的なスピーチだった。たとえ片手に泡を吹いたビール缶を持ち、足にあわないヒールがすれて薄汚くなっていても。わたしは笑いを引っ込めた。

「失礼しました。でも、ヒロトの」

「ノーコメント」

坂戸水穂はそっぽを向いた。クビが決まっても、チャーミングなおばさんになる気はいっさいないらしい。

「でしたら、ひとつだけ教えてください。ヒロトのバディのブンペイくん。苗字はなんていうんですか。それだけ聞いたら帰ります」

「ブンペイ？　誰よそれ。彼のバディはヴェトナム人留学生で」

坂戸水穂はハッとしたように黙った。信号が変わった。わたしは頭を下げてその場を去った。一度だけ振り返った。青信号の前で、坂戸水穂は缶ビールの神に祈りを捧げるように両手を広げ、立ちつくしていた。

山手線、京王線と乗り継いで帰りながら、ヴェトナム人の名前について調べた。ついでに教愛大学とヴェトナム人留学生について調べ、千歳烏山《ちとせからすやま》あたりで興味深い事実にたどり着いた。おかげで、遊川聖が警戒心を抱く理由に目星がついた。

仙川駅に帰り着いたのは十時半だった。スーパーで半額シールを貼られた弁当を物色していると、背後から声をかけられた。飛島市子だった。彼女はバツが悪そうに視線をそらし、口ごもりながら言った。

「その、先日は言いすぎました。お義父さんのことで騒いで欲しくなかったもので」

面食らいながらも、なんとか声を出した。

「こちらこそ、出すぎたことをしました」

「いえ、どうせ伯母が頼んだんでしょう。それがわかっていながら葉村さんに当たり散らしました。申し訳ありませんでした」

市子は深々と頭を下げた。わたしは、いや別に、ともごもご答えた。照れ臭くはあったが、悪い気はしなかった。〈スタインベック荘〉の最後に、大家の姪からとっとと出てけと言われた、という記憶がスタンプされるよりよほどいい。

「あの、お詫びの印に一杯おつきあいいただけませんか。ご馳走します。と言っても時間が時間だし、そこの居酒屋くらいしか開いてませんが」

「ありがたいけど、仕事で明日も早いので」

「どうせ食事はしなくちゃならないでしょ。四十五分だけ。十一時十五分には解放しますから」

「いや、でも」

「お願いですからお詫びさせて。この通り」

市子は大きな体を丸め、手を合わせてみせた。

近くの雑居ビルの居酒屋チェーンに行った。市子は焼き魚とおにぎり、漬物の盛り合わせなど、晩御飯のようなものを注文した。飲みたくない気分を察したのか、ジョッキではなく瓶ビールとグラスを取りに行き、注いでくれた。

乾杯をしたが、場はまったく盛り上がらなかった。彼女はわたしの目を見ようとせず、

読書の趣味はない。わたしの方はスポーツや音楽に興味がない。あちらには愛する家族がいて財産がある。こちらは貧乏な独り者だ。途中、やけになって飛島一郎が放蕩から帰ってきたか尋ねたが、市子はええ、と答えただけで、ゴシップにも愚痴にも転ばなかった。ビールを膝に垂らしてしまってからは食べることに集中したが、おいしくもなかった。

十一時十五分ちょうどにお開きになった。駅前の桜の木の前でおやすみの挨拶をして飛島市子と別れたときには、心底ホッとした。

駅近の跨線橋を渡り、線路沿いの道を〈スタインベック荘〉に向かってひとり歩いた。線路の向こうのラーメン屋から強烈な豚骨臭が漂ってきた。線路沿いの家からシャンプーの香りと、桶を風呂の床に置いたときのぽこん、という音が聞こえた。

少しのビールが効いていた。頭がふわふわし、めまいを感じた。寝不足で疲れているからだろうか。この二日ほどでいきなり探偵モードに戻った。それまでのブランクは長かった。思った以上に体力を消耗……。

膝に力が入らなかった。カクンと前のめりに折れて、わたしはその場にへたへたと崩れ、線路脇の金網をつかむまもなくアスファルトに座り込んでいた。あれ、と思った。なんだろう、全身に力が入らない。

ショルダーバッグを抱え込み、落ち着こうとした。だが動けなかった。目の前に黒い幕が降りつつあった。

19

目の前をうさぎが走っていた。見知ったうさぎだ、あとを追った。うさぎは体を横に振りながら、遅れちまった遅れちまった、とつぶやいていた。待ってと叫んで肩に手をかけたが、振り向いたうさぎの顔はこすれて消えていた。消えた顔のままうさぎは悲しそうに燃え上がり、溶けていった。誰かがなにかをかけてきた。やめてくれ、と暴れて相手に頭突きをした。

相手はうめき、差し歯が、と言った。無線の音がした。立てと言われて立とうとしたが、足がいうことを聞かずにその場に崩れ落ちた。誰かが舌打ちをして、酔っ払いが、と言った。弁護人がどうこうというやりとりがあった。車に乗せられた。引きずられ、荷物を奪われ、臭い布団に投げ出された。嫌な気分だった……。

うっすらと目を開けた。

開けた感覚はあったが、光はなかった。わたしはため息をついて寝返りを打ち、もう一度、眠りに向かってダイブした。誰かが故障した心臓をわたしの頭に押し込んで、蓋をして鍵をかけたのかもしれない。痛みは規則正しく送り出されてきたが、ときどきヤギを連れてアルプスを散歩しているみたいに楽しげにスキップした。

頭を抱え込んでじっと耐えた。そのうち意識が飛びかけた。身を任せようとしたら、胃からなにかが逆流してきた。その気持ち悪さで目が覚めた。なにを考えるまもなく布団から出た。ひたすら這っていくうちに、便器に出くわした。

　ひたすら気分が悪く、起き上がることもできないまま、さらに二回、便器に顔を突っ込んだ。こんなひどい二日酔いは初めてだった。何度もおくびが出て、胃液を吐いた。起き上がろうとしたが力が入らない。

　寝ては起き、吐いて、また倒れ込んだ。何度目かで頭を持ち上げて座ることができた。めまいがした。耳鳴りも止まらない。腕がかゆい。これは異常だ。

　鼓動が早まった。おかげで頭の中の誰かの心臓も早まり、痛みがビートアップした。よけいに怖くなってきたのを、必死で制御した。大丈夫、苦しいだけ。痛いだけ。最悪でも死ぬだけ。大丈夫。

　体を丸めて呼吸に集中していると、少しずつ脈が落ち着いてきた。もう一度目を開け、薄い布団から身を起こし、座って周囲を見回した。

　狭い部屋にいた。天井の高いところにあるすりガラスの窓から、光が斜めに差し込んでいた。掃除が行き届き、薄いベージュピンクに壁が塗られて比較的新しい。だが部屋の隅に便器、目の前が鉄格子というインテリアがなにもかも台無しにしていた。

　どうやらわたしは、どこかの警察署の留置場にいるらしい。

　酔っ払って地面に転がっているところを保護留置という名目で連れてこられたのか。そういえば誰かに頭突きした夢を見た。あれは本当に夢か。まさか、やっぱりなにかやらかしたか。それで逮捕されたのか。

　待て待て。そもそもわたしは酔っ払ったのか。飲んだのはビールをグラスに二杯だけだ。それでここまでひどいことになるだろうか。なにかの病気か。いや違う。全身から酒の臭いがしていた。着ている服からだ。誰かが倒れたわたしに酒をかけたのだ。酔っ払いと見せかけるために。だとすると、わたしは酔っ払いではない。誰かに一服盛られたのだ。

誰に。

思いあたる相手は一人しかいなかった。飛島市子だ。彼女がわたしを半ば強引に居酒屋に連れて行き、瓶ビールをわざわざ取りに行ってグラスに注いだビールを飲ませた。誘っておいて場を盛り上げようともせず、わたしから目をそらしていた。そして彼女は薬科大卒、おそらく薬剤師の資格を持ち、どの薬をどの程度飲ませればどう作用するか、それを知っている。

いや、でも、なぜ。

彼女は飛島一郎の件でわたしに腹を立てていたが、それでここまでするとは思えない。ことによると彼女は、ママ友だの、息子とサッカーのポジションを争うライバルだの、口やかましい隣人だのといった、いけ好かない相手に一服盛って恥をかかすのが三度の飯より楽しみなのかもしれないが、だとしてもそれをごまかすためにあとで相手に酒をかけたりはしないだろう。検出できない薬はいくらでもあり、彼女にはその知識もあるのだ。

鉄格子の奥で足音がした。制服の女性警察官がやってきて、わたしの様子をうかがった。

「気分はどうですか、七番」

思わず振り返った。誰もいなかった。女警の目はまっすぐにわたしを見ていた。どうやら、七番というのはわたしのことらしい。なんとラッキーな番号をもらえたことか。

「……最悪です」

「昨夜は酩酊状態だったので、あらためて所定の告知手続きを行います。立てますか」

「水をもらえれば」

扉が開き、水のペットボトルが差し出された。よく冷えた水だった。便器まで行ってうがいをし、そのあと、口の中で温めながらゆっくり飲んだ。本当はごくごく飲みたかったが、胃が暴れ出しそうでできなかった。

別室に連れて行かれ、住所氏名生年月日職業を聞かれ、答えた。逮捕手続き書に成城西警察署の文字が見えた。被疑事実は、泥酔状態で倒れていたところを助けようとした相手に頭突きをし、ケガを負わせたこと。刑法第二〇四条傷害罪。

「ゆうべはどれくらい飲んだんですか」

女性警察官に尋ねられ、正直にビールをグラス二杯と答えた。女警は怖い顔でわたしを見た。知り合いの薬剤師に一服盛られたと言ったら信じてもらえるだろうかと考えた。その薬剤師は三人の子どもの母親で、夫は厚労省に勤めるまっとうで立派な市民である。ゲロ吐いて頭突きをする本屋のバイト兼探偵とどちらを信じるか。オッズは一対一八〇。さあ張った。

話を聞かれている途中で、担当者がドアの外に呼び出された。やがて帰ってきたが、まだ書類作成の途中だというのに、説明もなく留置場の一番奥の部屋に戻された。水と朝ごはんが出てきた。ほとんど食べられなかった。事情聴取に呼び出されるのを心待ちにしていたのに、誰も来てはくれなかった。

そのまま何時間も放置された。人間どころかゴキブリすら現れない。人気がないのは相変わらずだ。

一日布団に倒れ、眠ったり、まどろんだり、ひどい頭痛に襲われたりした。ここから出せと叫んでみようかと思ったが、やめにした。そんなことで人気が出るなら、わたしはいまごろロールスロイスで張り込みをしている。

そのうち日が傾いてきた。寝ているのにも飽きて、起きた。布団をたたみ、立ち上がって、うろうろ歩いた。左ひざにまた違和感を感じた。変形性ひざ関節炎だったりしたら大変だ。なんとか筋肉をつけないと、歩けなくなる。

負担にならない程度にのんびりスクワットをしていると、朝とは別の女警がきて、おとなしくするように注意を受けた。わたしは被疑事実を聞かされたものの、弁護人を選任できると教えられておらず、こちらの弁解も聞いてもらっていないと指摘した。

「逮捕時に泥酔していた場合、酔いが覚めたら再度、告知手続きを行うんですよね。弁護士呼ぶからやってもらえません？　ダメなら知り合いの警察官に連絡してください。郡司翔一って言うんですよ、バッグに名刺が入ってます」

女警は一言も答えず、姿を消した。

窓から日が差さなくなり、明かりがついた。晩ごはんが出た。ようやく食欲が出てきた。豚肉の青椒肉絲とワカメの味噌汁、麦ごはん。よく嚙んで残さず食べた。

食べ終えてしばらくすると、洗面所に連れていかれて歯ブラシが出た。ぬるま湯で顔を洗った。寒かったがコートは返してもらっていなかったし、着替えもなかった。

明かりが夜バージョンに変化した。就寝が呼びかけられた。布団を敷いて震えながら寝転がり、〈ブルーレイク・フラット〉のあの部屋とどっちがマシか考えた。留置場にはぬるま湯があり、あの部屋にはなかった。あの部屋には人の話し声があり、留置場は静まり返っていた。あの部屋より留置場のほうが明るかった。鉄格子はいい。明かりが直に入ってくる。もっとも火事になっても逃げられない。

昼間さんざん寝たのに、まだ眠れた。気がつくと窓から光が差し込んでいた。バケツと雑巾が差し入れられ、掃除を命じられた。それがすむと、朝ごはんが出た。きれいに食べた。食後、また知らない女警に洗面所に連れていかれ、昨夜の歯ブラシを渡された。他に宿泊客はいないようだった。

窓から入る日の光がどんどん明るさを増していくのに、誰もわたしのところへは来なかった。逮捕勾留だけしておいて放置されている。本気で起訴するつもりなら、正式な手続きを踏むだろう。でないと後で問題になる。だが手続きを途中で打ち切ったということは、むしろちゃんとした逮捕にはしたくないという意図を感じる。

曖昧な状態でわたしをここにふた晩、隔離しておきたい人間がいるのだ。

手続きをしていないのだから、書類上、わたしはここにいない。ある意味、司法警察官のやりたい放題だ。

とはいえ苔のむすまで置いておくこともできまい。わたしを連行したパトカー乗務の警察官、留置場担当の複数の女警、その他多くの目に触れている。多少の逸脱行為を黙認するにも、四十八時間が限度だろう。

今晩十一時までには、なにか動きがあるはずだ。

それまで待つしかない。

自分でも呆れるほど冷静になり、壁にもたれてまた眠った。小一時間ほどで目が覚めた。昼食は出るのかな、と思った。ここに招待してくれた人間がケチじゃないといいのだが。確か昼食代は自分持ちだったはずだ。それとも税金で出してもらえるのか。どっちの予算になるのだろう。警察か、それとも。

あくびをするのにも飽きてあくびをしそうになっていると、ようやく七番、と呼ばれ、外に出された。女警についていくと留置場の出口まで連れていかれた。てっきり腰ひもを打たれるのかと思ったが、そのまま通り抜け、エレベーターで三階まで上がった。途中で壁にかかった時計が見えた。一時十三分だった。

通されたのは小会議室だった。腰は低いが目つきが尋常でない男が待っていて、成城西警察署生活安全課オダと名乗った。

「葉村晶さん。あなたがこの署に勾留されたのは間違いでした。このままお帰りになって結構です」

「はあ」

「すぐに荷物をお返ししますが、その前に。今回の留置について苦情等申し立てたい場合は、われわれではなく厚生労働省麻薬取締部へ願いたい。そもそも彼らがあなたを保護留置するよう通報し、ついで傷害罪で告発する用意があると匂わせ、しかし所定の手続きをとらないようにと要請してきたんです。おまけに先ほどすべて誤解だった、あなたの処遇についてはなかったことにして欲しい、と言ってきた。して欲しいといったって、事実上命令だ。同じ司法警察官でも麻取に命令される覚えはありませんがね」

「はあ」

「驚いてませんね」

オダはわたしを例の目つきで見た。わたしはあえてあくびをしてみせた。

「ふた晩タダで泊めてもらった恩義があります。この署を訴えたりしません。ご心配なのはそこでしょう」

女警がわたしの荷物を持って入ってきた。あのとき着ていたコートとショルダーバッグ。バッグの中身はトレイに並べられていた。スマホ、ケータイ、録音機、財布、ハンカチ、名刺入れその他。スマホに異常はなく、財布の中身も減っていなかった。郡司の名刺は別だ。これは財布から取り出されて、一枚だけトレイに並べられていた。

正式な手続きを踏まずに被疑者の荷物を調べるのはアウトのはずだが、わたしが自分で荷物の中に郡司の名刺があると言ったのだ。文句は言えない。

佐藤和仁のベッドから見つけた乾燥大麻を、そのまま見つけた場所に置いてきてよかったとつくづく思いつつ、荷物をまとめた。もし持ち出してバッグに入れていたら、麻取からなにを言われようが、警察もわたしを放ってはおかなかっただろう。

「それにしても葉村さんは変わった立場にいるようですね」

オダが半笑いを浮かべた。

「ゆうべ、そこの名刺に連絡を取ったら、うちのカイシャの上から状況を報告するように連絡がきました。でもすぐにもっと上から、勾留中の探偵には別命あるまで触るなと言われた。どういうことなんでしょうかね」

「さあ。わたしが警察上層部の動きに詳しいように見えます？」

茶化したつもりはなかったが、オダはムッとしたらしい。ぐいと顔を近づけてきて、低く言った。

「要するに、あんたのツルは思ったより太くないってことなんだろうな。それを肝に銘じておいたほうがいいぞ、探偵」

だから、警察を訴えるつもりはないってば。当麻をツルと思ったこともない。郡司に連絡してくれと言ったのは、おそらくわたしと連絡を取ろうとして取れず、腹を立てているだろうと思ったからだ。自分のせいでもないことで、あの面倒な警部を敵に回したくはない。少なくとも、郡司に頼んだ青沼家の監視映像を見せてもらうまでは。

成城西署を出て、小田急線の成城学園前駅に向かって歩いた。金はないが少しだけ贅沢をしたい気分だった。駅ビルの一階のスタバで本日のオススメコーヒーを買い、スーパーで二種類のサラダとサンドイッチを買ってエスカレーターに乗った。四階のフリースペースに空いているテーブルを見つけて座り、遅いランチを食べた。

勢いよく半分まで食べて落ち着いたところで、疑心にかられてバッグの中身をもう一度調べた。盗聴器も発信機もなかったし、スマホにスパイウェアが入っている様子もない。少し前なら自分の行動をバカバカしいと思うところだが、日本国民の身柄を不当に拘束しても、相手が探偵なら超オッケー。ってことらしいのが、今回の件であらためて身にしみていた。

　ランチの続きを取りながら、スマホを見た。郡司や桜井、江島茉莉花からと思われるものも含め、何件ものメールや着信があったが、開くより先にニュースを検索し、最新の記事を読んだ。十二月三日午前、井の頭江島病院とその関係先が厚生労働省の特別チームにより捜索を受けた、という内容のものだ。

　厚労省は以前より複数の情報を得て内偵を進めた結果、井の頭江島病院では架空のガン患者の治療をでっち上げて医療費の水増し請求をする一方、同じく架空の患者への使用を装って麻薬性鎮痛剤を横流しし、腰痛や膝痛の患者に密かに売りつけていたとみて、今回の捜索に踏み切った。関係先である江島院長の妻が経営する飲食店勤務の伊賀義昭《よしあき》四十七歳が麻薬及び向精神薬取締法違反の容疑で逮捕、江島琢磨院長とその妻も現在、麻薬取締部の事情聴取を受けている……。

　思った通りだ。

　指についたマヨネーズを舐めとり、コーヒーで流し込んだ。

　飛鳥市子は厚労省勤務の夫・賢太と職場結婚だった、という事実に麻取と今日のこのガサ入れとを足せば、全体の構図が見えてくる。井の頭江島病院は、高野咲の件で当麻が〈狐とバオバブ〉に目をつけて調べ始めるよりずっと以前から、麻取の調査対象になっていたのだ。相手は病院だ。警察より厚労省に早く情報があがる。おそらく最初の問題は医療費の架空請求だった。だがそれに付随して、オキシコドン密売の疑惑が浮かび上がった。そこで麻取も動き始めたのだろう。

気配はあった。例えば、飛島一郎の件だ。彼が江島病院に入院しているという噂があったが、市子はそれをあくまで否定した。だが実際のところ、本物の飛島一郎は本当にどこかの女と旅行していて、その間に誰か、おそらく飛島賢太の同僚が飛島一郎の保険証を使って一郎になりすまし、井の頭江島病院に潜り込んでいたのではないか。

ところが、岡部巴がそれを台無しにしかけた。市子はそのあたりをごまかすため、巴のアキレス腱である「仲町通りのスナックの女」を持ち出してヒステリーを起こしてみせたわけだ。

上司の反対で当麻茂の捜査が打ち切られたことも考えた。〈東都総合リサーチ〉の社長が〈花園エージェンシー〉の佐古が漏らした〈狐とバオバブ〉について、箝口令を敷いたことも。厚労省の上の方と、警察庁や警視庁の上の方面とに話し合いがあったと見るべきだろう。高級官僚には高級官僚のお友だちがいる。厚労省としては先に唾つけた捜査だ。警察に割り込まれたくはなかったと思われる。

さて、そこでわたしだ。江島病院には飛島一郎だけではなく、もっと以前から、もっと多くの捜査員が入っていたに違いない。そして内密に捜査を進め、もうちょっとで、つまり十二月三日午前中にガサ入れを決行する予定になっていた。

ところがその直前、わたしが現れた。探偵で、〈狐とバオバブ〉がオキシコドン密売に絡んでいる可能性について知っており、井の頭江島病院や〈狐とバオバブ〉をうろついている。しかも江島茉莉花と「明日の晩」すなわち二日の夜に会う約束をしていた。

　この探偵がオキシコドン密売について院長夫人を問いつめたりしたらどうなるか。病院側は潜入捜査を察知し、証拠を隠滅し、口裏を合わせてしまう。長い間の捜査がムダになる。そんなことはさせられない。どうにかして探偵をおとなしくさせておく必要があった……。


「でも本来なら、話せばすむことだと思うんですよね」

　わたしは飛島市子に言った。

　布田《ふだ》駅近くの京王線跡地近くの道には午後の光が降り注いでいた。暖かくはないが、冬の澄んだ空気を通した明度の高い光だ。農作物を売るためのコインロッカーが並んでいる場所に、ベンチがあった。透明のコインロッカーの中には、カブや大根、ほうれん草が入っている。市子の子どもたちはベンチ近くの水道で手を洗ってきて、わたしが成城で買ってきた〈平太郎〉のたい焼きにかじりついていた。

「吹けば飛ぶような貧乏探偵ですよ。天下の麻取だったら、その方しばし江島病院や〈狐とバオバブ〉との接触は禁ずる、とお達しするだけで十分だったのに。どうして薬物を盛るなんて危ない橋を渡ったんです？」

「どうしてここがわかったの。ここで遊ぼうって、上の子が言い出したばかりだったのに」

市子はこわばった声で言った。手汗がひどいのか、何度もスマホを落としている。

「巴さんに聞いたに決まってるじゃないですか。調布市土着の情報ネットワークはマジ探偵いらずだわ」

「葉村さんが今回のことで頭にきているのはわかるけど、子どもたちには」

「先走らないでください。それにわたしもまだ死にたくないし。あの薬はひどかった。留置場で何回吐いたと思います？　生きているのが不思議なくらい。次になにか盛られたら死ぬんでしょ」

市子は本気でショックを受けたようだった。

「副作用が少ないものを選んだんですよ。そうなったのは葉村さんの体質の問題です」

「その言い訳、一般に通じると思います？」

わたしたちはしばし無言で、美味しそうにたい焼きをかじる子どもたちを眺めていた。ややあって市子が言った。

「葉村さんが悪いんですよ。江島病院には近寄るなって言ったのに。おまけに主任に肘鉄食らわしたりするから」

あの店長、麻取の主任だったのか。血相変えて飛んできて、わたしを追い払おうとしたのはそのためか。にしても店長に出世するとはすごい。潜入捜査員の鑑《かがみ》といっていい。芝居がかった演説も納得だ。

「だから話してもムダだと思って強硬手段に出たわけ？　さすが国家権力の皆様はやることがえぐいわね」

わたしはたい焼きを食べている子どもたちに手を振った。市子が眉を逆立てた。

「いい。夫たちは国民を麻薬禍から守るために命がけで働いてる。あなたをほんのちょっと留置場に入れておくなんて、それに比べたらささいなこと。やろうと思えば本格的にあなたを陥れることだってできたのよ。伯母の手前、それじゃあんまりだから、逮捕歴もつかないようにはからってあげたんじゃない。子どもたちにストーカーめいたマネをするなら、夫も上も黙ってない。わかった？」

「ええ。よくわかった」

わたしはスマホを操作した。市子の声が流れ出た。『副作用が少ないものを選んだんですよ。そうなったのは葉村さんの体質の問題です』

「音声データはもう送った。てか隠した。ねえ、わたしこう見えて怒ってるんだけど」

青ざめ、口に手を当てた市子に言った。

「市子さんに怒ってるわけじゃない。あんた疑われないわけがないもの。やりたくないのにやらされた、だからあのときわたしの目を見られなかったんでしょ。わたしが腹を立てているのは、謀略めいたやり口でことをややこしくした連中によ。そいつらは力を誇示したかった。めんどくさい探偵と、その探偵にオキシコドンの密売捜査を打ち明けたりしためんどくさい警察官に。ついでに、命令する筋合いはないのに所轄署に命令してみせた」

膝を叩いて起き上がった。

「岡部巴さんにはお世話になった。騒ぎ立てて彼女の姪の生活を台無しにする気はない。

あんたの望み通り、できるだけ早く〈スタインベック荘〉から出ていくようにする。わたしの顔も、この音声データも、二度とあんたの前には現れないように努力してもいい。でないと、あんたの夫の出世にも響くでしょうしね。ただね、代わりに情報が欲しい。夫に相談してみてよ。どう？」

大柄な市子がしぼんで見えた。たい焼きを食べ終わった子どもたちがきゃあきゃあ笑いながら走り回り始めた。平和な光景だった。

調べて欲しいことを彼女に伝えた。

20

井の頭江島病院のニュースは多少なりとも世間を騒がせた。

放免になった日の夕方から翌日の朝にかけてのニュースショウでは、過去に江島院長が出演した映像や、高級腕時計をこれ見よがしにはめた宣材写真をたびたび流した。院長がFX取引で多額の損失を出していたとか、一時は名医として評判だったが最近では患者数が落ちていたとか、ブランド好きで高級外車を乗り回し、銀座の元ホステスとの間に隠し子がいたといった「噂」がエピソードとして並んだ。

おかげで、江島病院の事件はたいへんわかりやすい図式に収まった。浪費グセがあり金に困っていた病院長が国から診療報酬をだまし取った。ついでに、麻薬性鎮痛剤であるオキシコドンその他を架空の患者に投与したことにして、余剰分を横流しした。院長夫人の経営するレストランがその麻薬売買の舞台となった。長年、このレストランに勤めるウェイター、伊賀義昭が痛みに苦しむ相手に声をかけ、親身になって話を聞き、これはと見込んだ相手にだけ、高額で「痛み止め」を譲っていた。

うっかり取材に応じてしまい、

「あの店で貴重な痛み止めを紹介してもらったよ。内緒でって。おかげでずいぶんとラクになったんだ」

と語った老人は、テレビのレポーターから、それ麻薬だったんじゃないですかと突っ込まれ、いや俺そんなこと知らないよと慌てふためいていた。のちに同じ映像が同じ局の他のニュースで流れたときには、この老人の顔は加工してあったのだが、

「この人、たぶん国分寺の不動産屋だよ」

一緒にテレビを見ていた岡部巴は、柿ピーを食べながらそう言った。江島病院に通っていたこともあって人一倍この事件には興味があるらしく、土着ネットワークを駆使した情報収集も怠りない。

「やっぱり声かけた相手は金持ちばっかりなんだねえ。知り合いの奥さんなんか、腰痛で江島病院に通って帰りは欠かさず〈狐とバオバブ〉でランチして、ウェイターにも親切にしてもらっていたそうだけど、よく効く薬の話なんかひとっことも出なかったってさ。言っちゃなんだけどその奥さん、目が悪いせいか着てるもの毛玉だらけだし、自慢しいだから、特別な薬を分けてもらったりしたら吹聴して三多摩中を歩きかねない」

岡部巴は他にも、院長の愛人が銀座の元ホステスなもんか、三鷹の駅前で英語教室や

ってる幼馴染だよ、とか、患者数が落ちてたっていうけど、いつだって混んで待たされたのに、だのと地元の事情通をひけらかした。

「テレビのいうことはあてにならないね。ちゃんと取材してるんだか」

「じゃあ、ＦＸ取引の話も？」

「あ、あれはホントだって。最近多いらしいよ。ネットだかスマホだかで簡単に始められるんだってね。何年か前にはシャレにならない借金を作って、取り立て屋が病院に来て騒いでたって聞いたよ。だから、あんなことしたんだろうねえ。同情はできないけど」

岡部巴はしばし柿ピーを食べてから、おもむろに言った。

「ところで晶、瑠宇に聞いたんだけど、あんた荷物を吉祥寺の事務所に運んでるそうじゃないか。事務所で暮らすつもりなのかい」

「長い間、引き伸ばしてすみませんでした。来週中には出ていきます」

「なにかあったのかい」

巴は手についた粉を払いつつ、わたしをじろっと見た。ピーナッツが気管に飛び込みかけた。

「な、なにかって？」

「市子だよ。あのコにまた、早く出ていけとせっつかれたんじゃないのかい」

わたしは空の湯呑みに口をつけ、飲んだふりをして言った。

「そんなこと。どのみち、年内には出て行かなきゃならなかったんですから。それに、あそこなら家賃もいりませんし」

「まだあと一ヶ月近くあるんだしさ。慌てなくていいんだよ。正月明けまでいてくれたって、私はちっともかまわないよ。晶はこのところ大変だったんだからさ。帰ってこない日もあるみたいだし、忙しいんだろ。瑠宇は年内ギリギリまでここにいたいと言ってるし」

「ありがとうございます。でもご心配なく。大丈夫です」

「そうかい」

岡部巴はわたしがどこに転居するつもりか聞かなかった。留置の件を知る由もない巴に、こちらも麻取の関係者と距離を置けるならどこでもいいと思っている、とは言えなかった。

警察から放免された翌日は金曜日だった。その週末の三日間、わたしは毎日持てるだけの荷物を持って〈MURDER BEAR BOOKSHOP〉へ行き、〈白熊探偵社〉の事務所の押入れに収め、正午に店を開けた。

富山店長はようやく忙しさが一段落したのか、以前よりよく店に顔を出すようになっていた。やはり名物店長が在店しているのといないのでは、客足が違う。この十二月最初の週末には、SNSで富山店長在店を知った客たちがひっきりなしにやって来て、来たからには長居をし、本を買ってくれた。日曜日の夕方以降は特に忙しかった。久しぶりにイベントが開催されることになっていたからだ。

富山店長が〈ニューヨーク・ミステリ・フェア〉の次に考えついた十二月の催し物は

〈演劇ミステリ・フェア〉だった。演劇界を舞台にしたミステリから芝居の出てくるミステリ、ミステリ作家の戯曲、あるいはミステリ戯曲を集めようというものだ。

「クリスマス・シーズンにふさわしい、楽しい演劇ミステリを揃えましょう。まず、王道ですがアガサ・クリスティー戯曲集、これは全部うちにありますね」

富山は嬉しそうに指を折り、わたしはメモをとった。

「ロベール・トマやアンソニー・シェーファー、アイラ・レヴィン、井上ひさし、恩田陸、筒井康隆の戯曲も在庫があるはずです。レジナルド・ローズの『十二人の怒れる男』はこないだ売れちゃったか。とにかく戯曲を集めましょう。それと」

富山は棚のところに行き、次々に本を引っ張り出した。

「パトリック・クェンティン『俳優パズル』、キャロライン・グレアム『うつろな男の死』、マイケル・イネス『ハムレット復讐せよ』、クリスチアナ・ブランド『ジェゼベルの死』、サイモン・ブレット『殺しの演出教えます』、エドマンド・クリスピン『白鳥の歌』、そうだ、ディック・フランシスの『横断』があった。長距離列車内でやるお芝居のイベントが楽しいんですよ」

富山はひっきりなしにしゃべりたて、あっという間に本の山を築いた。

「ガストン・ルルーの『オペラ座の怪人』、古典ですがね。古典ついでにクイーンの『ローマ帽子の謎』入れときましょうか。引退したシェイクスピア俳優ドルリイ・レーンが登場するXYZも演劇ものと言えなくもないし。そうそう、シャム猫ココ・シリーズの『猫はシェイクスピアを知っている』と『猫は……』あれ、どれだったたっけかな。

ピカックスに劇場が建てられて、演劇クラブがらみで人が死ぬ話があったんだけど」

富山はずらりと並んだリリアン・J・ブラウンの赤い背表紙を眺め、唸り、わたしを見た。

「探しといてください、葉村さん」

「は、わたしが？」

「裏表紙のあらすじ見た程度じゃ、どの話かわからないんですよ。でも、ちゃんと中身を読めば大丈夫です」

「……三十冊以上ありますけど」

「ええ、しばらく楽しめますね。さてと、日本ものはなにがあったかな。戸板康二の中村雅楽シリーズ、これは絶対に外せない。バックステージ・ミステリの傑作です。松井今朝子の芝居三部作もいいですねえ。三《み》上《かみ》於《お》菟《と》吉《きち》の『雪之丞変化』、服部まゆみの『ハムレット狂詩曲』、有吉佐和子の『開幕ベルは華やかに』ってのもあったなあ」

富山はしばしうっとりしていたが、不意に手を叩いた。

「いいこと思いついた。せっかくだからイベントやりましょう。江戸川区に住んでるミステリ評論家の奥さんが、ミステリ専門劇団を主宰してるんです。二階のサロンで、その劇団の過去の舞台の映像を流すっていうのはどうですかね。『リハーサル・フォー・マーダー』のＤＶＤをもらったはずだし」

「映像を流すとなったら、許可どりがいる作品もあるのでは」

「そこらへんは葉村さん調べてください。探偵なんだから」

「は、わたしが？」

「ついでだから著作権法を勉強しちゃったらどうです？　本屋付き探偵として著作権関係を得意技にするんですよ。その知識を活用して、作家さんや出版社に、うちの書店のイベントに協力してもらったらいいんじゃないかなあ」

「……タダ働きさせる気ですよね」

「本当は、映像よりライブで演じてもらうほうがいいんですけどね。劇場中継って、映像の中の観客が感じている臨場感と、映像で見る観客の距離感の乖離《かいり》が気になるんですが、うちの狭いサロンで演じてもらうわけにもいきませんし。あ、でも朗読ならいけるかな。ミステリ専門劇団団員による、ミステリ朗読の夕べ。前後に作品解説と、演劇ミステリについての対談を入れる。うん。これなら客が呼べますね。どんなミステリを選ぶかにもよりますが」

「やっぱりクリスマスらしく、クリスティーですか」

「いや、いっそのこと私立探偵ものなんかいいかもしれない。一部を抜粋して、探偵と色っぽい美女の会話を聞かせるんです。私立探偵小説朗読の夕べ、バーボン、ワンフィンガー付き。紙コップが嫌ならグラスは各自持参で。定員二十名、参加費一人千五百円。問題は作品ですね」

　富山は嬉しげに棚を見て歩いた。

「チャンドラー、ロスマク、ハメット。カーター・ブラウン『宇宙から来た女』……これ、ヒロインが女優なのはいいけど、抜粋が大変だなあ。短編がいいですかね。スー・

グラフトンの『パーカー・ショットガン』？　マックス・アラン・コリンズの『死の往診』？　私立探偵ものじゃないが、ウィリアム・バロウズの短編『ジャンキーのクリスマス』はどうだろう。クリスマスものだし、短いし。でもそうなると、バーボンじゃないものを出さなきゃいけなくなりますか」

「出せるかい。

　この会話、というより富山店長のほぼ一方的な指示があったのは、半月ほど前の十一月半ばのことだ。

　わたしの頭はまだ十分に働いていなかった。機械的にメモを見て、八角形の平台に本を並べ、機械的に飾りつけた。機械的に問い合わせに応じ、機械的にイベント告知を行なった。クリスマスと書かれた段ボール箱を倉庫から引っ張り出し、例年通り飾りつけたが、それも機械的にだ。

　それでも、さすが富山の肝いりだ。十二月六日日曜日開催の朗読会のチケットはすぐに売り切れた。その日、わたしは昼からサロンの椅子を朗読会用にセットし、食べ物を並べるテーブルを作り、演劇フェア用の本の一部をサロンに移し、オーディオ関連機器をチェックし、バーボンとチキンを買いに行き、ピザを注文するなど準備に追われた。朗読作品は劇団との話し合いの末、クリスティーの短編「クリスマスの悲劇」に落ち着いたのだが、なんでかバーボンの提供だけ残ってしまったのだった。

　富山店長はこの日三時に現れた。しばらく看板猫の世話をしたり、顧客の相手をしていたが、やがてわたしのところへやってきた。珍しく、驚いた顔をしている。

「劇団員の楽屋にしようと思って二階の奥の部屋に入ったんですが、葉村さん、あの部屋どうしたんです?」

「〈白熊探偵社〉の事務所として好きに使っていいって、富山さんが言ったんですよ」

「そうですが、掃除して本の箱も片づけてあるし、事務所というより住居みたいで。ひょっとして住むつもりですか」

「えーと、その、今のシェアハウスを急いで退去しなくちゃならなくて」

富山はしばらく考えて、肩をすくめた。

「ま、いいか。探偵社は丸ごと葉村さんに任せたんでした」

わたしは準備の続きをした。五時には出演者がやってきて、五時半には客が集まり始めた。スペースが狭くて余計な人間がいる余地がないので、セッティングだけしてあとは富山に任せ、イベントの前に買い物を済ませようとする客の相手のため、わたしは一階のレジに入った。

なかなかの賑わいだった。フェアの作品以外にも、元刑事だった祖父へのクリスマス・プレゼントにと写真集『張り込み日記』を買っていく客。マーガレット・マーヒーのプレゼント包装を頼んでくる客。デイヴィッド・アーモンドを買いしめる客。開演時間の六時半までに、店はこれまでに五本の指に入るほどの売り上げを記録した。

だが、朗読会が始まると一転、店舗から人が消えた。二階からときどき効果音がうっすらと聞こえてくるが、ほぼ静かだ。

わたしは乱れた本を並べ直し、レジカウンターで一休みした。本当はこの時間を利用して、引越し作業の続きをしたかった。

〈スタインベック荘〉からカーテンとラグを運んできて、ソファにかける布を用意したら、事務所は富山の言う通り落ち着いた住居のようになった。

ここも古い建物だが、改築の際、耐震工事をしてあるし、トイレもキッチンも問題ない。キッチンの床を占拠していた在庫の本が詰まった段ボール箱は、浴室に押し込んだ。近所には銭湯があるし、明日からでも問題なく暮らせる。幸か不幸かかなりの持ち物が焼失したため、わたしは否応なく身軽だった。

それでもまだ、〈スタインベック荘〉に荷物が残っている。アンティークショップで買った大正時代の本棚。厳選に厳選を重ねたが、それでもみかん箱三つ分はある愛読書。冬用の羽毛布団。十年以上前、臨時収入があったときに百貨店で購入したが、残った持ち物の中で唯一、財産と呼べる高級品だ。

こういったものをどう運ぼうか考えていると、閉まったドアの向こうで物音がした。心臓が脈打つより早く、わけがない。と自分に言い聞かせた。わけがない。わけがないのだ。

ドアが開いた。いらっしゃいませと言いかけてやめた。当麻茂が立っていた。

中の上クラスのスーツに珍しく濃紺の無地のネクタイを締め、夜だというのにノリのきいた白いシャツを着ている。当麻の頭越しに厚労省と彼の上司が相談しあい、本人にはなにも知らせず捜査を打ち切らせたという状況を知っているせいか、あるいはセダンの後部座席に踏《ふ》ん反《ぞ》り返っていないせいか、この不倶戴天《ふぐたいてん》の仇敵が今日は、殻をなくしたカタツムリみたいによるべなく見えた。

「二階はにぎやかですね。イベントがあるとお店のホームページで拝見しました。商売繁盛でなによりです」

当麻は言いながら、後ろ手にドアを閉めた。

「一人ですか。郡司さんは？」

「この辺に車を停めておくのは難しいし、郡司はドライブさえさせておけば機嫌がいい。そちらのイベントが終わるのを待つのも面倒で降ろしてもらい、話をしに来た次第です。麻取の飛島賢太から内々で連絡がありました」

わたしはうなずいた。当麻は面白くなさそうに、

「民間人に情報漏洩じゃ立つ瀬がないだろうから、調べてなにかわかったら郡司に連絡するようにと葉村さんが言ったそうですね。それなら仮にバレても司法警察官同士の情報交換ですむと」

「言ったかもしれませんね。郡司さんの連絡先を教えたかも」

「部外者の探偵が小賢しい真似をしますね」

「それは失礼しました。不愉快でしたか」

「はい、と答えてあなたを喜ばせると思いますか」

「おかげで大喜びです」

当麻はケッ、と喉を鳴らした。

「それにしても警察を中継役に使うとはね。途中で私が情報を握りつぶすとは思わなか

ったんですか」

郡司の弱みを握っているから大丈夫、とは言えない。

「その情報にわたしがどう反応するか、興味を持つと思いました」

当麻はなにか言いかけたが、思い返したらしい。事務的に続けた。

「あちらの調べでは、江島院長夫妻、逮捕された伊賀義昭、他にも新たに逮捕された江島病院勤務の薬剤師や事務員、総勢八人全員、青沼家の火災があった前後の十一月十一日夜十時以降のアリバイがありました。その日は江島院長の誕生日で、院長邸でパーティーがあったそうです。病院関係者はそのパーティーに参加し、お開きになったのは午前二時過ぎ。ケータリング業者など、病院関係者以外の参加者の証言もあります」

「〈狐とバオバブ〉の伊賀義昭は?」

「祖母の十七回忌の法要のため、浜松の実家に帰っていました。その晩は遅くまで、親戚や友人でもある住職と飲んでいたそうです」

当麻はキレイに整えられた爪を見ながら、付け加えた。

「厚労省と麻取のチームはまだ金の流れを完全に解明できたわけではないようですが、医療費の不正請求と麻薬の横流し程度では、江島病院はそれほど儲かっていなかった。他の医療用麻薬の在庫も多少数が合わないようですが、恐ろしく減っているというほどでもない。やはり海外、特にアメリカからの密輸入があったと私は思っています」

「つまり、青沼光貴の線ですか」

「ただし、そこはやっぱり死人に口なしです。証拠はなにもない。あっても燃えてしまった。そして火災に関して関係者にはアリバイがあった。誰か雇ってやらせたという可能性もなくはないが、そういう仕事を引き受ける人間なら、燃焼促進剤をまいて火をつけるという単純な方法をとります。つまり〈ブルーレイク・フラット〉の火災はオキシ密売とは無関係だった。あれは泉原の見立て通り、青沼ヒロトの失火でしょう」

わたしは黙っていた。当麻が珍しくため息をついた。

「ここまできて、まだ納得しませんか」

「火事とオキシ密売が無関係というのは、とりあえず納得しました」

「青沼ヒロトの失火、それが受け入れられないわけですか」

「郡司さんが青沼家を見張っていた監視カメラの映像、見せてもらえませんか」

「許可しづらいですね」

「なぜ？　泉原さんに参考資料として提出しそこねたからですか。当麻さんの独断で郡司さんに隠し撮りさせたものだし、証拠にはならない。だから提出しなかった。それが知れたら困るからですか」

「失火という判断はくつがえりませんよ。あなたが納得していてもいなくても」

「そちらは？　納得してるんですか」

当麻は沈黙した。この男の興味はあくまでも麻薬性鎮痛剤の密売だ。それと無関係なら火事などどうでもいいのだろう。それでも捜査官として、あの火災にわたしと同じ違和感を感じているのだ。ただしもちろん、この男がそれを口にすることはない。警察が出した結論にアヤをつける真似は絶対にしない。

なにか特別な情報でもないかぎりは。

わたしはレジの下に置いておいたバッグから、佐藤和仁の荷物から持ち出してきた写真を取り出して、当麻に渡した。九三年四月十八日の日付、佐藤和仁とまだ若い青沼光貴、お腹の大きな女性。

当麻は怪訝そうにこの古い写真を受け取った。

「これは〈狐とバオバブ〉の店内ですね。こっちは青沼光貴ですか。この男は？」

「光貴の妻の駆け落ち相手と言われている佐藤和仁です」

「では、この女性が光貴の妻ですか」

「ええ青沼李美でしょう。そしてわたし、この女を知っています。何度も会いました」

当麻は興味深そうに写真の女に目を凝らした。

「二十年以上前に駆け落ちした女に会った？　どこで」

「青沼ミツエに紹介されました。従妹の牧村英恵だと」

九三年四月の女性の鼻ピアスを外し、二十歳と少し歳を取らせ、ヒロトによく似たまっすぐな眉毛を剃って、象を飲み込んだウワバミみたいな眉毛をアートメイクで入れると、できあがるのは英恵の顔だ。

この写真が決定的だったが、それ以前から英恵の言動は不審ではあった。

まず年齢だ。郡司が用意した書類に添付されていた戸籍謄本によれば、牧村英恵は一九四八年生まれ、今年六十七歳ということになる。アンチエイジング効果のあるハーブティーをがぶ飲みしたにしても、ずいぶんと若く見えた。最初は五十前後、ひょっとするともう少し下と思ったくらいなのだ。

ヒロトが死ぬ前夜、部屋に一緒にいた女性を、わたしは最初ヒロトの母親ではないかと疑った。それを聞いた英恵はきょとんとし、ついで大した根拠もないのに見当違いだと言い切った。

光貴とは親しかったのかと尋ねると、世間並みの親戚だと言った。一方で、ヒロトと光貴の親子関係について内情めいたものを話したり、光貴の放浪生活や薬物関係について詳細に語ったり。江島病院の院長夫妻と光貴が同じ大学の医学部出身だということも知っていた。だが、江島茉莉花が光貴と恋人同士だったのではないかと匂わせただけで、下種の勘繰りだとひどく不愉快そうに打ち消した。

李美はどんな女性だったのか尋ねると、若くて注目を浴びたがっていた、バカで哀れな女と吐き捨てた。つまり、光貴の妻についてよく知っているようだった。

親しいのか親しくないのか。青沼家にむやみと詳しく、だがあらためて聞かれると遠縁だと逃げを打つ。

彼女が牧村英恵ではなく青沼李美なら、その言動が理解できるのだ。

「しかし、青沼李美はなぜ姑の従妹をかたったんです？　駆け落ちした手前、姑や息子に自分だと知られたくなかったんでしょうか」

「青沼ミツエは当然、事実を知っていたと思います。部屋はミツエが借りたようですし、牧村英恵の名を使うように計らったのもミツエでしょう。郡司さんから見せてもらった資料に英恵の戸籍謄本がありました。牧村英恵は実在しています。ただし想像ですが、

どこかの特養ホームに入っているなど、名前を使われても文句を言えない、というより
そんなことには気づけない状態にあるんじゃないでしょうか。住民票を移したり銀行口
座を開いたりせず、単純に牧村英恵と名乗っているだけなら、誰も気づきませんよ」
「それはそうかもしれませんが、いや、だからなぜ」
言いかけて、当麻は写真に目を落とした。
「この男……佐藤なんと言いました？」
「佐藤和仁。かつて三鷹市下連雀の〈ハイツ雀の巣〉に住んでいた男です。近しい身寄
りはなく二十年以上前に姿を消した。でも人妻と駆け落ちしたにしては、まとまったお
金や、置いていくはずのないものを部屋に残していた」
「じゃあ、青沼李美は二十数年前、男と駆け落ちしたのではなく、その男を……？」
当麻茂が食いつきそうに言ったとき、彼のスマホに着信があった。なにかやりとりし
ているのを見ながら、わたしは心の中で続けた。
……殺した。
でなければ、李美が他人の名前をかたっている理由がない。事故で夫が死に、息子が
瀕死の重傷を負った。だから彼女は戻ってきたのだ。たんなる駆け落ちだったなら、実
の母親として堂々とヒロトのそばにいればよかった。もちろん本人も言っていた通り、
生まれてすぐに母親に捨てられたヒロトがすんなり彼女を受け入れたとも思えないが、
それでもミツエとともに、リスクを冒してまで他人の名をかたる必要はないはずだ。
当麻が通話を終えてこちらを見た。彼は言った。

「泉原から郡司のところへ連絡がありました。江島病院に入院中だった青沼ミツエが息を引き取ったそうです」

21

霊安室へ向かう途中、荒々しい読経《どきょう》に包まれた。

落ち着いて聞いてみるとそれは読経ではなく、地下の空気を一定に保とうとするエアコンの作動音だった。霊安室へ向かう廊下は寒かった。剝がれたリノリウムやワタの飛び出したベンチを蛍光灯がしらじらと照らし出していた。

ミツエは細長い棺に納められ、安っぽい化繊《かせん》でできた白い枕に頭をのせていた。見下ろして、こんな顔だっけ、と思った。考えてみれば彼女とともに過ごしたのは、ほんの三日ほど。彼女の鼻はまだ元どおりになっていなかった。

ブルドッグみたいな勢いの、喧嘩腰にも聞こえるような、あの生き生きとした口調を思い出そうとしてみた。あの頭の回転の早い会話が、目の前の物体から吐き出されるところを。

その結果、わかった。ここにはもうミツエはいない。肉体は魂の乗り物にすぎず、ミツエは乗り換えてどこかへ去った。そうと気づくと、亡骸の脇に設えられた花束も線香も、葬儀社の人間も、その他ありとあらゆるものが、すべてわざとらしく思えた。

「この女性が意識を取り戻せば、話は違ってくるかと思っていたんですが」

当麻が小さな声で言った。

「灯油ストーブが実際はヒロトの部屋に持ち込まれたのかどうか、青沼ミツエに聞くのがいちばんでしたからね。彼女がそんなストーブは知らないと言えば、近所の住人の目撃証言がどうあろうと、事態はひっくり返ったかもしれない」

わたしは答えなかった。おそらく、それでも警察が下した結論が翻《ひるがえ》ることはなかったのではないか。近所の人たちは、放火より失火という結論を望んでいた。あれ以上、騒ぎにして欲しくなかった。ヒロトの言葉を思い出した。他人の痛みなら何十年でも我慢できるっていうけど、本当だよな……。

「あの、こちらはそのまま火葬場へお運びしてもよろしいでしょうか」

黒い服を着た葬儀社の担当らしい女性が、しめやかではあるが事務的に聞いてきた。

わたしと当麻は顔を見合わせた。

「こちらの身内はどうしました。青……牧村英恵という女性が付き添っていたはずですが」

「従妹という方のことですか。さっきまでいらしたと思うんですが。ここの病院の、その、不祥事がございましてから、病室に泊まり込んでらしたとかで、ずいぶんお疲れのようでしたが」

「いないんですか」

「すぐ戻ってこられると思いますが」

悪い予感がした。

霊安室を飛び出して、病院中を探した。青沼李美はどこにもいなかった。駐車場から病室まで、出会う人すべてに英恵の、いや李美の画像を見せてみなかったか尋ねた。走り回って、もう一度霊安室に戻ろうかと思ったとき、当麻から連絡が入った。

「警備に頼んで監視カメラ映像を見せてもらったところ、五十分ほど前、李美が病院を出てタクシーに乗っていました。タクシー会社によれば、当該車両は十九時三十七分に三鷹台駅近くで李美を下ろしたそうです」

「彼女の部屋って三鷹台のどこでしたっけ」

「郡司に住所を送らせます」

さすが警察は調べが早い。わたしは病院を飛び出し、タクシーを停めた。

三鷹台駅の南側、商店街を少し入って右へ曲がった。スーパーの向かい側、蕎麦屋の脇の南への登り坂があった。駆けあがった。三鷹台市政窓口前の公衆電話にもたれて息を整え、周囲を見回した。教えられた住所にアパートがあった。一階と二階、それぞれに一部屋しかない立方体の建物だ。二階への階段を駆け上がった。明かりはついていなかった。鍵の部分に覆いがなく、一目で鍵が開けっ放しだとわかった。ドアを開けた。

玄関から一目で部屋中が見渡せる、本当に小さな部屋だった。玄関脇にユニットバスがあるだけで、収納すらない。洗面器より小さいシンクに一口だけの電気コンロ。フローリングの部屋の隅に布団がきちんとたたんであった。中央に座布団とローテーブル、それにスーツケースがあった。

上がり込んで調べた。スーツケースには航空会社のつけたテープがそのままついていた。中にはいかにも彼女らしい、天然素材のワンピースその他の衣類が詰め込まれていた。いつでもすぐにスーツケースを引いて出ていけるように、そのままにしてあったとしか思えない。

　書類らしきものも、スマホやパソコンの類もみあたらなかった。写真もなかった。個人的なものはなに一つなかった。テーブルの隅に一万円札が三枚置かれ、その上に鍵が載っていた。この部屋の鍵だろう。

　彼女はここに戻る気がないのだ、と悟った。

　戻る気がなくて、だけどどこへ行ったのだろう。ミツエが死んで、もうここにいる理由はなくなった、それで出て行った。でも、どこへ？　布団やテーブルは置いていくにしても、かねて準備のスーツケースは引きずっていくだろう。

　立ち上がって、ふと、匂いを感じた。ローテーブルに顔を近づけた。ハーブティーの匂いがした。ハーブティーの細かい粉末がテーブルにうっすらと散らばっている。それにより、テーブルになにか四角いものの痕跡が残っていた。三十センチ弱かける三十センチ弱くらいの正方形。

　なんの痕だろう……。

　その答えは、稲妻のように脳みそを直撃した。

　部屋を飛び出した。踏切を渡り、立教女学院脇の坂道を駆け上った。体が重く、顎が出た。左膝に不穏を感じた。歯を食いしばった。わたしと彼女の間には五十分の差がある。でも、まだ間に合うかもしれない、間に合うかも。

日曜日の夜のことで、道は空いていた。この季節、窓を開けているうちはなく、カーテンの隙間や雨戸の隙間から細い明かりが筋のように漏れ出ていた。みんな安全でちっぽけな家屋に閉じこもり、明日からの仕事や用事に備えて、休みの最後の時間をくつろいでいる。

顔に冷たいものが当たった。雨が降り出した。街灯に照らされた夜のアスファルトにもポツポツと雨粒の跡が広がり始めた。さわさわと雨が地上に降り注ぐ。その音を聞きながら、青沼家に駆け込んだ。

家に明かりはついていなかった。表の引き戸は閉まっていた。誰の気配もしなかった。周囲を見回した。道から庭を通り、母屋の玄関へと一直線に足跡が寄ってくる。わたしの足跡だ。

李美のものらしき足跡は見当たらない。

スマホが振動した。当麻からだった。玄関の庇に身を寄せて、出た。

「葉村さん、あたりかもしれません」

当麻が言った。

「調べたところ、青沼李美はアメリカで生まれた二重国籍者でした。この二十年あまり、ずっとあちらで暮らしていたんでしょう。ミツエを看取ってこの国にいる理由はなくなった。きっと、このままアメリカに帰るつもりですよ」

「待ってください」

「空港と航空会社をあたります。仮に彼女が光貴を通じてオキシの密輸入に手を貸していたとしても、証拠はない。アメリカと日本の間に犯罪者引き渡し条約はありますが、今の状態では日本の裁判所もアメリカの裁判所も逮捕状は出しません。出国する前に押さえ、本人の口から話させるしかないんです」

「彼女は部屋にスーツケースを残していました。逃げる気だとは思えません。心配すべきは……自殺じゃないでしょうか」

当麻は沈黙した。わたしは李美の部屋のローテーブルにハーブティーの粉末とともに残っていた、四角い痕について説明した。

「大きさから考えて、骨壺を収めた箱の痕だと思うんです。男性用の骨箱って九寸、だから二十七センチかける二十七センチ程度の大きさですよね。彼女が言ってました。一人でヒロトを荼毘に付した、と」

ヒロトの遺骨やそれに類するものを、わたしは母屋で目にしていなかった。李美が自分の部屋に持ち帰り、身近においていたのだろう。

「彼女は自分の荷物や、部屋の鍵や迷惑料と思われるお金を置いて、息子の遺骨だけ持っていった。ミツエさんの死で彼女の心は折れてしまったんじゃないでしょうか。わたしたちが彼女を疑っているとは知る由もない。普通ならすべての後始末をしてから、悠々とアメリカへ帰国するんじゃありませんか。こんないなくなり方、おかしいですよ」

当麻は電話の向こうでため息をついた。

「そのハーブティーの粉末で残った痕が、息子の骨箱のものと断言できますか」

「……いえ」

「葉村さんの想像ということですね」

「それは……そうですが」

「われわれはあなたに命令できません。逆は、まったくもってありえません」

通話は切れた。かけ直したが、当麻は出ようとしなかった。あちらはあくまでアメリカ逃亡説を追いかけるつもりらしい。そっちはそっちで好きにしろ、と言うことか。

近所中を聞き歩いた。早坂茂市も、大場さんも片桐さんも、不愉快そうにインターフォンに出た。間髪入れず、ミツエが亡くなったことを伝えた。それを聞いてはさすがに彼らも、すぐに会話を打ち切るわけにもいかなかったようだ。だが、青沼家の墓がどこにあるのか、誰も知らなかった。

「光貴くんと父親は仲が悪かったからなあ」

早坂茂市はインターフォンの向こうで呟いた。

「ミツエさん、お父さんと同じお墓に光貴くんのお骨納めるのためらってたと思いますよ」

大場さんは耳をつんざくような声で言った。

「ミツエさんも亡くなったなら、もう青沼家のことはそっとしておいてあげるべきじゃないですか。お寺のことまで探偵さんにかぎまわられたら、誰も成仏できませんよ」

片桐さんはそそくさとインターフォンを切った。

彼らに言われてようやく気づいた。たとえ墓があったとしても、入っているのは光貴を苦しめた父親の骨だけだ。そんな場所を李美がめざすとは思えない。

だが、そうなるともう、李美をどこで探したらいいのかわからない。

井の頭通に出た。こんな天気の日曜の夜に、近くのキャバクラが客引きをしていた。上半身は暖かそうにフェイクファーを羽織り、足は超ミニスカートからむき出しという女の子たちが傘をさし、通行人を待って、歩道の真ん中をうろうろしている。

近所の居酒屋を数軒のぞいた。レオ爺さんについて尋ねると、全員が視線をそらし、今日は来ていないと言った。〈ニュー・フジヨシ〉ではスドーくんと呼ばれている若い男が、たぶん二度と来ないかも、と口を滑らせた。都営住宅に行ってみた。帰っている気配はなかった。あの敷地の隅の四阿をのぞいた。本人はおろか酒盛りの残骸もなかった。

レオ爺さんに、またなにかあったのかもしれない。だが、それを心配している余裕はない。

もう一度、青沼家に戻ってみた。三鷹台駅にも行った。李美はいなかった。手当たり次第に彼女の画像を見せ、骨箱をもっているはずだが見かけなかったかと尋ねてみた。誰もが首を振った。

雨を避けて駅入口の屋根のある階段に腰を下ろした。ひどく疲れていた。李美について、多少は知っていそうな江島院長夫人茉莉花は手の届かない場所にいる。ミツエは死んだ。近所の噂は役に立たない。あと、誰に聞けばいい？

……ヒロトだ。正確にはヒロトの友人だ。

来た道を駆け戻った。片桐さんはひどく迷惑そうにインターフォンに出て、竜児はここにはいない、と言った。研修でよそにいる。しばらく帰ってこない。ケータイもつながらない。

「ヒロトが行きたがっていた場所その他、知りたいんです。人の命がかかっているかもしれません。連絡方法を教えてもらえませんか」

「お断りします」

インターフォンは切れた。再度、チャレンジすべきか考えた。今の様子では朝まで粘っても協力してもらえそうもない。他の友人にあたるしかない。

井の頭通に出て、タクシーを待った。小雨のせいか、タクシーはあまり来ず、来ても客を乗せていた。やむなく井の頭通を走ったり歩いたりしながら吉祥寺駅まで出て、中央線に乗り込んだ。新宿に出て、湘南新宿ラインで池袋、東武東上線で上板橋駅に着いた時には、時刻は十一時半を過ぎていた。

出石武紀が住むアパートはまだ建って数年と新しく、入口はオートロックだった。ただし多くのアパートのオートロックと同じくハリボテのようなものだ。左膝がイカれていても簡単に入れるルートが三つはあった。しかし、部屋に押しかけるのはリスクが高い。出石にアクセスするなら、もっと簡単な方法がある。電話をかけ、そして話すのだ。もちろん、話し方にはコツがいるが。

川越街道沿いのファミレスで待っていると、出石武紀が息急き切ってやってきた。約束通り遊川聖にも打ち明けず、一人で来たらしい。ただしわたしを見つけられず、二度も視線が素通りしていった。三度目に手を振った。出石はドリンクバーを注文し、テーブルにつくのもそこそこに言った。

「あの、ホントにここで話せばなにもなかったことにしてくれるんすか。うちの親マジ病気で。正月前に就職がダメになったら、その……」

「質問にちゃんと答えてくれたら、全部忘れるって言ったでしょ。わたしも忙しい身なの。しかもただの探偵。大学生のたわごとをよそへ漏らすつもりは一切ない。わかった？」

出石武紀は情けなさそうにうなずいた。わたしは例のアイドル声優のプールサイド・ライブで踊る彼の映像を呼び出して、見せた。

「こういう証拠写真、探せば出てくることくらい、君たち世代の方がよくわかってるだろうに。なんでスカイランドには行ったことがないなんて、つまんない嘘ついたの？」

「遊川が……アイツ、心配して。とにかく、ヒロトやスカイランドのことは聞いてません知りませんで押し通そうって。下手に話をして、関係あると思われたら面倒だからって」

「関係っていうのはブンペイくんのこと？」

「あ、はい……」

出石はぽかんとした。

「遊川くんも嘘が下手ね。ブンペイの苗字は忘れた、国に帰った、あんなこと言われたら、意地でも調べようと思うわよ」

坂戸水穂が口を滑らせたので、ベトナム人の名前について調べた。ミドルネームで多いのがヴァン、漢字で書くと「文」。名前で多いのがビン、漢字で書くと「平」とあった。文平すなわちブンペイだ。これに比較的多い苗字というのをいくつか当てはめて検索をかけたところ、ファン・ヴァン・ビンというベトナム人留学生の麻薬及び向精神薬取締法違反での逮捕の記事が出た。

日本でいえば「タナカヒロシ」くらいよくある名前らしいので、慎重に調べた。逮捕直後、教愛大学のホームページに「学長からのお詫び」が載っていた。「本校在籍の留学生の逮捕の報を受けて」学生各位ならびに保護者の皆様に多大なるご迷惑ご心配をおかけして申し訳ない、といった内容だった。これに坂戸水穂の反応を足して、逮捕されたベトナム人がヒロトのバディだったと確信した。

ファン・ヴァン・ビンは後から入国してきた親戚と一軒家を借りて大麻草を育て、密売した容疑で逮捕されていた。ただし本人は叔父が家を借りる手助けをしただけだと容疑を否認し、嫌疑不十分で釈放されていたが、

「ヒロトはブンペイから分けてもらってたんですよ」

出石は声をひそめた。大麻やマリファナという単語を口にしたくないらしい。

「アレなら依存性はないから大丈夫だとか、タバコより安全だとか言って試してた。そのうち、高いとこでやるとハイ&ハイだとか言いだして、スカイランドの観覧車でやったらどんなかなって」

「ホントにやったの?」

「それはオレ、知らないです。交通事故の少し前からヒロト、アレのことは口にしなく

なってたし。だけど、ホントにやってたら関わり合いになりたくないし、スカイランドの話が出たらバックレようって遊川と決めました。ごめんなさい」

出石武紀の鼻がピクピク動いた。この期に及んでまだ嘘をつくつもりらしい。

「ホントはあなたと遊川くんも試したでしょ？　まったくの無関係だったら、スカイランドに行ったことまで否定するのは神経質すぎるじゃないの」

「いや、あの……」

わたしは顔を突き出した。

「正直に。嘘つかれたら腹たって忘れられないかも」

出石武紀はへどもどしながら、ブンペイが「アレ」を分けてくれたとヒロトから聞かされたこと。自分と遊川も好奇心でやってみたこと。体質的に合わず一度で懲りたこと。遊川聖は続けていたようだが、ヒロトが「アレ」の話をしなくなったのと同じ頃、やはり口にしなくなったこと――について話した。自分がスカイランドに行ったのは、画像のライブの一回だけ、ホントにそれだけだ、とも言った。どうやら嘘ではなさそうだった。

「前に、ヒロトからスカイランドの割引券もらったことはあったけど、やっぱ遠いんで」

「ヒロトがどうしてスカイランドの割引券、配るほど持ってたの？」

「えーと、スカイランドの近くに住んでる友だちのおじいさんからもらったんだったかな」

出石武紀は自信なげにつぶやいた。

「よく覚えてないです。ヒロトが事故にあったとき、場所が場所だったから遊川が言ったんです。まさか親父さんと一緒にハイ&ハイを試すわけないだろうけど、とにかくスカイランドのことは記憶から消そう、って。だから全部忘れました」

「待って。じゃあ、あなたたち、ヒロトが交通事故にあったこと、ホントは事故直後に知ってたの?」

「遊川が……苗字に気づいて、調べて。でも、駆けつけたりして、オレらが親しいのがわかった後で、ヒロトの持ち物からアレが出てきたらマズいって思ったんです。もう内定出てたし、また就活するなんて冗談じゃないし。ブンペイはヒロトの事故の直後に逮捕されたけど、ヒロトのことは言わなかった。言ってたら、嫌疑不十分じゃすまなかっただろうけど」

出石は邪気のない笑みを浮かべて、そう言った。ヒロトが、事故で死にかけたことを誰にも気づいてもらえず、見捨てられて苦しんでいたことを伝えても、彼は何十年でも我慢できるんだろうな、と思った。

出石武紀を解放して時間を確認した。午前二時に近かった。ここから吉祥寺までのタクシー代を考えて、ゾッとした。ファミレスはそれほど混んでいなかった。居座って、始発まで時間を潰すことにした。

ファン・ヴァン・ビンの記事から、ヒロトや出石たちとマリファナの使用について予想はしていた。だからこの線を匂わせれば、出石武紀が面会を拒否できないと踏んだ。

それは正しかった。

とはいえ、青沼李美がヒロトのお骨を手にどこへ消えたのか、その手がかりについて得るところはなかった。大麻については比較的スラスラ話した出石も、ヒロトと両親の話を思い出してくれと頼むと困惑していた。覚えていない、いや聞いてない。そういうことは、竜児とかいう近所の親友に聞いたらどうかな。小学校からずっと仲よかったって、言ってたし。

片桐さんはミツエの死を聞き、青沼家の不幸が伝染するのを恐れるようにインターフォンを切った。もう一度押しかけたとしても、門前払いどころか警察を呼ばれるのがオチだ。息子の竜児の連絡先を直接調べて、母親の頭越しに連絡を取るしかない。

桜井の罪悪感が干上がっていないのを祈りつつ、彼にメールを入れた。ついでに青沼李美を調べて再度、ネットを検索した。目が乾き、頭痛がしてくるまで探したが、なにも出てこなかった。

あきらめて、目を店内に向けた。ヒロト、わたしには父親のこと話してたな、とぼんやりと考えた。親父は毎年のようにアメリカに行ってた。大学受験の直前、一緒にアメリカ行こうってしつこかったことがあったっけ……。

自分の鼻が鳴った音に驚いて、目を覚ました。テーブルによだれの水溜りができていて、窓の外が明るかった。

ショルダーバッグに常備している洗顔セットで顔を洗った。もう徹夜などする年齢ではないと、鏡が教えてくれていた。化粧はさっぱりのらなかった。誰もわたしの顔など気にしない。だが、あまりにひどければ記憶に残ってしまうかもしれない。

ドリンクバーの、煮詰まって酸っぱすぎるコーヒーをもう一杯飲み干して、店を出た。あとはもう唯一、考えられる場所に行くしかない。京王相模原線スカイランド駅前ロータリーのバス停。李美の夫が死に、息子が大ケガを負った場所……。

ともすれば襲ってくる眠気と戦いながら新宿まで戻り、京王線の特急で調布に出ることにした。途中、人身事故で列車が停まった。相模原線のスカイランド駅に到着した時には、ファミレスを出てから二時間以上たっていた。

ホームから階段を上がり、改札を出た。〈スカイランド方面〉とある矢印に従って高架下を歩き、左手に折れるとロータリーに出た。日光を直接浴びた。めまいがした。ちょうどバスが重たげに加速しながら右折していくところだった。バス停は無人で、前回見た花束は片づけられていた。黒い車体のタクシーが一台、ロータリーの手前に停まり、運転手が新聞を読みながらあくびをしていた。

「骨箱抱えた女? いやあ、見てないけど」

運転手はわたしの問いに、首をかしげた。

「ここ殺風景だからさ。いたら気づかないわけないよ。でも、さっきまで電車が停まってたんで、調布まで出て一稼ぎして、戻ってきたばかりだから」

本日、スカイランドのオープンは午前九時半だと運転手は言った。平日の月曜日、いつもなら十時からだが、今日は学校行事が入ってるから少し早いんだ。

彼のタクシーにバスを追ってルートを走ってもらった。バス停のある、弁天洞窟やスカイランドゴルフ場、スカイランド病院、スカイランド入口、行く先々で人に尋ねたが、李美らしい女を見かけた人間は現れなかった。終点の小田急線の小田急スカイランド前駅までバスは走り、そこで乗客全員が降りた。空になったバスに近づき運転手に尋ねたが、心当たりはないと言われた。

スカイランドの開園時刻を少し過ぎて、タクシーで京王線スカイランド駅に戻った。ひょっとしたら、と淡い期待を込めて車窓からロータリーに目を凝らしたが、李美の姿はなかった。

万事休す、だ。

タクシー代を払い、駅に戻った。高架下の薄暗がりをとぼとぼ歩いていると、徒労感に押しつぶされそうになった。いったいわたしはなにをやっているのか。自殺するかもしれない、目立つ特徴の女ひとり見つけられず、どのツラ下げて探偵だなんて言えるのか。いや、彼女が牧村英恵ではなく青沼李美だと気づいた段階で押しかけて、彼女の話を聞いていれば、あるいは……。

「ちょっとあんた」

高架下で反響した声に驚いて振り向いた。タクシーの運転手が興奮したように手招いていた。

「ついさっきまで、あんたが探してる女がいたみたいだよ」

わたしは彼と共に駆け戻った。

ロータリーにはもう一台、タクシーが停まっていた。そちらの運転手が車から出て、腰をさすりながらわたしたちを待っていた。

「骨箱抱えた女を探してるんだって？　さっき見たよ」

「さっきって、いつです」

「五分くらい前だよ。ロープウェイ乗り場にゆっくり歩いていったから、急げばまだ間に合うんじゃないか」

わたしは礼もそこそこに走り出した。

22

坂道と階段を駆けた。足腰がガクガクした。心臓が不吉に脈打った。

ロープウェイチケットの自販機の前にいた係員に、李美について尋ねた。それらしい女性が数分前にロープウェイに乗った、と彼は言った。ここには骨箱抱いた人なんてこないから気にはなったんだけど。知り合いかい？

自販機で片道三百円のチケットを買い、急いでゲートを通った。月曜日の開園直後、ロープウェイを待っているのは立派なカメラを抱えたお一人様、地味なカップル、ベビーカーを押す若い夫婦だけだった。すでに出発してしまったロープウェイの窓に、座っている女性の後ろ姿がポツンと見えた。

ロープウェイは八人乗りだったが、それぞれの組がそれぞれ別の箱に乗り込んだ。わたしも広い箱を独占した。レールが巻き取られるときの、キュンキュン、という規則正しい音を聞きながら、ゴルフ場やショッピングセンター、多摩川を見下ろすことができた。

当麻にメールを打ち、景色を眺めた。寝不足のせいか、ロープウェイが進むにつれ気分が悪くなってきた。足元のガラス窓を通して、はるか遠くに地面が見える。思わず身を強張らせたせいだろうか。脱水か。疲れただけか。睡眠もとらずに、日頃使っていない足腰を酷使したせいか。必死にふくらはぎを伸ばし、痛みに耐えた。情けなくて涙が出た。必死に自分に言い聞かせた。タンスの角に足の小指をぶつけるよりマシだ。それに、高いところにいることを忘れられる。

涙がようやく引っ込んだ頃、スカイランドが見えてきた。だが、ロープウェイを降りて入場券売り場に向かい、スカイランドの一日パスおとな五千四百円、と知って、また視界がにじんできた。とっさに李美を引き止めるためには、自由に動けるほうがいい。支払わざるを得なかった。

リボン状の紙に〈一日パス　スカイランド〉と印刷されたものを、入口で手首に巻かれた。ヒロトの押入れから見つけたジーンズのポケットから出てきたのはパロットグリーンのリボンだったが、わたしの手首にはめられたのはブルーのリボンだった。中に入った。スカイランドのマスコットキャラクター、翼の生えた犬の〈スカイドッグ〉の着ぐるみが入園者に踊りながら寄っていた。一緒に写真を撮って、その写真を相手に売りつけるのだ。

少し小高い入口付近から、園内に向かって緩やかに傾斜がついて下がっていた。そのため、ここから園内を見渡せた。

ピンクのアスファルトが敷かれたメインストリートには、手押しオルガンやキャンディ・ストア、ポップコーンとソフトクリームを売る屋台も出ていた。クリスマスツリーがたっていた。キラキラしたモールや星で飾りつけられている。遊園地は祝祭の上に祝祭を重ね、非日常の上に非日常を乗せて、訪れる人々をめいっぱいもてなそうとしていた。

そのメインストリートを下っていく人影に、目が止まった。きらびやかな娯楽の中にあって、その周囲だけ重苦しい。アースカラーのロングカーディガン、なにかを抱えているような腕の位置。すれ違う人の中には、ギョッとしたようにその人影を見直す者もいた。

足を引きずりながら、彼女を追った。

大道芸人が出てお手玉を始め、あるいは銅像に化けてゆっくりと動いていた。甘い香りとバターや脂の匂いが混ざり合い、風に乗って園内に広がった。スカイドッグの帽子をかぶった若者たちや家族連れが、師走の空の下、楽しそうに行き交っている。当麻にメールしつつ、その人たちを避けて進み、観覧車のチケットを買う彼女に追いついた。

「李美さん」

もぎりにチケットを渡していた彼女は、静かに振り向いてわたしを見た。それからまた前を向き、折からやってきた赤いゴンドラに入って座った。わたしは一日パスのリボンを見せて、強引に同じゴンドラに乗り込んだ。

係員が奇妙な空気を感じ取ったらしく、ドアを閉める手を止めかけた。李美がもしわたしに向かって、降りろ、とか、でてけ、と言ったなら、観覧車を緊急停止させたかもしれない。だが、李美は無言のままだった。係員はためらったが、動いている機械を止めるほどではないと思ったのだろう。そのままゴンドラのドアを閉めた。観覧車は回り、ゴンドラは上昇を始めた。

ゴンドラはアクリルの水槽を思わせた。わたしは李美の前に座った。彼女は膝の上に白い布のカバーがかけられた骨箱を乗せ、骨ばった、シミだらけの両手で箱をしっかりと押さえていた。

人々の楽しそうな悲鳴が聞こえた。窓の外を見ると、複雑に入り組んで建てられたコースを、くるくると回りながらジェットコースターが移動していた。別の場所からも叫び声が風に乗ってやってきた。大きな宇宙船の形をしたものが、大勢人を乗せて悪夢に出て来るブランコみたいに激しく揺れ、回転し、頂上で止まった。

「子どもの頃、家族で遊園地に遊びにきたことある?」

李美がつぶやいた。

「いいえ」

「そう。私もない。両親は二人とも、私に興味などなかった。そのうち私も期待するのをやめた。こういうの……遊園地なんて、全部ニセモノだし。人工的に甘くて、人工的な香りをつけて、人工的に振り回したり動かしたりするの。だから羨ましくなんかないの、こういうの」

「いつか言ってましたね。光貴さんはヒロトをスカイランドに連れていったことなどない、と」

「あなた、信じなかったわね」

李美がうっすらと笑った。

「でも、本当の話よ。私が光貴に頼んだの。私抜きで、光貴とヒロトの二人だけで、遊園地に行ったりしないで。二人だけで楽しまないで。私抜きで、家族にならないでって。光貴は私の願いをきいてくれた」

ゴンドラは上昇を続けた。錆びついた滑車で水を汲んでいるように、ごつごつと、ざらざらと、観覧車は回った。鈍く光る多摩川がすぐ近くに見えた。その向こう側の建物の中に、調布の文化施設〈たづくり〉が陽を浴びて白く光るのが見えた。ほんの六日ほど前、あのスカイラウンジから、わたしはこの観覧車をにらんでいたのだった。

「李美さん」

わたしははっきり尋ねた。

「あなたが佐藤和仁を殺したのは、光貴さんのせいだったんですか？　だから光貴さんはあなたの願いをきいたんでしょうか」

青沼李美は顔を上げた。彼女の目を覆っていた鈍い幕が消えていた。アートメイクの眉毛がひょっと持ち上がり、また下がった。

「殺伐としたこと言うのね」

李美は言った。殺人を否定するつもりかと思った。だが、彼女は続けた。

「本当に大事なことは、ギブアンドテイクじゃない。光貴は私の片翼でソウルメイト。だから彼は私の願いをきいてくれたのよ」

風にゴンドラが揺れた。左側の窓から日が燦々《さんさん》と降り注ぎ、わたしたちの影を濃くした。緑深い丘や、丘陵を切り開いて作ったショッピングセンターや、橋を渡っていく車一台一台でできた光景が眼下に広がっている。

「和仁とは、アジアを旅して歩いていた頃、インドネシアのゲストハウスで知り合ったの。出会ったときにはもう大麻を常用してた。私は他人の興味を引こうと思ったら、生半可なやり方じゃダメだって信じ込んでる頭の悪い女だった。大麻くらいフツーよね、なんてこと言って人を驚かせる。そうすれば、みんなが自分に注目してくれる……ほんっとうに、バカよね」

李美は笑いながら骨箱を撫でた。

「和仁と付き合ったのは、だから大麻のため。本人に興味はなかった。親に溺愛されて育ったお坊ちゃんで、私とは別の人種だもの。だけど大麻くれて、宿代払ってくれて、すっごく便利だった。三週間一緒に過ごして、退屈してきた頃、光貴が現れたの」

李美の顔が見る間に輝いた。

「自分の半身に出会ったと思った。向こうもそう思ったみたい。光貴と一緒なら、自分を飾る必要も、誰かと自分を比較する必要もない。自分に関心を持ってくれない人に執着する必要もない。自分が自分に落ち着いたの。光貴が落ち着かせてくれた」

そしたら、いらなくなったわけだ。両親も大麻も和仁も旅することも。

「光貴と一緒に日本に帰ってきて、結婚した。光貴は茉莉花さんのおかげで〈狐とバオバブ〉の店長になれたし、私も一緒に働けた。そのうちヒロトを授かって。ものすっごく幸せだった。和仁が現れるまでは」

佐藤和仁は両親が死んだ後、親戚に騙されて財産の多くを奪われた。李美が自分を捨て、光貴と結婚したことでその傷がさらに深まったのだろう、と李美は他人事《ひとごと》のように言った。

「偶然、彼の家が〈狐とバオバブ〉に近かった。それで出くわしてしまった。私のお腹が大きくなっていたんで、よけいに腹を立てたみたい。それでも最初は親しげに私たちにすり寄ってきて、店にも出入りした。タネを持ち帰って自分で育てた乾燥大麻があるから、光貴と一緒に売りたいと言ってきた。光貴も最初はその気になった。出産費用を稼げるかもって。でも、和仁にススメられて私がやったもんだから、光貴が激怒したの」

「妊婦だったんですものね」

大麻について尋ねたとき、李美が妙にその害に詳しかったのを思い出した。

「光貴が店への出入り禁止を言い渡すと、和仁は店で暴れて故意に光貴を挑発したり、脅迫されたって訴えたりした。被害者ヅラで警察まで呼んだのよ。でも、こっちはなにもできなかった。大麻の件がバレたら、必ずおまえらも巻き込んでやる、和仁はそう言ったの」

もうすぐ生まれてくる赤ん坊のために、光貴は佐藤和仁の横暴を我慢していたのだろう。だが、ヒロトが生まれて二ヶ月後、〈ブルーレイク・フラット〉二〇一号室に、和仁が包丁を持って押しかけてきた。

「奴が言ったのよ。おまえが警察に全部打ち明けると言っていると聞いたって。裏切り者に思い知らせてやる、そうわめく和仁と争いになって、気がついたらアイツの胸に包丁が刺さってた。でも倒れてもまだ生きて、動いてた。風呂場に引きずっていって、そこで包丁を抜いたの。血が天井にまで吹き出して、お風呂場中、真っ赤になった。あの男の体の中に、あんなに血があるなんて、思わなかった……」

レオ爺さんが言っていた。二十年以上前にも、彼の部屋に埃が舞い散っていたことがあった、と。隣家の早坂家では、若夫婦の仲の良さに辟易して、騒がしくなってくるとすぐに雨戸を閉めていた。大麻の件もあって、李美は大声で助けを呼べなかった。一人で、佐藤和仁を止めるしかなかった。

「そんな騒ぎがあったのに、ヒロトは泣きもせずよく眠ってた。どうしてあの日にかぎってああだったんだろう、後になってよく考えたものよ。生まれてから、毎晩毎晩夜泣きして、二ヶ月の間全然眠らせてもらえなかった。お義母さんが抱くと落ち着くのに、私が抱くと金切り声で泣きわめく。やっぱり両親に愛されなかった私って、どっか欠けてるんだって思った。それをこのコは敏感に感じてる……」

李美は骨箱をさらに抱き寄せた。

「光貴が帰ってきたとき、私、血まみれでヒロトを抱いてたの。光貴は血相変えてヒロトを抱きとった。それで、言ったの。あとのことは任せて逃げろって。和仁と私が駆け落ちしたことにする、遺体は自分が処分する、ヒロトの面倒も自分がみるって。私、アメリカで生まれて永住権も持っていた。知り合いもいる。あっちで暮らすことは簡単だった。だからそうすることにした。私は荷物をまとめて、その晩のうちにアパートを出て、すぐにアメリカに渡った」

「ヒロトを置いて」

「そう、このコを置いて。飛行機の中で、寂しくて、一人ぼっちで、光貴に会いたくて、でもホッとしてた。これでもう、赤ん坊の面倒をみなくてもいいんだって」

ゴンドラが頂上に登りつめた。陽の光がゴンドラの隅々まで差し込んできた。眩しかった。冬の澄んだ空気の中、富士山の稜線が目に飛び込んで来るほど鮮明だった。遠く、新宿の高層ビル群や東京タワー、スカイツリーまで、何もかもよく見えた。感覚を研ぎ澄ませば、はるかかなた、あのビルやその向こう、その中にいる人たちのそばまで意識を飛ばせる、彼らを見て、触れて、感じることができる……そう思えるような眺めだった。

でも、観覧車はきしみながらも止まらず、景色は動き続けた。てっぺんは過ぎた。日の光がほんの少し、控えめになった。わたしは我に返り、話を続けた。

「たぶん、ミツエさんも事情を知ってたんですね。だからあなたが帰国したとき、犯行現場である〈ブルーレイク・フラット〉二〇一号室ではなく、よそに部屋を借りたんですね。あなたがあのアパートに出入りしているところを見たら、レオ爺さんやお隣があなたの正体に気づいてしまうから」

アパートに空いている部屋があった、身近に手助けしてくれる人間が必要だった、となれば、普通は身内である李美を住まわせるだろう。たまたま出くわした、わたしではなく。

「光貴が言ってたわ。あの部屋の風呂、どんなに掃除してもキレイにならない。目地のあいだから、じわじわと茶色いシミのようなものがにじみ出てくるんだって。光貴はお風呂場で和仁を解体したのよ」

李美は遠くを見て、眠たげに微笑んだ。ゴンドラはゆっくり下降し始めた。元医学生が、血まみれで遺体を解体するさまを想像しかけ、慌ててその景色を頭の中から追い払った。

「だから二〇一号室を、ずっと倉庫にしてたんですね」

「そうなの。なのに下のおじいさんがうるさくて、あの部屋を空けることになったって、光貴ぼやいてたわ。仕方ないから、誰も借りたくならないように、窓を歪めて隙間風が入るようにしたんですって。もっとも、重たい本をずっと入れてたから部屋全体が傾いてたらしいけど。お金を貯めて、アパートを建て替えできればいいのにって、言い合ったものよ」

「よく二人で連絡を取ってたんですか」

「もちろんよ。二人でなんでも話した。だからこっちで起きてることは、たいてい知ってたの。光貴は私抜きでヒロトと出かけたり、行事に参加したりはしなかったけれど、ヒロトの写真をたくさん撮って、アメリカに来るたびに見せてくれた。ヒロトが十八歳になったら、彼をアメリカに連れてきて、家族で過ごそうともいってくれた。ヒロトが嫌がって、実現しなかったんだけどね」

「あなたのことは、ヒロトは知らなかったんですか」

「ヒロトが聞きたがらなかったのよ。父親にも母親にも関心がなかったの」

「だったら腹が立ったんじゃありませんか」

「そうね」

「彼の部屋に火をつけたくなるほど……?」

李美はまじまじとわたしを見た。やがて、爆発するように笑い出した。

「バカね、私があのアパートを燃やすなら、あんたが暮らしていたあの部屋にも忘れずにガソリンをまく。犯行現場はなくなるし、赤の他人のくせに我が物顔で入り込んできた探偵もいなくなる。それで私はヒロトを助けて……炎の中からヒロトを助けて、不必要な記憶をなくしたあのコと一緒に、いつまでも幸せに暮らすのよ」

ゴンドラは下降を続け、地面が近づいてきた。制服警官が数人、観覧車の下に待っているのが見えた。メールを受け取って、当麻が手配したのだろう。

「光貴と最後に話したとき、彼が言ってた。生まれて初めてヒロトを叱った、アイツ大麻をやったんだ、面白半分に、友人とスカイランドの観覧車の中で。そのせいで誰かがケガをしたそうだ、だから話した。どうして母親がいなくなったのか、母のために父親がなにをしたのか。その大元の原因が大麻だったってことも。ヒロトはショックを受けて、泣きながらわめいてたそうよ」

レオ爺さんが聞いた、事故前夜の口論というのがそれか。そしておそらく、光貴とヒロトが事故の当日スカイランド駅前にいた理由もそれだ。

なぜ、今まで話してくれなかったのか、ヒロトが知りたがっていたことにつながるのに。そう思ったが、わたしは言葉を飲み込んだ。話せるわけがない。話せば、家族全員の罪が明らかになってしまう。

「もっと早く戻ればよかったのに、家族に」

わたしは思わず尋ねていた。

「どうして戻らなかったんです？　殺人はバレてない、駆け落ちってことになっていた。あなたが戻ってきて、佐藤和仁に捨てられたとでも言えば、それで通ったんじゃないですか。多少は色眼鏡で見られるだろうけど、そのうち誰もそんなこと気にしなくなったでしょうに」

「何度もそうしようと思った。でも、光貴が……危険だって。危ないから戻って来るな、何度もそう言ったの。離れて暮らして、寂しくて、私が我慢できそうもなくなると、光貴は日本からとんできてくれた。だから、それで満足しようと思ってた。ヒロトのことは、自分の息子だけど息子じゃない、お義母さんのものだと思うことにしてた。実際、光貴が死ぬまではそれで納得できていたの。光貴さえいれば、私は一人じゃなかったんだもの」

青沼家に不法侵入したあの晩、わたしは李美に、ヒロトからの依頼を説明した。そのとき彼女はこう言った。なんだ、そんなこと、と。

本当は、いなくなった母親を探してくれ、そんな依頼を期待していたのだろうか。だとしても、それを確かめる気にはなれなかった。そうだと答えられても、違うと言われても、怒りを覚えそうだった。

地面が近づいてきた。日が陰った。天上にいたときに得たあの感覚が、ゆっくりと閉じていく。あのてっぺんでさらに意識を開くことができたら、空を飛ぶより高みへと登れる……そんな夢を見てしまったヒロトの気持ちが、少しだけわかった気がした。

「最後に一つだけ、聞いてもいいですか」

「なあに」

李美は眠たげに言った。

「その眉毛、なんでそんなことになっちゃったんです？」

「眉毛を変えると人相が変わるもの。こうしておけば、万一、知り合いに会っても私だと気づかれにくいでしょう。アメリカでは人気占い師の家で住み込みのメイドをやってたから、なにかのはずみで写真がネットにアップされて誰かの目に触れる、なんて危険も考えられた。これでもバレないように必死だったのよ、殺人者だからね」

李美は不意にくすくす笑い出した。可笑しそうに腹を折った。手から錠剤がいくつかこぼれ、ゴンドラの床に散らばった。

「占い師のマネをして、オーラがどうとかトーテムがどうとか、いかにもな感じでしゃべると、みんな私を頭のおかしなスピリチュアルおばさんだと思い込むの。それで、少し距離を取る。なのに言われたことは気にするの。気にしたでしょ、あんたも」

観覧車が下について、ゴンドラのドアが開けられた。警官に挟まれて出ていく間も、青沼李美は骨箱を抱いたまま、小さく笑い続けていた。

23

観覧車のゴンドラの中での会話は録音してあった。

許可を取った録音ではないから証拠にはならない。仮に李美が正式に自供しても、誰も知らなかった二十数年前の佐藤和仁殺しを公訴できるのか微妙だろう。そもそも光貴が和仁の遺体をどこに処分したのか、李美ですら知らないのだ。犯行現場は跡形もない。おまけに凶器を持参したのが和仁なら、李美の罪が殺人罪になるかどうかもあやしい。しかし、それはわたしが頭を悩ませるところではない。当麻か警察、裁判所が判断すればいいのだ。

わたしたちのゴンドラの扉を、ためらいながらも閉めたあの観覧車の係員は同年代の女性だったが、唖然として警官たちを見送っていた。〈スカイランド staff〉と背中に白抜きされた真っ赤なウインドブレーカーを着て、羽のついた帽子をかぶっていたが、ウインドブレーカーは彼女をより豊満に、帽子は顔をより大きく見せていた。観覧車に人を乗せる仕事は楽しそうだが、どんな職業にも難儀はある。

ご苦労様です、と声をかけると、係員は我に返って、はい、ご苦労様です、と返してきた。李美のゴンドラに後から飛び込んだのが、わたしだということには気づいていないようだった。徹夜しても人目をひかない女探偵。キャッチフレーズになるかもしれない。

「他のものからも聞かれたかもしれませんが、どうでしょう。これまでにあの女性を見たことは」

警察の連れだと思われるように、テキパキ尋ねた。係員は大きな顔を傾けた。

「ないと思います。ここに来るのは若いカップルか家族づればかりですから。女ひとりでも目立ちます」

「では、男性ひとりはどうです？」

「いなくはないですね。ＳＮＳにあげるためでしょう。女ひとりとは別の意味で目立ちます。でも手に負えないのは、男ばかりのグループですよ」

わたしが興味を示すと、彼女は勢い込んでしゃべり出した。

「前に一度、ゴンドラが一つだけすごく揺れていて、内線電話をかけたことがあります。邪魔すんなって叩き切られましたけど。観覧車のゴンドラを揺すってはいけない規則はありますけど、全体を停止してしまうと、再開するのがまた大変で。結局、その男子大学生二人組は降りようとせずに、五周もしたんですよ」

「どれくらい時間がかかるんです？」

「一周約十分です。高さは六十メートル。空いているときは、一日パスを持っていて本人たちが希望すればそのまま乗せておくんですけど、ときには不埒《ふらち》なカップルもいますからね。最近はスマホで撮影もできますし。あんまりにもあからさまなときは、いったん降りてもらうんです」

係員は顔をしかめた。わたしは言葉を尽くして彼女の苦労を思いやり、その仕事ぶりをほめたたえ、係員の頬がゆるむのを待って、尋ねた。

「中には、ゴンドラ内で飲酒や喫煙をする輩《やから》もいるんでしょうね」

「それはもう。さっき言った大学生二人組なんか、その典型ですよ。平気な顔で空き缶をゴンドラに置いていくし、中は煙臭かったし、こぼしたドリンクで床はベタベタで。同僚が注意したら、酔っ払ってたのか、暴れ出したんですよ。同僚はそこの」

係員は観覧車乗り場にのぼる、八段ほどの階段を示した。

「上から突き落とされました。幸い、打撲ですみましたけど、しばらくは動けませんでしたからね。私たちもお客様に夢を売る商売ですから、できれば騒ぎにはしたくない。大したケガでなければ、被害届を出すこともありません。でも、腹は立ちます。犯人二人の監視カメラ映像、ネットに流しちゃおうか、なんて裏で話したこともあったくらいですよ」

係員に礼を言い、入口に向かって歩き出した。

疲労でぼうっとしたままいくと、軽い傾斜を登るだけで動悸息切れがした。そもそもこの手の施設は、元気いっぱいすぎる利用者しか想定していない。心臓発作を起こさせかねないコースター、血管を詰まらせるホットドッグ、血圧を急上昇させる絶叫マシン、コレステロールの塊みたいなフレンチフライ、血糖値をジェットコースター並みにするドリンク。

原色の液体がガラスケースの中で回って、注文されるのを待っていた。こういうおぞましい赤やブルーは、カエンダケとかミノカサゴ、ヒョウモンダコ、もしくはトイレ用洗剤の専売特許なのかと思っていた。だが、若者や子どもたちは〈スカイフラッペ〉のロゴのついたプラスティックのカップにかき氷を入れた上に、その原色の液体を注いでもらい、嬉しそうに写真を撮ってはすすっていた。人類の危険回避能力遺伝子はどこかで、完膚なきまでに傷ついているようだ。

通り過ぎようとしたとき、目の前で子どもが転んだ。手から〈スカイフラッペ〉のカップが吹っ飛び、足元に転がってきた。子どもは泣き叫び、わたしは致し方なくカップを拾い上げた。甘い香りがした。あ、と思った。

……この香りを知っている。

ヒロトの衣装ケースの奥に突っ込んであったジーンズに、染みついていた香りだ。別に不思議はない。あのジーンズのポケットには、スカイランドの一日パスのリボンが入っていた。ヒロトは観覧車で大麻を吸ったがもの足りず、さらにキケンな〈スカイフラッペ〉を飲んで、ジーンズにこぼしたのかもしれない。

他のものより、大きなジーンズに。

李美の言葉を思い出した。光貴と最後に話したとき、彼が言ってた。生まれて初めてヒロトを叱った、アイツ大麻をやったんだ、面白半分に、友人とスカイランドの観覧車の中で……。

転んだまま泣いている子どもの鼻先にカップを置き、足を早めて出入口に行った。受付で少しもめたが、やがて奥から警備員が出てきた。白髪で、たるんだ瞼の奥の目つきが尋常ではなかった。定年後の刑事の再就職でございます、と首から札を下げて歩いているようだ。彼は、わたしがジーンズのポケットから見つけたときに撮影しておいたリボンの画像を見ると、すぐ質問に答えてくれた。

「この明るいグリーンのリボンは、昨年、近隣の方にお配りした割引券をお使いになったお客様におつけしたものですね」

見かけによらず可愛らしい声だった。思わずふきだしそうになって見ると、周囲のスタッフも全員笑顔になっていた。

「チケットの購入方法によって、つけるリボンの色が変わるんですか」

「そうですね。どの割引券がどの程度、どのように使われて、どのアトラクションの使用頻度が高くなるかのデータを取るため、色を変える場合もあるということです。近隣住民の方への割引券は、当園開園当初から皆様にお配りしています」

「近隣住民というのは、稲城市……」

「それと、川崎市多摩区の隣接地域にお住いの方になります」

礼を言って、その場を離れた。バスに乗り、駅に戻りながら考えた。

出石武紀の話が確かなら、あのリボンはヒロトが持ってきた割引券で入園した証拠ということになる。ヒロトが知り合いから譲ってもらい、誰かと二人で……大学生二人組として観覧車に乗った。そしておそらく五周して、大麻を堪能したというわけだ。

そのあと彼らは、李美の言うところの大麻の影響による「特異な攻撃性」によって係員を突き飛ばし、ケガをさせた。そのままその場を立ち去ったが、じきに自分たちのしたことが恐ろしくなった。監視カメラ映像はあるし、バレたら大変なことになる。

そこで〈スカイフラッペ〉でシミのできた目立つジーンズを脱ぎ、どこかで新しいものを買ってはきかえた。ただ、大きさからいって、あのジーンズはヒロトのものではない。おそらく一緒にいた大学生のものだ。

二人はヒロトの車で出かけたのかもしれない。脱いだジーンズは車に置き去りにされたのを、ヒロトが隠し持っていた。

遊川聖は大男だったな……。

遊川はヒロトとの関係やスカイランドについて、神経質にごまかした。出石によれば、彼自身は「アレ」を一回でやめたが、遊川は続けていたようだった。ヒロトが「アレ」の話をしなくなったのと同じ頃、遊川も口にしなくなっていた。

ヒロトは父親にスカイランドの件を話してしまった。そして両親の過去の罪を知り、激しいショックを受けた。薬物使用がどんな結果を招いたのか、彼は身にしみて知ったのだ。父親に説得され、事故の当日、スカイランドに二人で謝りにいくことにしたのだろう。謝罪のために行くわけだから、ロープウェイを使って物見遊山《ものみゆさん》で乗り込む気分にはなれず、バスで行くことにした。そして……。

遊川はどのタイミングかで、この謝罪の件を知ったのだ。出石が言うには、二人とも本当は交通事故の直後に青沼ヒロトが死ぬような重傷を負ったことを、知っていた。想像するに、遊川は事故が起きたのがスカイランド駅前のバス停で、父親と二人だったことを知って、ヒロトが「アレ」の件を表沙汰にしようとしていたと悟った。

それ以来、彼はヒロトの動向に注意していたのだろう。ヒロトのケガは重かった。毎日リハビリを続けるほどだった。しかも意識障害があって、事故前後とそれにまつわる記憶をなくしていた。ヒロトがなにを言い出しても、事故のせいで記憶が混乱している、自分は知らない、としらばっくれればいいと、安心していた。

そこへ、わたしだ。出石は「葉村さんの話は、ヒロトから聞いてました」「うちのワゴン車と女タンテーを出すって」と言っていた。同じ内容を遊川も知ったはずだ。ヒロトが「女タンテー」と同じアパートで暮らし始めたことを。ヒロトのことだから、自分がなぜスカイランドの駅前に父親と一緒にいたのか調べてもらうんだ、とそこまで友人たちに打ち明けたに違いない。

係員にケガをさせたのは、おそらく遊川だろう。その証拠があのジーンズに残っているのではないか。少なくとも、大麻使用の痕跡はあるだろう。誰がはいていたものか、それだって調べればわかる。ヒロトの記憶が怪しくても、物的証拠があれば、話は別だ。

そのジーンズが母屋にあるとは、さすがに遊川も気づかなかった。てっきり寝室として使っているアパートにあると思っていたのではないか。となると、自分の将来を台無しにしかねない、ヒロトとジーンズ、それに女探偵をいっぺんに消し去るには、アパートに火をつけて燃やし尽くすのがいちばんだ。それも、失火に見せかけるのがいい……。

とりあえずこれで、辻褄《つじつま》はあっているんだよなあ、と新宿から中央線に乗り換えて吉祥寺に向かいながら、わたしは考えた。だが、寝不足とスタミナ切れの頭では、これ以上、検証できない。この遊川犯人説、どこかに無理がある、というよりもなにかピースが足りていない気がする。そう思うこと自体、わたしの神経パルスが滞っているからなのかもしれないが。

ふらふらになりながら、〈白熊探偵社〉の外階段にたどり着いた。遠くで十二時の時報が鳴った。

空腹だったが、昼食よりまずは睡眠。そう思ったのに、階段の下に看板猫がいて、わたしを見つけると食事を求めて激しく抗議してきた。もう限界だと思いながら水を入れ、皿を洗ってカリカリを入れ直してやった。猫は皿に顔を突っ込み、ついでそむけ、激しく鼻を鳴らした。

あ、そう。気に入りませんか。そうですか。

知ったことか。

わたしは二階の事務所に飛び込み、押入れから引き摺り出した毛布をかぶってソファに倒れた……。

着信音がしつこく耳元で鳴り続けていた。いったん止んではまた鳴り出し、またいったん止んではまた鳴り出した。ソファの下に手を伸ばし、そこらへんに投げ出したスマホを拾い上げ、しかたなく出た。電話の向こうで、富山店長が言った。

「やっと出ましたか」

わたしはうう、とか、ああ、とか返事をした。富山はあきれたように言った。

「もう一時半ですよ。そんなに寝たら、頭痛がしませんか」

余計なお世話だ、と言い返したかったが声が出なかった。富山はいつものようにこちらを気にせず、好きなようにしゃべった。

「書店にかかって来た電話を、私のスマホに転送するようにしてあったんですけどね。そしたらさっき女性から、そちらは葉村晶さんの探偵社ですかって電話がかかってきて、訪ねていくから場所を教えろと言われました。ちゃんと吉祥寺駅からの道筋を教えて、書店の建物の二階の奥の扉だってとこまで伝えました。でも考えてみたら葉村さん、その事務所のドアに、表札出してないでしょう。出しといてくださいね。でないと、依頼人を逃しますよ」

言いたいことだけ言うと、富山は電話を切った。依頼人?　えー、今じゃなきゃダメ……?

着信音がしつこく耳元で鳴り続けていた。いったん止んではまた鳴り出し、またいったん止んではまた鳴り出した。

しかたなく出た。電話の向こうで、瑠宇さんが言った。

「やっと出てくれた」

わたしはうう、とか、ああ、とか返事をした。瑠宇さんはあきれたように言った。

「もう二時半だよ。そんなに寝て、後で頭痛がするんじゃない?」

大きなお世話だ、と言い返そうと思ったが、声が出なかった。瑠宇さんは朗《ほが》らかに続けた。

「実は今日、仕事でワゴン車を借りたのよ。晶の部屋に残ってる荷物、ついでに運んであげようと思って。車を返す相手は三鷹に住んでるんで、通り道だし」

「……二階から降ろして車に入れるの、大変じゃない？」

「大丈夫。後で巴さんとこに、建設関係のおじさんたちが打ち合わせに来るんだって。ついでに運び込んでもらうから。車から降ろすのは自分たちでやるしかないけど、あと本棚と布団と本三箱だけでしょ。本は箱から出して、少しずつ運べばいいし、後のものも二人でやれば大丈夫だよ」

一瞬、ためらった。アンティークの本棚はお気に入りだし、素人に運ばせて傷だらけにされても困る。だが、どうせもともと傷はあった。それを古道具屋がきれいにやすりをかけて、ニスを塗り直した。だからわたしでも買える値段になっていたのだ。

「実は、あたしも腹くくったんだよね」

瑠宇さんはのんきに言葉を継いだ。

「晶が出てくことになって、ほぼ空っぽになった部屋を見たら、〈スタインベック荘〉の時代はもう終わったんだって納得できたんだ。おかげで、彼のことも忘れられるような気がしてきた。不思議なもんで、そしたらすぐにいい部屋が見つかったの。三鷹駅の北側、一戸建ての敷地内にある離れなんだけどね。大家さんたちがすごくいい人たちで、ワゴン車も貸してくれたんだ。走らせてくれたほうが車にもいいからって」

今回の仕事が片付き次第、あたしもすぐにそのワゴン車使って引っ越すつもりだ、と瑠宇さんは言った。てなわけで、そのときは手伝いよろしく。

彼女は〈MURDER BEAR BOOKSHOP〉の住所を確認し、五時半頃には行けると思うと言って、通話を終えた。わたしは再び目を閉じながら、なんとなくホッとしていた。懸案事項が一つ片づいた。尻に帆かけて逃げ出すわけではないが、〈スタインベック荘〉から、というよりも人をやすやすと留置場にぶち込む連中から、距離はおきたかった。

その代わり、瑠宇さんの引越しを手伝わなくてはならなくなったが。眠りに落ち込みながら、わたしは思った。どんな大きさのワゴン車かは知らないが、あの玄関に置かれた大量の段ボール箱、一度や二度では運べまい。とはいえ自分で車を手配することを考えたら、費用が発生しないだけありがたいし、文句は言えないか……。

着信音が耳元で鳴り続けていた。いったん止んではまた鳴り出し、またいったん止んではまた鳴り出した。

しかたなく、手を伸ばしてスマホをつかんだ。電話の向こうで当麻茂警部が言った。

「やっと出ましたか」

わたしはああ、とか、うう、とか答えた。当麻はあきれたように言った。

「まさか寝ていたんですか。三時半ですよ。まともな社会人がよく昼寝なんてできますね」

寝ぼけた頭に、言い返したい言葉が次々に浮かんだ。こっちは夜中じゅう頑張って、青沼李美を探しまわったんだ。おかげで青沼家のご近所中に嫌われた。朗読会が終わらないうちに〈MURDER BEAR BOOKSHOP〉を出たから、そのぶんの時給はなくなった。交通費と入園料、どれだけ自腹を切ったと思ってる。わたしが観覧車のあのゴンドラに乗り込まなければ、李美は手の中にあった薬を全部飲んでいた。その間、あんたはどこでなにやってたんだ。成田か羽田で出国ゲートを見張りながら、優雅にコーヒーでも飲んでたのか。

「とりあえず、青沼李美の確保に協力してくれたことには感謝します」

当麻は言った。

「彼女は佐藤和仁の殺害は認めましたが、それ以外の質問には答えてくれません。所持していた薬は、アメリカで処方されたという睡眠導入剤でした。オキシコドンは見つかっていませんでしたが、どこかに捨てたってことはないでしょうね」

「……さあ」

「ともかく、今回はご苦労様でした。ご褒美というわけではありませんが、一つ。葉村さんが見たがっていた、青沼家の監視カメラ映像ですが」

「見せてもらえるんですか」

思わず体を起こした。当麻はしれっとして答えた。

「そういうわけにはいかないので、郡司にチェックするように指示しておきました。詳しいことは彼に聞いてください」

コイツらときたら。どこまでも人を利用した挙句、一切こちらを信じないわけだ。

「もしその映像に、灯油ストーブをヒロトの部屋に持ち込む青沼ミツエが映っていなかったら、近所の住人への聞き取りをもう一度やってもらえますか。火災の興奮から冷めて、ミツエさんも亡くなった今なら、供述も変わってくるかもしれません」

おそらく近所の誰かが、とにかく騒ぎを収めたい、というところから「灯油ストーブを運ぶミツエさん」の目撃情報を口にした。それをあの声の大きなエピソード泥棒の大場さんが、まるで自分が見てきたように捜査員に話した。実際のストーブの色と、目撃されたストーブの色が、同じ赤だったために、泉原をはじめとする捜査員たちがこの目撃談を信じた。

「詳しいことは、郡司と詰めてください」

当麻はあっさり通話を終えた。すでに、青沼李美にオキシコドンの密輸入を認めさせ、自分の見立てが正しいことを証明し、上司と麻取に一泡吹かせることで、頭がいっぱいなのだと思った。

その望みが叶うかどうか、アヤしいものだが。

わたしは青沼家に忍び込んだ夜、麻薬と光貴について青沼李美と話した。たとえば末期のガン患者が痛みに苦しんでいたとしても、光貴は麻薬を渡したりしないのか、とわたしが尋ねると、李美は言った。なぜ医者でもない彼がそんな真似をするの？　医者なら正式かつ安全にモルヒネを処方できる。光貴が出しゃばる必要はない……。

着信音が耳元で鳴り続けていた。いったん止んではまた鳴り出し、またいったん止んではまた鳴り出した。

しかたなく、手を伸ばしてスマホをつかんだ。電話の向こうで郡司翔一が言った。

「やっと出ましたか」

わたしはああ、とか、うう、とか答えた。郡司はあきれたように言った。

「まさか寝ていたんですか。もう夕方の四時半ですよ」

あんたたちがひとの睡眠をブツ切りにしてくれてなければ、少しの仮眠で起きてたわ、とわめき散らしたい気持ちを抑えて、わたしは言った。

「で？　どうだったんですか、監視カメラ映像」

「はあ。最初から最後まで見たんですけどね。とりあえず、青沼ミツエが灯油ストーブを抱えて庭を歩いている、といった映像は見当たらないですね」

「やっぱり」

「でも、夜暗くなってきてからの映像は、見づらいですから。特に、十一月に入ってすぐに風が強くなって、あのあたり一帯、真夜中に停電してるんですよ。その間の映像は暗いし、だから絶対とは言えないんです」

「誰も真夜中の停電中に、ストーブを運んだりしないでしょうよ」

「ええ、まあ。だからこの映像、灯油ストーブの件で、もう一度近所に話を聞く口実にはなりますよ。それに、ちょっと気になったことがあって。泉原さんの報告書を読んでいて気づいたんですが」

奇妙な偶然を見つけたので、会って説明したい、と郡司は言った。杉並西署にいるので、一時間後には〈白熊探偵社〉に着けます。

さすがにこうなっては起きるしかない。わたしはむくんだ顔を洗い、濡れタオルで体を拭いて服を着替えた。驚くほどお腹が空いていたので、急いで食べ物を買いに出ることにした。冷蔵庫はサロンにあるし、ヤカンと小鍋が台所にある。事務所でも不自由せずに暮らせそうだが、やっぱり小さめの冷蔵庫を買おうかしら、と思った。レンジとか、フライパンも。もっともそんな風に家財道具を増やしてしまったりしたら、そのままここに居ついてしまうかもしれない。

ドアの脇に〈白熊探偵社〉の名刺を貼って、出かけた。

腹の立つことに、本当にひどく頭が痛かった。歩きながら、考えをまとめようと努力した。これまでの調査で、いろんな人たちから聞いた言葉やその内容、その中にはひどく気になるものがあった。例えば泉原だ。彼はヒロトの死を自殺だと仄めかしたとき、こう言ったのだ。

ヒロトは交通事故の八ヶ月後に、今度は火災にあって亡くなった。ここまで悲劇的な事故が、偶然にも相次いで一人の人間の身に起きたと考えるよりは、事故が原因で火災が結果、と考えたほうが収まりはいい……。

でもなぜ、この言葉が気になるのか。それがわからない。

気がつくと、街に出ていた。アトレの一階に入った。すでに夕方で、生鮮食料品売り場は買い物客でごった返していた。収入と支出の割合を考えると、食費は削らざるを得ない。だが家賃を払わなくてもよくなるわけだし、ことによると富山のところへ電話をかけてきた女性とやらが、依頼人になってくれるかもしれない。今すぐ引き受けられるような依頼だといいのだが。

安売りの豚コマを五百グラム、卵と見切り品の野菜を数種類選んだ。鶏胸肉のローストと安売りのピザの束と一緒にカゴに入れ、レジの列に並んだ。支払いをしている人をぼうっと眺め、あくびをしながら時計を見た。日暮れが早くなっている。まだ五時前なのに、外は真っ暗だ。こんな時間に引越しなんて、近所から苦情が来るのではないだろうか。以前、近くにものすごく騒音に厳しいおばあさんが住んで……あっ。

血の気が引いた。

郡司は四時半に電話をくれて、一時間後に行くと言った。瑠宇さんは五時半頃には荷物を運んでくると言った。

まずい。鉢合わせだ。

24

できるかぎり早く〈MURDER BEAR BOOKSHOP〉に戻ろうと、足を早めた。本日、左膝はおとなしかったが、脛《すね》が痛かった。体のあちこちが入れ替わり立ち替わり、老化してますよと伝えてくる。なにより記憶力の劣化がイタい。半分寝ぼけていたとはいえ、いちばん会わせちゃいけない組み合わせのダブルブッキングをしでかすなんて、ありえない過ちだ。

途中で何度も郡司に連絡を取ろうとしたが、応答はなかった。舌打ちしながら、店までもうすぐ、という場所にたどり着いた。途端に、桜井から着信があった。

「葉村おまえ、よくもこき使ってくれるねえ」

開口一番、彼はそう言った。

「片桐竜児の連絡先、探し出したぞ」

今はそれどころじゃないんだけどな、ていうかその連絡先、今朝欲しかったんだけどな、と思いながら礼を言った。根が善人の桜井は、自分の電話が迷惑がられているとは夢にも思っていないようだった。

「オレじゃなくて、望月がな。竜児ってやつは半年ほど前、就職を目前にしてそれまでの人間関係やらなにやら、いったん全部白紙にしたらしい。SNSも閉じてるんだ」

「それはまた、どうして」

早くこの通話を終えなくては、と思いながらも尋ねてしまった。

「そこまでは調べてないよ。ただ、どうも身内に不幸があったらしい。竜児の高校のバスケ部の交流サイトでそんな話題が出てた、と望月が言ってた」

「身内の不幸？　どんな」

「さあ。そりゃ不幸っていうからには、誰か死んだんじゃないか」

竜児の母親である片桐さんはそんな話はしていなかったな、と思った。「身内の不幸」というワードは、めんどくさい探偵を追い払うにも便利そうなのに。

ひょっとすると、半年前の不幸とはヒロトの事故のことだろうか。片桐竜児は一度だけ見舞いに来て、生き延びるとは思わなかった、と言ったきり顔を見せなくなったとヒロトは言っていた。ヒロトが思うよりも、片桐竜児は事故にショックを受けていたのだろうか。わたしが出会ったときにはヒロトの顔の傷もずいぶん落ち着いていたが、八ヶ月前にはもっとひどい有様だったはずだ。鼻が潰れるよりも、治るのには時間がかかっただろう。だから、電話で連絡はとっても、会おうとはしなかったとか。

その辺のことを桜井と話し合おうと口を開きかけ、それどころではないのを思い出した。ぜひ今度、中野の焼鳥屋でお礼を、と早口に言って電話を切った。同時に、店の前に着いていた。

すっかり日が落ちて、あたりは暗くなっていた。少し前からじいじいと不平を漏らしていた街灯が、いよいよ本格的なストライキに入るという脅しのつもりなのか、点灯と点滅を繰り返すその間隔を早めていた。ときどき不平から生み出される闇に、店はすっぽりと包まれた。

そもそもが、住宅街の中にある二階建てのアパートを改造して作った店舗だから、環境に溶け込んでいる。別の言葉で言うと、見つけにくい。道に向かって〈MURDER BEAR BOOKSHOP〉の名前と、本を抱えてナイフを振り上げたクマのイラストがついた小さなライト式の看板があり、その下には〈白熊探偵社〉とごくごく小さく、そっけなく書いた札が下がっている。休業中の今日は、明かりもつけていない。

冬は嫌いだ。すぐ暗くなる。

看板と一階の外廊下の明かりくらいつけておくかと思い、一階の店舗の鍵を開けた。ノブに手をかけたとき、背後で物音がした。同時に、自分に向けられた殺意を感じた。冷や汗とアドレナリンがどっと出た。

そうだ、もし、出石武紀が昨日の深夜の会合について、遊川聖に話してしまっていたら。遊川は嘘をつくのは苦手でも、頭が悪いわけではなさそうだ。仮に危険回避能力の遺伝子が傷ついていても、わたしがスカイランドと観覧車にまつわる一件を察知した、程度のことは予測できるはずだ。〈吉祥寺、本屋、探偵〉で検索すれば、七番目くらいにうちの店のホームページが登場する。住所はおろか店への道順も、懇切丁寧に載せてある。

わたしの想像が正しければ、相手は冷酷非情な放火犯だ。貧乏探偵くらい、ためらわずに始末するだろう。

指の間から鍵を突き出すように拳を作り、買い物袋を手放すと同時に振り向いた。

誰もいなかった。隣の駐車場の明かりが、外階段を通してこちらを照らしていた。そのぼんやりとした陰影のなかで、風に揺れたのか、地面に薄い影が生まれては消えた。外階段の下から看板猫が現れた。昼間の不躾を詫びる気なのか、なまめかしく鳴きながら、尻尾をピンと立ててわたしの足に体をこすりつけてきた。

全身から息がどっと出た。ついで、猛烈に腹が立った。暗いのが苦手で落ち着かないとはいえ、なんというマヌケな勘違いだ。殺人犯が襲ってくると思ったら猫。サスペンスのお約束のような陳腐な展開ではないか。まったく。きっと卵が割れたぞ。どうしてくれる。

「葉村さん」

悲鳴をあげて飛び上がり、振り返った。郡司翔一がぽかんとして立っていた。襟が黒い革で、本体が煉瓦色というおよそ勤務中の捜査官とは思えないコートを着て、バーバリーのマフラーを巻いている。

「どうしたんです？　時間通りですよ？」

「……そうだけど」

心臓がばくばくいった。息を吸い込み過ぎて、めまいがした。

「けど？　ま、いいか」

郡司は早口に言った。小鼻を膨らませ、興奮している。

「さっきも言いましたけど、先日、葉村さんに見せた書類の件で気になることがあったんです。監視カメラ映像を葉村さんに見せる了解がもらえなかったから、せめてもう一度、書類を見直すことにして、墨で塗りつぶした個人名と連絡先を再確認してみたんです。それで、面白いことに気づきました。交通事故のほうの書類と、火災調査の書類に、同じ名前が出てくるんです」

「ど……ういうこと？」

ようやく息を整えて聞き返したとき、店の外で車が停止する音がした。わたしは背伸びをして道を見た。白い大型のワゴン車が止まっていた。エンジンが止まり、ドアが開いた。瑠宇さんが降りてきた。

ひえっ。

もはや猶予はない。わたしは店のドアを開け、郡司を店の中に押し込んだ。押し込みながら、瑠宇さん、とささやいたが、よく聞こえなかったのか、郡司は押されて後退りながらも、せっせとしゃべり続けた。

「つまりですね、ほら、交通事故の加害者の堀内彦馬。彼の身内が書いた情状酌量を求める上申書がありましたよね。それを書いた身内と、火災調査の目撃証言者が同じ名前で」

「晶。いるの?」

瑠宇さんはアパートの建物の角から顔をのぞかせた。わたしはドアから半身乗り出して手を振った。

「瑠宇さん。悪いね、いま行くわ」

瑠宇さんと聞いて、郡司がハッと息を吸い込んだ。瑠宇さんが向こうでうなずいた。

「車から荷物出すよ。早くね」

彼女がワゴン車の方へ行くのを確認して、店に買い物袋と郡司を押し込み、レジ脇のスイッチを入れて電気をつけた。道に面した看板と外灯、一階の店舗と外廊下の明かりが灯った。郡司が嚙みつくように言った。

「どういうことですか。彼女が来るなんて聞いてませんよ」

「引越し荷物を運んできてくれただけだから。会いたくないなら、ここにいて。話は後でゆっくり聞かせてもらうから」

「ちょっと、葉村さん。約束しましたよね」

わたしは郡司の鼻先で店のドアを閉めた。約束はした。確かに。瑠宇さんの件について、当麻警部にこちらから告げ口はしない、と。それだけだ。瑠宇さんに郡司のことをばらさない、と言った覚えはない。

小走りにワゴン車に向かった。外灯をつけても住宅街は十分に暗い。植え込みのすぐ脇に停められたワゴン車の、後部ドアを開けている瑠宇さんの顔は見えるが、細かな表情まではわからなかった。ホッとした。たぶん、いまわたしはものすごい顔をしているはずだ。

「本と本棚と布団でしょ。あと、巴さんから鍋釜や食器を少し持っていってやれって言われたんで、適当に選んで持ってきた。お茶とか米とか缶詰もね。とりあえず、上から降ろしていこう」

「……ありがとう」

布団一式を外階段の下まで運んだ。大正時代の本棚は上と下をそれぞれ持って気をつけて運び、階段の下に立てた。案外重くなかったからかもしれないが、心配していた傷は見当たらない。とはいえ、まさかそのまんま、むき出しで持って来るとは思わなかった。階段で手を滑らせたら、大変なことになる。

「先に、段ボール箱の本とかを持ってこようよ」

瑠宇さんが手で首に風を送りながら言った。

「晶は仕事柄、本の入った箱を持つの慣れてるだろうけど、あたしは腰やりそうなんだもん。なんなら中身を抜いて、箱ごとじゃなくて運ぶ？」

「この辺に直に置くのはちょっと」

「店内に置けばいいじゃない」

瑠宇さんはコートを脱ぎながら、店のドアに手をかけた。わたしはさっと寄ってコートを取り、敷布団の入っている布ケースの上に置くと、瑠宇さんの腕をつかんでワゴン車の方へ押しやった。

「本屋の店内に本置いたら、混ざってわかんなくなるから。段ボールごと行きましょう」

ワゴン車から箱をとって、階段脇に並べた。看板猫が不満そうに現れて、うろうろし始めた。わたしはできるだけ急いで、残りの荷物を階段の下まで運び終えた。息を切らして瑠宇さんが言った。

「ねえ、そんなに急ぐと筋肉痛で動けなくなるよ。おたがいもう若くないんだからさ。ムリはよそうよ」

「いいのいいの」

わたしはなんとか平静を装った。

「本棚だけ二階にあげるの手伝ってくれたら、後の荷物はひとりでコツコツ運ぶよ。そしたらワゴン車を早く返せるでしょ。終わったら吉祥寺で落ち合って、お礼にご馳走するから晩ご飯を食べようよ」

「それは嬉しいけど。ねえ、中見せてもらえないの？」

「な、中って？」

「店の中。どんなか見たかったんだけど」

「いやっ……えーと、わたしが住む予定の〈白熊探偵社〉の事務所の中のことだよね。どうぞどうぞ。本棚持って。二階だよ」

「あれ。なにこの猫ちゃん。ここで飼ってるの？」

瑠宇さんの声が変わった。彼女の視線を追った。猫が二本足で立ち上がり、店のドアを引っ掻いている。鶏胸肉のローストだ、さっきから妙に馴れ馴れしいと思ったら、あの匂いを嗅ぎつけていたのだ、そうに違いない、と思う前に、瑠宇さんは、さあどうぞ、と店舗のドアを開けた。看板猫は嬉しそうに中へ飛び込んだ。瑠宇さんが笑顔になり、なにか言おうとしてこちらに振り返り、もう一度店内に目をやって、固まった。

店の中では郡司がわたしの買い物袋を持ったまま、猫に擦り寄られてこちらも不動の状態だった。わたしもどうしていいかわからず、そのままフリーズした。道の街灯がじいじい鳴り、パッと消えて道側が暗くなった。

最初に動き出したのは瑠宇さんだった。彼女は無言のまま くるりと振り返り、ワゴン車に向かってよろよろと歩き出した。次に、郡司が買い物袋を床に落とした。彼もまた、よろよろと瑠宇さんのあとを追った。

わたしはその場をむやみやたらと歩き回った。落ち着かなかった。遠くで、瑠宇さんと郡司のものらしい話し声がした。車のエンジン音は聞こえてこない。殺し合いも殴り合いも起きていそうもない。たぶん。

どのみち、しばらくはわたしにできることはなにもない。というより、巻き込まれたくない。

瑠宇さんが腹を立て、運んできた荷物に火をつけようなどと思いつく前に、引越しだけは先に進めておくことにした。瑠宇さんのコートを本棚に乗せて、羽毛布団の入った袋を抱え、階段を昇った。昇りながら、しまった、二階の外廊下の電気もつけるんだったと思った。駐車場の明かりだけでは足りず、二階はぼんやりと暗い。

道側から、しきりとなにかを訴えかけるようにしゃべっている声がした。郡司の声だった。彼も変わっている、とわたしは思った。瑠宇さんとのことを人に知られるのをひどく恐れているかと思えば、彼女の後を追っていったり。交通事故と火災に繫がりがあるようなことを言い出したり。

両方に共通する人間がいる、という話だったな……。

奇妙な事実が頭の中でつながった。ヒロトと大学生二人組が、観覧車で悪さをした際に使ったらしい、スカイランドの近隣住民向け割引券。出石の話ではヒロトが「スカイランドの近くに住んでる友だちのおじいさん」にもらったということだった。最初にそう聞いて、わたしは「スカイランドの近くに住んでいる友だち」がいて、その人のおじいさんからもらったのかと思った。だが、あの文脈なら「スカイランドの近くに住んでいるおじいさん、がいる友だち」からもらった、と解釈すべきではないか。

スカイランドの近くに住んでいるおじいさんを、ひとり知っている。

交通事故で青沼光貴を轢き殺した堀内彦馬。彼は川崎市多摩区の在住だ。多摩区といっても相当、広い。彼の住まいがスカイランドに隣接しているかどうかはわからないが、もし、そうだとしたら。交通事故と火災調査、双方に共通する名前があるという話が本当なら。

ずっと気になっていた泉原の言葉を、再び思い出した。ここまで悲劇的な事故が、偶然にも相次いで一人の人間の身に起きたと考えるよりは、事故が原因で火災が結果、と考えたほうが……。

偶然じゃなかったとしたら。交通事故を装ってヒロトを殺そうとし、失敗したので再度、ヒロトの部屋に火をつけた、ということだったなら。

階段を二階まで上がりきった。わたしは羽毛布団を下に置いて、暗がりで立ち止まった。

青沼光貴とヒロト、二人は堀内彦馬が運転する車にはねられた。それは疑問の余地がない。郡司の話によれば、火災にもおそらく彦馬の身内が絡んでいる。だとすると、ヒロトと一緒にスカイランドの観覧車で大麻をやった大学生は、遊川聖ではない。三鷹台で起きた火災調査の書類に、地方出身で、現在は西武池袋線の大泉学園に住む遊川やその関係者の名前が載っているとは思えない。絶対にないとは言いきれないが、もっと条件に当てはまる人間がいる。

その人物はヒロトの親友で、しかし彼が事故で死にかけると、生き延びるとは思わなかった、と言って会いに来なくなった。でも火災の直前に、ヒロトに電話をかけてきていた。どんな薬を飲むつもりか、あるいはすでに飲んだのか、聞き出すこともできた。いい就職先を得て、バラ色の将来を約束され、間違っても薬物の影響下で他人に危害を加えた事実を知られるわけにはいかず、おそらくヒロトとその父親に、スカイランドに謝罪に行くなら自分も一緒にと告げて、スカイランド駅前ロータリーで待ち合わせることができた人物。すなわち車が突っ込む直前に、ターゲット二人をその場所その時間にいさせることができた人物。

さらに、ヒロトがアパートの一〇二号室に寝泊まりしていることや、その部屋の戸がちゃんと閉まらないこと。青沼家が物で溢れかえっているため、ヒロトの部屋に古い灯油ストーブがあっても、さほど不自然には見えないこと。翌日から古本屋と遺品整理人がやってきて、大々的にアパートの部屋を片づけ始めることを、おそらく母親を通じて知っていたこと。

これらすべての条件が当てはまるのは——。

片桐竜児だ。

なんてこった、と思いながら、布団を持ち上げた。道のほうから、笑い声とも叫び声ともつかない男女の言い合う声が聞こえてきた。あっちはあっちで大変だ。瑠宇さんはわたしを恨むだろうか。彼女が必死で探している相手を、少しだけ早く知っていたのに教えなかった。瑠宇さんの気持ちよりも、郡司の弱みをつかんで警察の情報をとることを優先した。恨まれても当然だ。

ため息をついて、ポケットから鍵を取り出し、暗がりで目を凝らしたとき、背後で気まぐれな街灯が突然ストライキを中止した。明かりがついた。二階の廊下も明るくなった。〈白熊探偵社〉の前に人が立っていた。片桐竜児、いや違った。女だった。濃紺の艶のあるコート、エナメルのパンプス……。

片桐さんは大きな包丁を逆手に握りしめ、わたしをにらみつけていた。

そして、無言で襲いかかってきた。

とっさのことで声も出なかった。わたしは反射的に羽毛布団を持ち上げた。ぼすっ、という鈍い音とともに、刃物が布団に吸い込まれた。なんともいえない気色の悪い響きとともに、片桐さんは両手で握った包丁を下へ下へと動かした。わたしは全力で布団ごと、片桐さんを突き飛ばした。布団から飛び出たダウンが舞い上がり、街灯の光を反射しながら一面の景色を白く変えた。

突き飛ばされた片桐さんは、よろけて外廊下の柵にぶつかった。だが、包丁は手放さなかった。彼女は体勢を整えると、右に、左に、包丁を振り下ろしながらわたしに向かってきた。

わたしは布団袋を振り回した。片桐さんはそれを包丁で振り払った。片桐さんが包丁を振り回した。わたしが布団袋でそれを払った。まるで下手くそなダンスを踊っているように、わたしたちはお互いの息を合わせ、腕の動きに気をつけながら、足を右に、右にと動かして回転した。顔に羽が無数にあたり、息がしづらかったがそれどころではない。布は少しずつ切り刻まれ、小さくなりつつあった。包丁は大きく立派で、切れ味も鋭かった。

やりあううちに、刃先が二度、三度とわたしの皮膚を切った。血が飛び散り、羽が傷に貼りついた。

反射的に悲鳴をあげた。飛び散る羽の向こうに階段が見えた。こうなったら飛び降りる覚悟で逃げよう、と思った。それを悟ったのか、階段とわたしの間に片桐さんが立ちはだかった。彼女は両手でしっかり包丁を握り直し、頭の上に羽を乗せた姿でニヤリとした。

ダメだ、次はやられる——。

その瞬間、石和梅子との戦いについて語る、ミツエの声が聞こえた気がした。

あの女、もう一発殴ろうとしてきたのよ。それでとっさに避けて突き飛ばした。階段の上だろうがなんだろうが、こっちは自分の身を守ろうとしただけ。文句ある?……。

振り上げられた包丁を見た。考えるより早くわたしは身を沈め、片桐さんの腹めがけて頭から突っ込んだ。

25

エレベーターの扉が開くと、目の前に大きな窓があった。窓の向こうには夜景が広がっていた。冬至の夜の海の濃密な青に白い橋、白く赤く走っていく光の粒のような車や船。ビルはそれぞれの高さで闇のようにそびえ、空は地上の光を映しながら黒く沈んでいる。

夜景を横目に、ラウンジへと進んだ。黒服の男はそれとなくわたしの全身を確認し、お待ち合わせですか、と言った。その声には侮蔑とかすかな不安が含まれていた。

無理もない。安物のコートに安物のパンツスーツ、五年ほど履き込んだショートブーツという、おそらくはラウンジ開始以来の最安値コーディネートもさりながら、ひたいには絆創膏が貼られ、目の周囲にはようやく薄くなってはきたものの、まだ十分に人目をひく内出血の痕がある。左腕はアームホルダーにおさまり、左足を軽く引きずっている。しばらく美容院に行った形跡はなく、爪には縦筋が入ったままだ。

わたしが黒服なら、想像力のかぎりを尽くして席はすべて予約済みと言い張り、こんな不吉な客にはお引き取り願うところだ。まだカクテルアワーには早く、広い店内には落ち着かなげなカップルと、店の奥のカウンターの端のスーツ姿の男、その他数人しか見当たらなかったが。

そのときカウンターに座っていた女が高く手を伸ばして振った。黒服もわたしと同時にそれに気づき、無念そうに腰を屈めて、こちらへどうぞ、と案内をした。

数週間ぶりに見る江島茉莉花は髪を短く切り、茶色に染めていた。濃い茶色のタートルネックセーターを着て、幾何学模様を浮かび上がらせた白いパンツを履き、薄く色のついたサングラスをかけ、伸ばした爪にシルバーのネイルを塗っていた。初めて会ったときと同じように、背中を丸めてカウンターに肘をついていた。飲んでいたのはピンク色の甘そうななにかだった。

「なんてざまよ、探偵」

茉莉花は開口一番、呆れたようにそう言った。動くたびに、濃厚なジャスミンの香りがした。

「相手は素人の主婦だったんでしょ。ずいぶん手ひどくやられたわね」

わたしは隣のスツールに這い上った。カウンターの奥は一面が夜景の窓になっていた。お客の目から眺めを邪魔しないように、バーテンダーは一段低いところで作業する作りのようだ。こんなところで毎日下界を見下ろして酒を飲んでいたら、いずれ暗がりに出くわすたびに、光あれ、などと言いだしかねない気がする。

「先生はお元気そうでなによりです」

コースターとメニューが出てきた。ペリエを頼んだ。茉莉花が二杯目の甘そうななにかにむせた。

「ちょっと。探偵のくせにペリエ？」

「爪伸ばしたんですね、医者のくせに」

茉莉花は自分の指に目を落とし、ふふん、と言った。

「あの件からまだ一ヶ月経ってないのよ。医者に戻るのは七十五日以上経ってからにするつもり」

ペリエがきた。茉莉花がカクテルグラスを持ち上げた。わたしは言った。

「保釈おめでとうございます茉莉花先生。乾杯」

「笑わしてくれるわ」

茉莉花は面白くもなさそうに言った。

「容疑は全面否認されたままですってね。ご主人はなにもかも認めたそうですけど」

「院長夫人だなんて、あたしにはなんの権限もないのよ。あたしはただの医者。人々の苦痛を和らげるために、全力を尽くしていた医者に過ぎないの」

「腰痛や関節痛に悩む患者に、オキシコドンを融通していたとか？」

「なによそれ」

「緩和ケアの必要な患者をでっち上げただけでは、処方できるオキシコドンにも限度がありますよね」

「探偵あんた、ひょっとして麻取の回し者だったの？」

「それだけはありえません」

間髪入れずに、わたしは言った。茉莉花は唇を尖らせた。

「ま、そんな話はどうでもいいわ。あんたのおかげであの火災の、ヒロトの失火という結論が白紙に戻ったって聞いたけど。警察はヒロトの親友とその母親を、殺人と放火容疑で逮捕したって？」

「詳しいですね。誰に聞いたんです？」

「ねえ知ってる？　ニュースダネになると、これまで友人だと思ってた人間が、あたしの連絡先を得体のしれない記者に売ったりするって。それで、保釈後に自称ジャーナリストとかから連絡が入るのよ。だからスマホも捨てたし、うっかり知り合いに電話もできない。情報源はテレビのニュースだけなの」

「だから今日、わたしを呼んだんですか」

「出てきてからの三日間、ヒマだったんだもの。それに前に会ったとき、次の晩に一杯やろうって約束したじゃない。電話したのに、あんた出なくて、だからお流れになったけど。あたしは約束を守る主義なの」

「わたしは違いますよ。架空請求詐欺と麻薬及び向精神薬取締法違反で逮捕された美人女医は、保釈された今、湾岸の一流ホテルのスカイラウンジで豪勢な夜景を楽しんでいる、ってネタをどこかに売っ払うかも」

「バカなこと言ってないで、ヒロトの件よ。どうせあんた、一枚嚙んでるんでしょ。詳しく聞かせなさいよ」

あとで知ったことだが、片桐さんのフルネームは片桐涼子《りょうこ》といった。あのとき、わたしは彼女の腹に突進し、命がけのタックルを受けた彼女は踏ん張れず、わたしたちはその格好のまま階段を落ちた。片桐涼子は後ろ向きに倒れたのだし、すごい勢いで一番下まで到達したのだから、下手をしたら後頭部が割れて、死んでいたかもしれない。

実際には、真下には敷布団の入った布団袋があり、片桐さんの頭はそこに落ちた。わたしの体は彼女をクッションに跳ね上がり、立っていた大正時代の本棚にぶつかった。本棚は倒れ、ものすごい音とともに木っ端微塵になった。

郡司翔一と瑠宇さんが駆けつけてきたときには、片桐涼子は包丁を握りしめたまま仰向けに倒れて気絶しており、わたしはバラバラになった本棚、というよりその残骸の真ん中で動けなくなっていた。

救急車に乗せられて、啓論大付属病院のERに運ばれた。なぜかその救急車には、しっかり手を繋ぎあった瑠宇さんと郡司が同乗していた。診断の結果、わたしの左腕の尺骨にヒビが入り、左指が何本か折れていた。ありがたいことに、鼻は潰れていなかった。

頭蓋骨が割れはしなかったものの、涼子が頭を打ったことには違いなく、さらに肩甲《けんこう》骨《こつ》と腰骨を折っていた。意識が戻るまでに三日かかった。その間に警察は片桐竜児と、その祖父の堀内彦馬に事情聴取をした。まずは竜児がすべてを話し、ついで堀内彦馬が自白した。だいたい、わたしが想像した通りの流れだったようだ。

竜児とヒロトがスカイランドの観覧車でバカをしでかす。怖くなって、なかったことにしようと誓い合う。竜児はヒロトの車にジーンズを忘れる。数ヶ月後、ヒロトが父親に観覧車の話をしてしまう。そして三月二十日の前夜、ヒロトは竜児に泣きながら電話をかける。父親と一緒に、明日の朝、スカイランドに謝りに行く。竜児のことはしゃべらないつもりだったけど、父親には言ってしまった……。

ただし、ここからはわたしの想像とは違っていた。竜児は腹をくくり、すべてを母親に打ち明けた。ヒロトと一緒にスカイランドに謝罪に行くつもりだった。だが、片桐涼子には別の思惑があった。息子の輝かしい将来を守るために、彼女は手段を選ばなかった。

竜児は母親に言われて、ヒロト親子とスカイランド駅前ロータリーのバス停脇に正午に待ち合わせた。片桐涼子の父親である堀内彦馬は、竜児ではなく、涼子に懇願されてヒロト親子をはね、ブレーキとアクセルを踏み間違えた事故だと言い張った。竜児の「身内の不幸」というのは、祖父が人を轢き殺した事故の、いわば婉曲表現だった。

だが、予想に反して堀内彦馬は無関係の主婦を巻き添えにし、肝心のヒロトは生き延びた。竜児はヒロトの負ったひどい傷にショックを受けた。いっそ自首しようと思ったそうだ。

だが、そんなことをしたら、おじいちゃんはどうなる。今は高齢者の起こしがちな事故という結論だが、実は自動車を使った殺人だったということになれば、おじいちゃんは刑務所に行くことになる——そう母親に言われて、竜児は沈黙を保つことにした。彼らにとって幸いなことに、ヒロトは事故前後の記憶をなくしていた。

だが、時は過ぎていく。ヒロトは必死にリハビリに励み、元どおりではないにせよ、少しずつ良くなってきていた。おまけに探偵を雇い、失った記憶を取り戻したいと言い出した。

ヒロトが事故直前に竜児と約束していたことを思い出したら……物証である例のジーンズが見つかったら……大麻が出てきてしまったら……それが竜児と結びつけられたら……一度、大罪に手を染めてしまった片桐涼子には、なにもかもが不安材料だったのだろう。

すっかり忘れていたが、わたしは最初、ミツエからご近所さんに引き合わされたとき、「古本屋の葉村さん」と紹介されていた。だが、火災から数週間経って片桐さんに会ったとき、「青沼さんのアパートにいらした探偵さんでしたわね」といわれたのだ。

おそらく、わたしという人間が〈ブルーレイク・フラット〉に出入りを始めたため、涼子は息子にヒロトに連絡をとって、事情を探り出せと命じたのだろう。同時にご近所として、様々な形で情報を収集した。だから、古本屋が探偵でもあることを、涼子は知っていた。アパートの部屋を片づける予定も、ミツエと一緒に母屋も片づけ始めていたことも、知っていたのだろう。

あの前夜、ヒロトのところには竜児からキャッチが入っていた。ヒロトは薬を飲むことを竜児に話したのではないか。息子からそれを聞き、今ならヒロトも逃げられない、どうせならヒロトも、彼の関係するすべてのものも、全部燃やしてしまえと彼女は思ったに違いない。それでも、一度交通事故で死にかけた若者が半年後、今度は放火で、となれば、世間は注目する。下手をすれば、交通事故そのものに疑いを持つ人間が現れるかもしれない。だから用意した赤い灯油ストーブとタオル、ポリタンクを使って失火に見せかけた。そしてご近所のエピソード泥棒をあやつり、

「ミツエさんが赤い灯油ストーブを、ヒロトさんの部屋に運び込んでらっしゃいましたよねえ」

などと吹き込んだ。たとえミツエがそれを否定しても、息子と孫息子を相次いで失った高齢女性の言うことより、第三者の目撃証言のほうが信用される。そして実際には、ミツエは瀕死の重傷を負ってくれた……。

これで全部片づいた、そう思ったのに、今度は生き延びた探偵がちょろちょろし始めた。また始末しなくてはならない相手ができてしまった。古本屋と探偵、吉祥寺で検索すれば〈MURDER BEAR BOOKSHOP〉に行き着く。

そこであの日、富山に電話で聞いた通り二階の〈白熊探偵社〉事務所を訪ねたが、わたしは出かけた後だった。だからそのまま、二階の外廊下の暗がりで待ち伏せた。他人間がやってくることは想定していなかったし、二階への上り下りはあの外階段を使うしかない。わたしが上がってきてしまうわ、一階にはどうやら人がいるわ、外廊下に隠れる場所はないわ、片桐涼子は破れかぶれでわたしを襲った。

のちに、片桐涼子はそのように供述した、と郡司からわたしは聞かされた。包丁を隠して、なにか適当な言い訳をでっち上げ、いったん引き上げて、わたしが一人になったのを確認してから再度襲う、というような考えは浮かばなかったようだ。彼女も根っか

らの犯罪者というわけではない。もはや、心も頭もパンク寸前だったのかもしれない。

「母親が息子を守るのは当たり前だ」

片桐涼子は傲然と頭を上げ、取調官にそう言った、と郡司から聞いた。

「悪いのはヒロトの方だ、息子に悪い薬をやらせ、悪いことをさせて、しかも最後に自分がいい子になって暴露しようとした。殺されて当然だ」

自分は間違っていない、子を愛する親なら自分と同じことをするはずだ、片桐涼子は裁判でもそう主張すると言い放ったらしい……。

「ひどいわね」

黙って話を聞きながら、三杯目に注文したジントニックを飲んでいた茉莉花は顔をしかめて言った。

「結局は父親にも息子にも人殺しをさせておきながら、自分は正義のつもりだなんて。あんまりだわ。光貴は息子に償わせようとしたっていうのに。そうでしょ？」

「そうですね。でも、茉莉花さんはそれでよかったんですか」

わたしはペリエの残りをグラスに注ぎ、一気に飲み干してから尋ねた。

「よかったって、なにが」

「光貴さんが息子に罪を償わせようとしていたなら、おそらく、自分の罪も償うつもりだったことになります。二十数年前の殺人の共同正犯という罪を。あなたはそれでもよかったんですか」

茉莉花はすっと息を吸い込んで、おかわりを注文した。それから早口に言った。

「なぜ、あたしが気にすると思うの？　李美ちゃんが佐藤和仁を殺そうが、その死体を光貴が隠そうが、あたしには関係ないことよ」

「つまりご存知だったんですね。二人の犯罪を」

「ああ……ニュースで見たのよ」

茉莉花はうっすらと微笑んだ。氷がグラスに当たる小気味よい音とともに、彼女の前にジントニックが置かれた。

「青沼李美の逮捕とそれにまつわる殺人のニュースが流れたのが、今月の七日から八日にかけて。今日は二十二日、あのトピックはとっくの昔に旧聞ですよ。あなたが保釈されてからの三日間に、テレビで流れたとは思えません」

「そお？　見たような気がするけど。じゃあ、夢だったのかしら」

茉莉花は人差し指で飲み物をかき混ぜ、指を軽くしゃぶった。カウンターの離れた場所にいたスーツの男が顔をしかめた。

「佐藤和仁がいなくなったころ、彼の部屋に、ちゃんとした感じの女の人が訪ねてきていたそうです。李美さんとは考えにくい。当時、彼女は鼻ピアスにドレッドヘアでしたからね。しかも、佐藤和仁は李美さんを襲う直前にこう言ったそうです。おまえが警察に全部打ち明けると言っていると聞いた、と。佐藤和仁にそういうデタラメを吹き込んだ人間がいたわけです」

「それがあたしだと？」

「光貴さんは李美さんに、危険だから日本には戻ってくるなと言い続けていた。佐藤和仁が殺されたことは、公になっていません。いつでも戻ってこられたはず。いったいなにが危険だったのか。ひょっとしたら、あなただったんじゃないでしょうか。光貴さんはあなたから李美さんを守っていたのでは？」

茉莉花は答えなかった。

「あなたは従弟である琢磨院長と結婚した。でも、光貴さんのことを忘れられなかった。ご自身でもおっしゃってましたよね」

神経パルスをコントロールするのはおっそろしく大変なの。恋を忘れられなくて、結婚が形だけのものになる、と。

「でも一方、彼は李美さんと出会い、結婚し、息子も授かった。あなたは夫婦に仕事を紹介したが、彼の首に縄をつけたことはないと言いました。力を振りかざして彼を従わせるのは、プライドが許さなかったんじゃないですか。光貴さんを言いなりにするにしても、彼が自ら望み、自ら従った、そういうふうに仕向けたかった」

茉莉花の喉が軽く上下した。

「佐藤和仁をけしかけて、李美さんを殺させる予定が、李美さんが逆襲して事態は変わった。でも、光貴さんが彼女を逃したことで、結局、邪魔者はいなくなった。これで光貴さんを独り占めできると思いました？　彼がそれを望まないとは思いもしませんでした？　だから殺人という事実を使って、彼を脅し続けていたんですか。光貴さんがヒロトを連れてあなたの元を離れ、アメリカにいる李美さんと合流し、あちらで幸せな家族を始めないように。自分の手元にとどめておくために。殺人というネタが新鮮さを失いそうになったら、李美さんに会いに行くなら麻薬性鎮痛剤を秘密裏に持ちこめと光貴さんを脅しました？　やむなく従った光貴さんを、今度はその事実を使って脅迫したんですか」

茉莉花はこわばった横顔を見せて、呟いた。

「脅すとか、脅迫するとか、失礼よ探偵。彼は自分で選択した。あたしはちょこっとだけ逃げ道を作ってあげたかもしれない。日本では医師でも手に入れにくい、きわめて限られた患者にしか使えない薬を、患者の苦痛を和らげるために入手する——彼はそんな言い訳に乗っかった」

茉莉花は急に晴れ晴れと笑顔になり、グラスの縁を指でなぞった。

「なんてこともありえたかもしれない。仮にあたしが、佐藤和仁が李美ちゃんに殺されたという事実を知っていればね」

「知らなかったっていうんですか」

「知るはずないわよ」

「だったら、ヒロトが死ぬ前の晩、彼を訪ねて彼になにをしたんですか。彼になにを伝えたんですか」

茉莉花はふふん、と鼻で笑い、唇を舐めた。

「いい歳こいて、つまんない質問しないで探偵。男と女が密室にいたのよ。ただの茶飲み話のはずがないでしょう」

危うく茉莉花の胸倉をつかみそうになった。ヒロトはまだ若く、体にも心にもひどい傷を負って治りきっていなかった。彼よりも年をかさねた医者には、それを配慮する義務があるはずだ。彼が直後に激しくうなされたという事実が、茉莉花との関係のすべてを物語っていた。

「ヒロトを傷つけるつもりはなかったのよ」

茉莉花はしゃあしゃあと言った。

「あっちがあたしを傷つけなければね。あたしがどれだけ彼らに手を貸してやったと思う。光貴にもヒロトにも、あたしを拒否する権利なんかない。全面的にあたしを受け入れて当然。その当然を断るなら、少しくらいの罰は受けてもらう。それだけよ」

「どんな罰よ」

「ちょっとした記憶かな。またはちょっとしたおしゃべり」

わたしは息を飲んだ。手が震えた。もう少しで茉莉花の横っ面を張り飛ばしそうだった。

「ヒロトに伝えたの？　彼の両親が人殺しだって」

「その手には乗らないわよ」

茉莉花はほくそ笑んだ。

「さっきから言ってるでしょう。あたしは佐藤和仁が殺されたことなんか、全然知らなかった。でも、ヒロトは知っていた。探偵の話を聞くと、そうなるわよね。ただ、事故のショックで忘れてただけ。なにかのはずみで思い出したんなら、かわいそうだったわね」

茉莉花は猫のように伸びをして、あくびをした。

自分の中に湧き上がった暴力衝動にめまいを覚えながら、わたしはスツールから滑り降りた。拳をカウンターに載せて、息を整えた。茉莉花は勝ち誇ったようにわたしを見た。わたしは言った。言わずにはいられなかった。

「茉莉花先生、でも結局、あなたは最後まで拒否された。光貴さんの家族にもヒロトの家族にもなれなかった」

茉莉花の頰が引きつった。彼女はスツールを回し、わたしに面と向かって唾を吐きかけるように言い放った。

「あんたもね、探偵」

歯を食いしばり、無言でその場を後にした。そのままそこにいると、つい言ってしまいそうだった。あんたが佐藤和仁殺しを知っていたことを、きっと証明できる。何十回否定しようが、ムダだと。

思い出したのだ。佐藤和仁のアルバムを見ながら、その八重歯の笑顔に見覚えと懐かしさを感じたのは、前に見たことがあったからだ、と。

井の頭江島病院の本館から別館への渡り廊下、寂れた温泉宿のようなガラスケースに飾ってあった、ぱっとしない壺や毛がボサボサのクマの剝製、人体模型や骨格標本……その中に八重歯をむき出した骸骨が針金でつながれ、吊るされていた。プラスティックの標本なら、八重歯はないだろう。つまり、あれは本物だ。

医学生だった光貴なら、死体の処理によく知る江島病院を利用することを思いついた可能性は高い。医療廃棄物に紛れ込ませてしまう、というのは悪くないアイディアだ。光貴がその処理について、自分で茉莉花に頼んだのか、それとも茉莉花が後から気づいたのか。いずれにせよ、その後、光貴を支配下におくために、佐藤和仁の遺体は光貴と李美の犯罪を立証するための罪体として、取っておかねばならない大切なものだった。茉莉花はそれを隠すのではなく、多くの人の目につく場所に、これ見よがしに飾った。

でも今、それが茉莉花の首を絞めようとしている。

途中、カウンターの端にいたスーツ姿の当麻茂と目があった。突然、立ち去ろうとしているわたしに、当麻はあっけにとられていた。あとで伝えよう、と思った。茉莉花があの骸骨を処分する前に、調べたほうがいいと。でも今は、なにも言いたくなかった。

エレベーターに乗った。無人のエレベーターはスピードを上げて降りていった。気圧が変わり、耳の奥がぼんやりと塞がれた。現実を遮断されているような気分だった。ミツエやヒロトと共に過ごした数日間は魔法のような時間だった。時として人生に訪れる素晴らしい瞬間……誰かと何かを共有し得たと感じられる瞬間を、彼らは与えてくれた。あれこそが現実で、現在の自分の方が幻のように思えた。

そう思った途端、エレベーターが一階に着いた。床が揺れ、わたしは唾を飲み込んだ。耳が痛み、雑踏や機械音がクリアに脳に届いてきた。

外に出た。見上げると、ビルの上にもわずかに星が瞬いていた。近くで汽笛が聞こえた。頭上から風が吹き下ろしてきた。否応無しに目が覚めて、意識が冴えて、現実に直面せざるをえないほど、冷たい風だった。乾燥した空気に、それでも飛ばせない水分が残った。ヒロトもミツエもいなくなった現実、結局、彼らのためになにもできなかった無能な探偵……。

着信があった。にじんで美しく光る星から目をそらし、よろけながら出た。富山だった。

「葉村さん、明日空いてます？」

「……休日ですよね」

「急ですが、知り合いの水回り専門業者に頼んで、新しい風呂を入れてもらうことになりました。ただ何時に行けるかわからないということなので、一日事務所にいてください。よろしく」

「ふ、風呂って？」

「あの事務所で暮らすなら、風呂はいるだろうって土橋くんと話し合ったんですよ。いくら近くに銭湯があるからって、寒いですからね。工事は一日で終わる予定です。なんで、風呂場に積んである本の詰まった段ボール箱、出しといてくださいね」

喉が詰まりそうになった。思い立って、逃げ込んだ避難場所である〈白熊探偵社〉の事務所に。寒いだろうと。わたしのために。

「そんな。ありがとうございま……」

「リフォーム費用はゆっくり返してくれればいいですからね」

富山さんはハキハキ言った。熱くなりかけた目頭が、急に冷めた。

「……わたしが払うんですか」

「そりゃそうですよ。誰が入る風呂だと思ってるんですか。正式な費用は聞いていませんが、家賃がないぶん、返すのも難しくないですよね。そうだ、せっかくだから次回は〈配管工ミステリ・フェア〉なんていいかもしれませんね」

ではよろしく、と通話は切れた。

ゆりかもめの高架をくぐり、浜離宮の暗がりの脇を歩いた。冬至の潮風は勢いを増して安物のコートにやすやすと入り込み、体温を奪っていった。それでも、こみあげてくる笑いを奪うことはできなかった。笑いながら、わたしは思った。これから冬は深まっていき、ますます寒さは増していく。

でも、少しずつ、日は長くなっていくのだ。

またまた富山店長のミステリ紹介

ミステリファンの皆様、お久しぶりです。文春文庫・花田朋子編集長の命により、本文に登場するミステリをご紹介すること三度目の〈MURDER BEAR BOOKSHOP〉店長、富山泰之でございます。加齢により読書量が衰え、ネタが尽きてきた今日この頃。前回前々回と被っていても大目に見てくださいますよう、よろしくお願い申し上げます。

p.41『猫は知っていた』言わずと知れた仁木悦子の傑作猫ミステリ。ところで二〇一七年、東京都古書籍商業協同組合が行なった「古書の日」スタンプラリーは楽しかったですよ。参加は七十三店舗。各店舗に文学作品にちなんだ、スタンプ作家・大嶋奈都子さん画のスタンプが用意されていました。私は全店舗コンプリートし、景品として大下宇陀児の長編『見たのは誰だ』のスタンプをいただきました。もったいなくて使えません。

p.50 ストランド・ブックストア　NYで夏休みを過ごしてきた土橋保くんによると――ストランド・ブックストアは、マンハッタンの中心、ブロードウェイ沿いにある一五〇〇坪以上の巨大古書店。「本のデパート」といった感じで量は多いものの、マニアックさには欠けます。ミステリアス・ブックショップはダウンタウンの一角にあるミステリ専門の新刊&古書店で、アメリカで出されるミステリの最新刊はすべて扱い、過去に刊行された超レアな稀覯本も多数置いてあります。オーナーのオットー・ペンズラーは、ミステリアス・プレスの編集者でもあり、研究書やアンソロジーを多数編纂。本屋の地下には、ミステリマニア垂涎のコレクションが。私はこの店のロゴ入りのオリジナル・トートバッグとTシャツを愛用しております。——とのことでした。

p.50〈ニューヨーク・ミステリ・フェア〉 ローレンス・ブロックは東十一丁目の古書店店主にして泥棒のバーニイ・シリーズの作者。『泥棒はライ麦畑で追いかける』はNYの素敵なホテルで幕を開けます。ブロンクスで生まれ育ったローザンは中国系の女探偵リディアと中年白人男の探偵ビルの活躍を交互に描いています。NY市警十六分署署長カウフマンが主人公の『マンハッタンは闇に震える』はチャステインの傑作警察小説。多民族都市らしくNYの警察官も多彩で、それがテロと戦う武器になります。この作品の頃には、世界貿易センタービルがまだあったんだよなあ。

クイーンでは「ニューヨークは夜の圧力におさえつけられて、暗く静かだった」とある『九尾の猫』がオススメ。ボストン暮らしが長く、「自分を島流しに遭ったニューヨーカー」と思うアシモフは『ビッグ・アップル・ミステリー』なるチャーミングなアンソロジーを編んでいます。短編の名手スレッサーにはブロードウェイの演劇界を舞台にした『殺人鬼登場』が。コーネル・ウールリッチ、別名ウィリアム・アイリッシュは「さらばニューヨーク」なんて短編も書いていますね。ウェストレイクなら泥棒ドートマンダーのシリーズの『逃げ出した秘宝』が笑えます。マイクル・コナリーはロサンジエルスものが多いのですが、NYを舞台にミステリ作家と女刑事が活躍するTVドラマ「キャッスル～ミステリー作家のNY事件簿」に、キャッスルとポーカーをする作家仲間としてご本人登場！　そのつながりでNY関係作家に入れちゃいました。わはは。

p.51　『カッレくんの冒険』　これを読まずにミステリファンとは名乗れまい。スウェーデンの女流児童文学者アストリッド・リンドグレーンの代表作、名探偵カッレくんシリーズ三作品の二作目。お子様向きと侮るなかれ、前もって犯人を「半分だけ目撃する」など、伏線の敷きかたが絶妙です。

p.105　レックス・スタウト……　美食家探偵ネロ・ウルフを生んだスタウトのペーパーバックはいっ時、欧米の空港の売店に必ず置いてありました。〝The Nero Wolfe Cookbook〟もうちの売れ筋、高カロリーなレシピが満載です。イギリスの政治家ジェフリー・アーチャーは投資の失敗をネタに『百万ドルをとり返せ！』を書いて大ヒット。のちに保守党の副幹事長になり、コールガールの絡むスキャンダルでやめて訴訟を起こして勝ち……本人の人生の方が小説より面白い気が。騎手出身のディック・フランシスは競馬シリーズで沸騰。死後、息子がシリーズを受け継ぎました。レジナルド・ヒルのダルジール警視シリーズは後期になるほど分厚くなり、どんどん読むのが大変に。

p.106『のろわれた沼の秘密』　作者ホイットニーはゴシックロマンスで有名。日本生まれで、ミドルネームのAは日本語のアヤメです。夫に自殺された作詞家がヒロインの『レインソング』が今はなきサンリオ・モダンロマンス・シリーズから出ていましたっけ。あ、考えたらこれもNYが舞台だ。ちなみに本書にはネット書店で一万円以上の値がついていました。のろわれてます。

p.116『六番目の男』　謎解きが盛り込まれたフランク・グルーバーの西部小説。リチャード・ウィドマーク主演で映画化されました。

p.116『聖者対警視庁』シンガポール生まれ、ケンブリッジ大学中退、アメリカに帰化した作家レスリー・チャータリスが生んだサイモン・テンプラーこと聖者《セイント》の中篇が二編入った、昭和二十八年に日本出版協同株式会社から出版された異色探偵小説選集の一冊です。青沼光貴さんに売った一冊には「フランスにルパンあり、イギリスに聖者あり」という惹句付きの透明なカバーがついておりました。

p.117『THX1138』聞いた話ですが、若竹七海とかいう物書きが高校時代、ジョージ・ルーカス著のペーパーバックだというので入手して、同級生と一緒に英語の勉強かたがた読み始めたそうですが、あまりのつまらなさに挫折。数年後、短編映画『THX1138』が日本公開され、席を立つ人の多さにあの退屈さは己の英語力のせいではなかったと確信したとか。完読した青沼光貴さんは旅先でよっぽどヒマだったんですね。

p.119 つげ義春 一九七五年に発表した「退屈な部屋」に、京王多摩川に住み、仲町通りに部屋を借りる主人公が出てきます。

p.147 『冷えきった街』 仁木悦子といえば謎解きコージー系のイメージですが、本書は名家の悲劇を徐々に解き明かしていく私立探偵小説の大傑作。

p.180 『ちいさいおうち』 岩波の子どもの本に入っている石井桃子訳のキュートな絵本。虫が嫌いで肉体労働がダメなくせに、田舎で暮らしたい、と発作的に思ってしまうのは、子どもの頃に読んだこの絵本のせいかもしれません。

p.244 マーティー・フェルドマン 両目が飛び出た奇相で、一目見たら忘れられない怪優。街でチワワを見かけるたびに思い出します。ジーン・ワイルダーが監督・脚本・主演を務めた『新シャーロック・ホームズ おかしな弟の大冒険』に、弟ホームズの相棒役で出演。ちなみに日本語版吹き替えは、TVドラマ『名探偵ポワロ』でお馴染みの熊倉一雄さま。主役を吹き替えた広川太一郎のとんでもないアドリブが知られていますが、熊倉一雄の声とフェルドマンの顔も私の長期記憶にバッチリ保管されています。

p.275 ロベール・トマ……トマの『罠』、シェーファーの『スルース』、アイラ・レヴィンの『デストラップ』が三大ミステリ戯曲、と言い切っても苦情は来ないのでは？井上ひさしならやっぱり『雨』、恩田陸は『猫と針』、筒井康隆なら『スイート・ホームズ探偵』が好きですが、『12人の浮かれる男』も捨てがたい。

p.275 パトリック・クェンティン……お芝居とそれを演じる役者たち、さらにそれを取り巻く人々と、人間関係やトリックが重層的かつ複雑に入り組むのが演劇ミステリの面白さ。もっとも、下手な作者の手にかかるとややこしすぎてワケがわからなくなりますが、ここにあげた作品はどれも面白い。私など、シェイクスピアは演劇ミステリ経由で学びました。芝居が始まる前にバックヤードで『マクベス』の名を口にするのは縁起が悪いとか。あえて口にすると、たいてい殺人が起きます。

p.275 シャム猫ココ……新聞記者クィラランとシャム猫の相棒ココが謎をとくシリーズ。全部読んだ葉村くんによれば、問題の作品は『猫は糊をなめる』。新劇場のこけら落としは『毒薬と老嬢』、十人以上も人を殺したおばあちゃんたちのジョセフ・ケッセルリングのスリラー・コメディでした。他にも『猫は汽笛を鳴らす』では妖精が宇宙人という演出の『真夏の夜の夢』が、『猫は爆弾を落とす』ではミュージカル『キャッツ』が、『猫は泥棒を追いかける』ではイプセンの『ヘッダ・ガーブラー』が、出てくるそうです。

p.276 戸板康二…… 先日、CS放送で十七代目中村勘三郎が中村雅楽を演じるドラマをやっているのをつい見ちゃいました。創元推理文庫の中村雅楽探偵全集は江戸川乱歩、小泉喜美子、松井今朝子の解説付き。私など、暑すぎて頭が働かない盛夏に一話ずつ楽しんでおります。『雪之丞変化』は長谷川一夫や美空ひばりの主演映画を先に見て、のちに原作を読みました。のっけから舞台上に復讐を誓う雪之丞の艶姿、観客席にその対象となる登場人物がずらりと並ぶというオープニングは、エンターテインメントとしてパーフェクト。こういうシークエンスは演劇ミステリならではですね。

p.276 『リハーサル・フォー・マーダー』「刑事コロンボ」の生みの親、リチャード・レヴィンソン&ウイリアム・リンクが脚本を書いたテレビドラマ『殺しのリハーサル』の舞台版。ちなみに、ドラマ版の方も『刑事マッカロイ 殺しのリハーサル』というタイトルでDVDが出ています。うーむ、すごい邦題だ。

p.277 『宇宙から来た女』…… ハリウッドのトラブル・コンサルタント、リック・ホルマンを主人公にした、消えた女優探しの話。軽く読めて楽しいけど、これを抜粋朗読は難しかったですな。「パーカー・ショットガン」は女探偵キンジー・ミルホーンがお宝ショットガンを巡る騒ぎに巻き込まれ、「死の往診」は私立探偵ネイト・ヘラーが行方不明の医者を探します。「ジャンキーのクリスマス」はヘロインでラリった男の一人称。ある意味、怖いお話です。

p.279『張り込み日記』……　昭和三十三年に茨城県で発生したバラバラ事件の捜査をする茨城県警と警視庁の刑事二人組に同行、彼らを撮影したカメラマン渡部雄吉の写真集。今じゃこんな取材できませんよね。黒澤明の刑事物が好きなら狂喜乱舞すること間違いなしです。ニュージーランドの児童文学作家マーヒーから一冊だけクリスマス・プレゼントにするなら、やっぱり『クリスマスの魔術師』でしょうか。アーモンドは宮崎駿監督が絶賛した『肩胛骨は翼のなごり』で有名ですが、クリスマス・プレゼントなら『ポケットのなかの天使』もオススメです。

p.360　配管工ミステリ　TVドラマ『エレメンタリー　ホームズ&ワトスン inNY』には、大殺戮の標的が実は配管工、というエピソードがありました。海外のミステリやドラマに配管工が出てくると、たいてい人妻の浮気相手ですね。水道工事その他の業者さんを入れると、シャーロック・ホームズの「青い紅玉」を筆頭に、ジム・ケリー『凍った夏』、R・D・ウィングフィールド『フロスト気質』、アーロン・エルキンズ『古い骨』、密偵ファルコもの『水路の連続殺人』、マイケル・スレイド『グール』……スー・グラフトンのキンジー・ミルホーンものの『殺害者のK』には水処理施設が出てきます。

『第三の男』を始め、藤原伊織の『蚊トンボ白鬚の冒険』の主人公は水道職人でした。スーパーマリオも配管工でしたっけ。映画では『ザ・プラマー／恐怖の訪問者』。プラマーってのが配管工そのものですね。配管工がストーカーと化しヒロインに嫌がらせ、トイレが逆流して汚水が噴出、という超オソロシイ映画です。ちなみに配管工からは少し外れますが、忠田友幸『下水道映画を探検する』は面白い本です。

（執筆協力・小山正）

MURDER BEAR BOOKSHOP
特別イベント企画

この場を借りて告知します。

〈MURDER BEAR BOOKSHOP〉店長・富山泰之主催の

ミステリ料理教室

本邦未訳のミステリ料理書からレシピを厳選！
皆様と一緒に食材を調達し、実際に作って味わいましょう!!
（予定参加人数・15名、参加費2500円。
吉祥寺駅前集合、協力して材料の調達後、
最寄りの葬儀会館のレンタルキッチンで調理の予定です）

〈予定の料理〉

＊"The Jeeves Cocktail Book" から
ラム、ダークラム、ホワイトラムにアプリコットブランデー等を混ぜ、アルコール度数75度のラムをトップに注ぐ「ZOMBIE」というカクテル

＊"The Mystery Writers of America Cookbook" から
キンジー・ミルホーンのピーナッツバターとピクルスのサンドイッチ

＊"The Nancy Drew Cookbook" から
ビーフコンソメとトマトジュース、ホイップクリームで作る探偵スープ

＊"Sneaky Pie's Cookbook for Mystery Lovers" から
犬と猫と人間のためのクリスマス・ダック

＊"Feeding Hannibal：A Connoisseur's Cookbook"
（『羊たちの沈黙』のレクター博士が主人公のTVシリーズ『ハンニバル』から生まれた料理本）から
ビバリーさんのステーキ＆キドニー・パイ
（ビバリーさんがいなければ、他の方でもかまいません）

解説

戸川安宣

葉村晶シリーズの最新作をお届けします。ときいて、待ってました、と思う読者には、あとはなにも書く必要がない。

葉村晶って、誰？　え、シリーズなの、じゃ、これから読んでもだめなんだね、という読者には、いいえ、そんなことはありません。どの巻から読んでも楽しめますから、ご安心を——と、これだけ言えば充分。

ともあれ、あなたがミステリ・ファンであれば、まずは読んでください、決して損はさせませんから。そして、もしあなたが三度のご飯よりミステリが好きで、作品中に出てくる〈MURDER BEAR BOOKSHOP〉のような店が実際あるのなら、ぜひ行ってみたい、と思うようであれば、この本はまさにうってつけの一冊と言えるでしょう。

そして、読み終わった瞬間、近くの書店に飛んでいき、葉村晶の出てくる作品を探して文春文庫の棚の（たいがいは、著者名の五十音順に並んでいるでしょうから）おしまいの方から見ていって、若竹七海の本を片端から手にとるようになること請け合いです。

かなり複雑な物語ですが、注意して読むと縦横に伏線が敷かれていることに気づかれることでしょう。どうか、存分にお楽しみください。

――で、終わっても良いのだけれど、それではあんまり愛想がないので、〈MURDER BEAR BOOKSHOP〉のモデルになった、という書店のことを書いてみたいと思います。

そのお店とはかつて吉祥寺にあった〈TRICK+TRAP〉というミステリ専門書店なのですが、そこでぼくは葉村晶のように、店長に代わって店番をしていたのです。

〈TRICK+TRAP〉は二〇〇三年の三月、料理研究家・小林カツ代さんの娘・まりこさんが開いたお店で、ぼくはひょんなことで、その翌年の秋ごろから、初めは葉村晶のように週末だけ店番をするようになりました。オーナー兼店長が最初のおめでたを翌春に控えて、毎日店頭に立つのが大儀そうだったからです。年が明けると、オーナーは出産を控えて産休に入り、やむなくぼくはウィークデイも極力店に出るようになりました。

〈TRICK+TRAP〉は吉祥寺駅の北側を中央線の線路とほぼ並行に走る一方通行の道に面した三階建てのワンルームマンション、その二階のひと部屋を借りて営業していました。深紅のカーテンで飾られた室内は、窓一つを除いて書棚で埋め尽くされていました。そしてこれはオーナーの素敵なセンスで、天井に装飾ドアが取り付けられていて、あたかも異世界に通じるような幻想的な雰囲気を漂わせていたのです。

ただし、店名を記した鉄のドアはいつも閉ざされていて、入るのに些《いささ》か勇気が必要でした。通りに面した窓にはシャーロック・ホームズのシルエットと店名を描いた看板が掲げられていたのですが、目線をかなり上げないと、それは目に入らなかったのです。

店番を始めてみると、週末ということもあってそれなりのお客さんがあったのですが、これが平日となると、来店者は二、三人、という日も少なくありませんでした。

これはまず、お店の存在を認知してもらわなくては、と思い、オーナーが作ったホームページにブログを書くようにいたしました。知り合いの作家の方を呼んでサイン本を作ってもらい、ブログに誰々さんのサイン本あります、と告知を載せてみたのです。するとと効果覿面《てきめん》。いつもの倍のお客さんがいらっしゃるようになりました。それなら思い切ってサイン会をしてみようか、というので親しい作家さんにお願いし、ホームページにその旨告知を出すと、大勢のファンの方が来店してくださいました。といった具合で、店の売り上げも徐々に上向いてきたのですが……。好事魔多し。ぶじ出産を終え、しばらくして復帰してきたオーナーに二人目のお子さんが宿り、二〇〇六年の秋には、今度はぼくが不注意で自宅の塀から落ち、翌年初めにかけて三度も入院手術を受ける仕儀になり……といった具合で、二〇〇七年二月に迎えるマンション契約の更新時に、オーナーと相談をして店を閉めることにしたのです。

そして新年早々、二月で閉店する旨を告知しました。

『暗い越流』（光文社文庫）のあとがきによると、「オリジナル短編を私家版で出し、この店に置くことになっていた。で、吉祥寺のミステリ専門書店を舞台にした短編を書き、夫とふたりでキンコースにコピーを取りに行って、夜なべして折って、表紙をつけてホチキスで製本する、という地道な作業で五十部を作り上げ、〈TRICK+TRAP〉で売りさばいた」とあります。

実際は、二〇〇七年の二月十日発行の「信じたければ～殺人熊書店の事件簿1～」というこの小冊子は、事前告知が功を奏して、一日で完売してしまいました。ぼくの手帳

による と、十一日の日曜、若竹さんがご夫君と冊子を持って来てくださったのです。

そして翌十二日月曜——振替休日のこの日、〈TRICK+TRAP〉は最後の営業をして、わずか四年の歴史を閉じたのです。

ところで、若竹さんと〈TRICK+TRAP〉の物語にはまだ続きがありました。

それから十年後の二〇一七年二月二十五日土曜日、高円寺にある喫茶店レヴンで、〈TRICK+TRAP〉のお客さん二十名ほどが集まって茶話会を開いたのです。若竹さん夫妻をお招きし、ミステリの話をしよう、ということになりました。

その時、若竹さんはまたもや「～殺人熊書店の事件簿・番外編～富山店長自身の事件」という小冊子第二弾を作って持ってきてくださったのです！　今度は二十五部!!

その内容は、というと、十年前の「信じたければ」が〈MURDER BEAR BOOKSHOP〉の富山店長の許に持ち込まれ……というわくわくするような発端なのですが、それ以上のことは……

先に引いたあとがきの中で若竹さんは、「読んだのはこの世に五十人程度しかいない。でも、せっかく五十人しか知らないものは、そのままのほうが面白いかも」といって、短編集『暗い越流』を拵《こしら》えるために「道楽者の金庫」を書き下ろすのに、私家版の小冊子「信じたければ」の設定だけを生かして続編を書くことにした、といっています。

ぼくも若竹さんに倣《なら》って、二十五人程度しか知らないものはそのままにしておくことにしたいと思います。そのうちに「富山店長自身の事件」の設定だけを生かして、素敵な続編を書いて下さる——のは、これは無理かな⁉

本書、ならびに葉村晶シリーズには、さまざまな愉しみ方があります。

もちろん、綿密に構成されたプロット、ミステリとしての仕掛け、個性的な登場人物、就中《なかんずく》主人公葉村晶のキャラクター、そして古今東西の推理小説や、場合によっては映画に関する蘊蓄《うんちく》――それはこのシリーズを愛する読者の密かな愉しみ、巻末のミステリ紹介に結実しています――等々、本を読む愉悦のてんこ盛りです。

マニアックな私立探偵を描く推理作家というと、アメリカに、パルプマガジン・コレクターの私立探偵「名無しのオプ」を主人公にしたシリーズを書いているビル・プロンジーニという作家がいますが、わが国では、本が好きで神保町近くに事務所を構える私立探偵、岡坂神策《おかさかしんさく》を主人公にした逢坂剛さんと、わが若竹さんが双璧でしょう。

冒頭で、どの巻から読んでも楽しめると書きましたが、シリーズを通して読んできた読者には、あれ、この人、前の巻のどれかに出てきたんじゃなかったっけ？　と、慌てて既刊のページを繙《ひもと》くという、愛読者限定の愉しみが隠されているのです。

さらに、ぼくにはもう一つ別の楽しみがあります。

葉村晶は実に健脚で、ちょっとした距離なら、わざわざ電車に乗って迂回するよりも、直線距離を歩いてしまった方がいい、とでも言うように、実によく歩くのです。

これがぼくには嬉しい。

飯田橋の会社に勤めていた頃、仕事や本を漁《あさ》りに神保町に行く時には、会社から飯田橋の駅まで歩き、中央線に乗って一駅か二駅――水道橋か御茶ノ水に出て、そこから歩いて……と考えると、それならいっそ神保町まで歩いてしまった方が、電車に乗るために階段を上ったり下りたり、電車が来るのを待つ時間や運賃まで考えると、その方がずっと楽だし、愉しい。時間だってそんなに違わない。そう考えるタイプですから、電車の二駅三駅は歩くのが常識。まさに葉村さんは同好の士、なのです。

しかも、お話ししたように〈TRICK+TRAP〉に通うのに吉祥寺にはしょっちゅう行っておりましたし、実を言うと三十歳前後の数年間、〈TRICK+TRAP〉のちょっと先に住んでいたこともあるので、武蔵野、三鷹、杉並、練馬といった辺りはまさによく歩いたエリアだったのです。ですから、三鷹台の駅から立教女学院の前を通って……とか、下連雀六丁目からむらさき橋通りを北上し……などという描写を読むとわくわくしてくるのです。

そういえば、本書の中に池袋の〈インコ〉という喫茶店が出てきます。ここは学生時代、妙齢の美少女だった若竹さんに「女子大生はチャターボックス」というしゃべくり書評をお願いしていた時、若竹さんが採り上げる本を広げてお仲間と座談を繰り広げた想い出の店なのですが、先日たまたまその前を通りましたら、永い間ご愛顧戴きましたが、この度一月三十一日をもって閉店いたしました、という張り紙がしてあって、丸三十六年の歴史に幕が引かれていたのです。そんな発見も、歩いていたからこそ目にすることができたわけです。

さあ、今度、葉村はどこを歩くのかしら、というのが本シリーズを読む、もう一つの愉しみでもあるのです。

（編集者）

主要参考文献

『〈麻薬〉のすべて』船山信次　講談社現代新書

『逮捕されたらこうなります！　Ｖｅｒ．２』Ｓａｔｏｋｉ　自由国民社

本書は文春文庫のための書き下ろし作品です。

ＤＴＰ制作　言語社

文春文庫

錆《さ》びた滑《かつ》車《しや》

定価はカバーに表示してあります

2018年8月10日　第1刷
2019年12月20日　第4刷

著　者　若《わか》竹《たけ》七《なな》海《み》
発行者　花田朋子
発行所　株式会社　文藝春秋

東京都千代田区紀尾井町3-23　〒102-8008
TEL　03・3265・1211㈹
文藝春秋ホームページ　http://www.bunshun.co.jp

落丁、乱丁本は、お手数ですが小社製作部宛お送り下さい。送料小社負担でお取替致します。

印刷・凸版印刷　製本・加藤製本
Printed in Japan
ISBN978-4-16-791120-1

（　）内は解説者。品切の節はご容赦下さい。

湊　かなえ
望郷
島に生まれ育った私たちが抱える故郷への愛、憎しみ、そして憧憬……屈折した心が生む六つの事件。日本推理作家協会賞・短編部門を受賞した「海の星」ほか全六編を収める短編集。（光原百合）
み-44-2

水生大海《みずきひろみ》
運命は、嘘をつく
夢に出てきた男に焦がれる月子。親友・小夜は危うい月子を心配するが……。フレンチ・ミステリーを思わせる大胆な展開と仕掛けがあなたを誘う。初野晴による特別〝解説〟短篇つき。
み-51-1

未須本有生
推定脅威
自衛隊航空機ＴＦ－１が二度にわたり墜落。機体を製造した四星工業の技術者・沢本由佳は事故原因に疑問を抱き独自に調査を始める。松本清張賞受賞の航空サスペンス。（小森健太朗）
み-53-1

三崎亜記
ターミナルタウン
かつてターミナルだった駅をほぼすべての電車が通過するようになり衰退した静原町——鉄道を失った鉄道城下町は再興できるのか。全く新しい町興しが始まる。（伊藤氏貴）
み-54-1

森村誠一
深海の夜景
妻を亡くした老人、路上生活者へと転落した若者、母子強姦殺人事件の遺族と犯人、大震災発生時に居あわせた男女など現代社会に生きる人々の心に灯る光を描く七篇。（成田守正）
も-1-25

山口恵以子
月下上海
昭和十七年。財閥令嬢にして人気画家の多江子は上海に招かれたが、過去のある事件をネタに脅される。謀略に巻き込まれた彼女の運命は……。松本清張賞受賞作。（西木正明）
や-53-3

薬丸　岳
死命
若くしてデイトレードで成功しながら、自身に秘められた殺人衝動に悩む榊信一。余命僅かと宣告された彼は欲望に忠実に生きると決意する。それは連続殺人の始まりだった。（郷原　宏）
や-61-1

（　）内は解説者。品切の節はご容赦下さい。

矢月秀作
刑事学校
大分県警刑事研修所・通称刑事学校の教官である畑中圭介は、小中学校時代の同級生の死を探るうちに、カジノリゾート構想の闇にぶち当たる。警察アクション小説の雄が文春文庫初登場。
や-68-1

横山秀夫
陰の季節
「全く新しい警察小説の誕生！」と選考委員の激賞を浴びた第五回松本清張賞受賞作「陰の季節」など、テレビ化で話題を呼んだ二渡が活躍するD県警シリーズ全四篇を収録。（北上次郎）
よ-18-1

横山秀夫
動機
三十冊の警察手帳が紛失した——。犯人は内部か外部か。日本推理作家協会賞を受賞した迫真の表題作他、女子高生殺しの前科を持つ男の苦悩を描く「逆転の夏」など全四篇。（香山二三郎）
よ-18-2

横山秀夫
クライマーズ・ハイ
日航機墜落事故が地元新聞社を襲った。衝立岩登攀を予定していた遊軍記者が全権デスクに任命される。組織、仕事、家族、人生の岐路に立たされた男の決断。渾身の感動傑作。（後藤正治）
よ-18-3

横山秀夫
64（ロクヨン）（上下）
昭和64年に起きたD県警史上最悪の未解決事件をめぐり刑事部と警務部が全面戦争に突入。その狭間に落ちた広報官三上は己の真を問われる。ミステリー界を席巻した究極の警察小説。
よ-18-4

米澤穂信
インシテミル
超高額の時給につられ集まった十二人を待っていたのは、より多くの報酬をめぐって互いに殺し合い、犯人を推理する生き残りゲームだった。俊英が放つ新感覚ミステリー。（香山二三郎）
よ-29-1

吉永南央
萩を揺らす雨　紅雲町珈琲屋こよみ
観音さまが見下ろす街で、小さなコーヒー豆の店を営む気丈なおばあさんのお草さんが、店の常連たちとの会話がきっかけで、街で起きた事件の解決に奔走する連作短編集。（大矢博子）
よ-31-1

（　）内は解説者。品切の節はご容赦下さい。

吉永南央
その日まで
紅雲町珈琲屋こよみ

北関東の紅雲町でコーヒーと和食器の店を営むお草さん。近隣で噂になっている詐欺まがいの不動産取引について調べ始めると、因縁の男の影が……。人気シリーズ第二弾。（瀧井朝世）

よ-31-3

吉永南央
名もなき花の
紅雲町珈琲屋こよみ

新聞記者、彼の師匠である民俗学者、そしてその娘。十五年前のある〈事件〉をきっかけに止まってしまった彼らの時計の針を、お草さんは動かすことができるのか？　好評シリーズ第三弾。

よ-31-4

吉永南央
糸切り
紅雲町珈琲屋こよみ

紅雲町のはずれにある小さな商店街「ヤナギ」が改装されることになった。だが関係者の様々な思惑と〈秘密〉が絡み、計画は空中分解寸前に――。お草さんはもつれた糸をほぐせるか？

よ-31-6

吉永南央
まひるまの星
紅雲町珈琲屋こよみ

紅雲町で、山車蔵の移設問題が起こった。お草さんはそれに係わるうちに、亡き母と親友が絶縁する結果となった、町が隠し続けてきた〝闇〟に気づき、行動を起こすが――。シリーズ第五弾。

よ-31-7

吉永南央
オリーブ

突然、書き置きを残して消えた妻。やがて夫は、妻の経歴が偽りで、二人の婚姻届すら提出されていなかった事実を知る。女は何者なのか。優しくて、時に残酷な五つの「大人の嘘」。（藤田香織）

よ-31-2

吉永南央
キッズタクシー

タクシードライバーの千春には、正当防衛で人を殺した過去があった。ある日、客の小学生の行方が分からなくなり、過去の件が町の噂になった千春にも疑いの目がかかる。（大矢博子）

よ-31-5

連城三紀彦
小さな異邦人

八人の子供がいる家庭へ脅迫電話が。「子供の命は預かった」。だが家には子供全員が揃っていた。誘拐されたのは誰？　著者のエッセンスが満載された最後の短編集。（香山二三郎）

れ-1-18

麗　羅
桜子は帰ってきたか
終戦直後の満州から桜子は帰ってきたのか？　戦争という過酷な運命のなか貫かれた無償の愛。日本人が絶対に忘れてはならぬ歴史を背景に描かれた感動のミステリー。（東山彰良）
れ-2-2

若竹七海
依頼人は死んだ
婚約者の自殺に苦しむみのり。受けていないガン検診の結果通知に当惑するまどか。決して手加減をしない女探偵・葉村晶に持ちこまれる事件の真相は少し切なく、少し怖い。（重里徹也）
わ-10-1

若竹七海
悪いうさぎ
家出した女子高生ミチルを連れ戻す仕事を引き受けたわたしはミチルの友人の少女たちが次々に行方不明になっていると知って調査を始める。好評の女探偵・葉村晶シリーズ、待望の長篇。

わ-10-2

若竹七海
さよならの手口
有能だが不運すぎる女探偵・葉村晶が帰ってきた！　ミステリ専門店でバイト中の晶は元女優に二十年前に家出した娘探しを依頼される。当時娘を調査した探偵は失踪していた。（霜月　蒼）
わ-10-3

若竹七海
静かな炎天
持ち込まれる依頼が全て順調に解決する真夏の日。不運な女探偵・葉村晶にも遂に運が向いてきたのだろうか？　「このミス」2位、決してへこたれない葉村の魅力満載の短編集。（大矢博子）
わ-10-4

若竹七海
錆びた滑車
尾行中の老女梅子とミツエの喧嘩に巻き込まれ、ミツエの持ち家の古いアパートに住むことになった女探偵・葉村晶。ミツエの孫ヒロトは交通事故で記憶を一部失っていた……。（戸川安宣）
わ-10-5

文藝春秋　編
東西ミステリーベスト100
ファンによる最大級のアンケートによって決めた国内・国外オールタイム・ベストランキング！　納得のあらすじとうんちくも必読です！　文庫版おまけ・百位以下の百冊もお見逃しなく。

編-4-2